W0384200

FVA

Marion Poschmann

Schwarzweißroman

Frankfurter Verlagsanstalt

1. Auflage 2005
© Frankfurter Verlagsanstalt GmbH
Frankfurt am Main 2005
Alle Rechte vorbehalten
Herstellung: Thomas Pradel, Frankfurt am Main
Satz: Fotosatz Reinhard Amann, Aichstetten
Druck und Bindung: Clausen & Bosse, Leck
Printed in Germany
ISBN 3-627-00124-9
1 2 3 4 5 – 09 08 07 06 05

»In einem sehr reichen Bergwerk von Farben gelangten wir bis zu einer von subjektiven Qualitäten reinen Steinkohleader. Der Suprematismus befreite sich in seinen Vollendungen von dem Individualismus grüner, oranger, violetter Nuancen und ging zu Schwarz und Weiß über. Hier haben wir die Reinheit der kollektiven Kraft erkannt. Wenn man eine Farbreihe als eine Menschengruppe nimmt, dann sehen wir in den Schwarzen und Weißen und dazwischen bei den Schwarz-Weißen ihr »Menschliches«, das ihnen gemeinsam ist, ausgedrückt, während bei Grün, Orange, Violett usw. uns ihr Subjektives auffällt, daß dieser braunhaarig ist, ein anderer brünett, ein dritter blond usw. Und in der Tat nur hartnäckiger Individualismus kann heute für Farbigkeit in unserem Stahl-Beton-Kohle-Alltag plädieren und rote Farbe in das von Repin gemalte Blut Iwans des Schrecklichen einbrennen und Funken in Gelb entfachen und noch irgendeine Farbe demonstrieren wollen, auf die das Auge nicht reagiert.«

(El Lissitzky)

1 Luftraum

Pochende Dunkelheit, pochend und monoton. Ein Motorengeräusch, so gleichmäßig, daß man es bald nicht mehr hörte, formloses Schwarz, ein Raum, der sich nicht aus der Reserve locken ließ. Dann aber begann es, springende Punkte traten hervor, tasteten mich ab, ein bewegtes Raster, das sich über mir ausschüttete, lachendes Schwarz, mich umarmend, nicht lockerlassend.

Ich hatte nicht bemerkt, wie die Lachsfarbe der Haut verschwand, wie alle Konturen im Grau versackten, wie ich mich in diese eine verkrampfte Körperhaltung eingegraben hatte, als handele es sich bei meinem Fleisch um widerstandsloses Material, das alles mit sich machen ließ.

Ich hatte mir nichts dabei gedacht, ich hatte den Ablauf hingenommen. Ich betrachtete das neonhelle EXIT-Zeichen ohne Konzentration, ich starrte ergeben in die Nacht, willenlos und mit einer Art Frömmigkeit, als sei ich mir im Dunkeln abhanden gekommen.

Nach etwa einer Stunde Flug ging das Licht an. Es blieb schummerig und ungemütlich, aber man bekam das Gefühl, daß die Anwesenheit der Passagiere jetzt von offizieller Seite zur Kenntnis genommen wurde.

Niemand hatte seinen Mantel ausgezogen. Die Leute dösten in Mütze und Schal vor sich hin. Es war zu kalt, um ein Kleidungsstück abzulegen, vielleicht auch zu eng. Es gab keinen Spielraum zwischen den Sitzen, keine Armlehnen, keine Beinfreiheit. Man saß zusammengepfercht, ließ sich passiv sinken, wurde transportiert.

Ich war von unmodischen Stoffen umgeben. Vor mir der synthetische Bezug der Kopfstütze, seitlich ein kurzes kariertes Tuch, das das Fenster bedecken sollte und halb heruntergerissen war.

Die Mäntel der Leute um mich herum machten den Eindruck, als seien sie schon beim Kauf merkwürdig veraltet gewesen, ihnen haftete etwas Muffiges an, das die Farben veränderte, als seien es allesamt Restposten, die jahrelang gelagert worden waren und die den Grauschleier der Fabrikhallen angenommen hatten.

Ich selbst trug einen roten Wollmantel mit Pelzkragen. Es war ein hochwertiges Stück, das ich schon viele Jahre lang besaß, das sich bei niedrigen Temperaturen bewährt hatte und das unverwüstlich schien. In meinem Haar hing der Geruch von Bratfett und Zigarettenrauch, und ich fragte mich, ob man mir das ansah.

Zwei Damen in engem Bordkostüm erschienen mit einem Pappkarton und trugen ihn in die Mitte des Gangs. Es handelte sich um die Verpflegungskiste. Wie ein nasser Putzlappen wurde jedem eine durchsichtige Plastiktüte gereicht. In meiner Tüte befanden sich ein Stück Plockwurst von der Größe und Dicke eines Eishockeypucks, eine Paprika-Schmelzkäseecke, ein Portionspäckchen Marmelade, drei Stücke Würfelzucker und zwei Scheiben Graubrot, die jemand ungleichmäßig von Hand geschnitten hatte. Als einziges Besteckteil enthielt der Beutel einen Teelöffel aus festem, grauem, schon oft gespülten Plastik mit fusseligen Nähten.

Grau war bekanntlich die zentrale Farbe des Ostblocks.

Grau war schlicht. Grau war cool. Als Farbe in höchstem Maße ausdruckslos und unpersönlich, ließ Grau eine einheitliche Gestaltung sämtlicher Gebrauchsgegenstände zu und war ohne Einschränkung auch auf großen Flächen anwendbar. Strapazierfähig und unbestimmt, eignete sich Grau für Eßbesteck so gut wie für Betongebäude, ganze Straßenzüge und ausgedehnte Paradeplätze. Dieser Umstand gab der Farbe selbst in kleinen Dimensionen etwas heimlich Monumentales. Grau enthielt den Verweis auf etwas überall Verbreitetes, ja Allgemeingültiges. Hier zeigte sich das erfolgreiche Vordringen der Zivilisation, eine gedeckte, unauffällige Machtentfaltung. Insofern bewies dieser Flugzeugteelöffel die hohe Kunst des Understatements. Im übrigen gewährte er dem Benutzer einen intensiven Eindruck von Echtheit, was in diesem Zusammenhang beinah so etwas war wie Qualität. Man hatte, so schien es zumindest, mit unverfälschtem Material zu tun, hatte die Originalfarbe der Plastikmasse ohne Zusatzstoffe vor Augen, nichts wurde vorgetäuscht, im Gegenteil. Der Gegenstand erstrahlte in reiner Funktionalität, das Design abstrahierte von jedem Gefühlswert, legte den Herstellungsprozeß offen.

Im Passagierraum breitete sich ein durchdringender Geruch nach Knoblauchwurst aus. Mein Sitznachbar biß den künstlichen Darm von seinem Wurstblock durch und ließ die Hülle mit den Zähnen in den geöffneten Proviantbeutel fallen. Er aß die Wurst zu einer Scheibe Brot, an der er sich die fettigen Finger abwischte, er öffnete das knisternde Goldpapier der Käseecke, nahm diese in zwei Bissen, kaute danach sein zweites Stück Brot, den harten Kanten, den er bekommen hatte. Er wirkte zufrieden. Offenbar benahm er sich wie vorgesehen.

Eine Stewardeß kam den Gang entlang und goß warmen Tee in dicke Becher aus der bewährten grauen Plastikmasse. Man wurde nicht gefragt. Wer Tee wollte, mußte schnell reagieren und sich bemerkbar machen. Die Russen hielten ihre Löffel in die Luft. Mein Nachbar nahm einen halbvollen Becher entgegen, warf drei Zuckerstücke hinein, schlürfte den Tee in kleinen Zügen und verzehrte dazu seine Marmelade.

Nach etwa zwei Minuten hatte die Stewardeß das Ende der Reihen erreicht, machte kehrt und sammelte die Becher wieder ein. Wer noch nicht ausgetrunken hatte, wurde dazu genötigt. Die Stewardeß, unter einem Arm die Teekanne, war in ihrer Bewegungsfreiheit eingeschränkt und erwartete, daß man ihr die Becher von weitem anreichte. Dann steckte sie sie zu einem grauen Turm ineinander, der anwuchs und schließlich oben überhing und mit dem sie hinter einen Vorhang in den vorderen Teil der Maschine verschwand.

Nach einer Weile kam sie wieder hervor, diesmal trug sie kalte Getränke, die Flaschenhälse zwischen ihre Finger geklemmt. Das Glas hing in schweren Trauben herab und klirrte gegeneinander, während sie unbeirrt damit den Gang durchmaß. Diese Getränke waren nicht im Flugpreis inbegriffen. Ich erstand ein Mineralwasser und vergewisserte mich, daß auch die Russen etwas kauften. Die Stewardeß hantierte mit dem Flaschenöffner, verteilte Bier und Limonade, nahm Rubelscheine entgegen, behielt während dieses ganzen Vorgangs einen völlig unbeteiligten Gesichtsausdruck bei und zog sich erneut hinter den Vorhang zurück, sobald die letzte Flasche ausgegeben war. Es gab keinen Nachschub. Soweit ich sah, hatten nicht alle Interessenten etwas bekommen. Niemand beschwerte sich. Niemand machte eine Bemerkung. Man schloß wieder die Augen und ließ die Dinge laufen.

Das Licht in der Kabine erlosch kurz darauf. Es war fast vollständig dunkel. Ich nahm einen Schluck aus meiner Flasche. Das Mineralwasser schien mir ungewöhnlich salzig. Möglicherweise füllten sie es an einer Küstengegend ab. Ich kannte versalzenes Trinkwasser von Kurorten an der Ostsee, in denen es spezielle Heilquellen gab. Aus diesen Quellen nahmen die Kurgäste täglich einige Becher salziger Flüssigkeit zu sich, und in der Regel überwanden sie sich der Gesundheit zuliebe, an das Geschmackliche einige Zugeständnisse zu machen. Das russische Mineralwasser hatte zweifellos Medizincharakter. Vielleicht trug aber auch die Dunkelheit dazu bei, daß bestimmte Nuancen deutlicher hervorstachen.

Das Flugzeug brummte und surrte durch die Nacht, ohne daß ersichtlich war, ob es vorwärts kam. An den Tragflächen blinkte unentwegt ein Licht, sinnlos und stechend. Ich war seit dem frühen Morgen unterwegs. Ich war überreizt.

Schon die Taxifahrt im Halbkreis um Moskau herum war langwierig gewesen. Die beiden Flughäfen lagen an den entgegengesetzten Enden der Stadt. Wir fuhren auf dem äußeren Ring von Scheremetjewo nach Domodjedowo, nur so konnte man umsteigen, es gab keine andere Möglichkeit. Wir fuhren unentwegt auf einer leicht nach rechts gebogenen Straße, fuhren an einem grasbewachsenen Damm entlang, auf dem einzelne Hundehalter ihre Tiere laufen ließen, an Brachland vorbei, durch das krumme Trampelpfade führten, die im Nichts endeten. Es gab Schallschutzmauern aus glattem Beton und die verwechselbaren Vororte, Hochhaussiedlungen im Abseits, irgendwo am Stadtrand auf nicht weiter erschlossenem Gelände: Unkraut, notdürftig befestigte Wege zu den Eingangstüren, eine Bushaltestelle. Diese Anblicke wiederholten sich, dazwischen Birken, Kiefern. Einmal fielen mir drei Männer auf, die am Straßenrand ein Feuer unterhielten und Gummi verbrannten. Es gab dafür keinen Rahmen, keinen Zusammenhang. Die Männer trugen Arbeitskleidung, als sei ihre Funktion eine offizielle, ganz im Sinne der werktätigen Bevölkerung, während die Art ihres losen Herumstehens, die Art ihres Anlehnens an die flüchtig abgestellten Autos doch eher von einer gewissen Privatheit, wenn nicht Ordnungswidrigkeit zeugte. Wer wollte sich einmischen. Man erledigte seine Angelegenheiten. Offenbar war hier ein solches Feuer, direkt neben der vierspurigen Straße, etwas Neutrales, nicht gerade erforderlich, aber auch nicht verboten, ganz der Eigenmächtigkeit der handelnden Personengruppe überlassen. Die Straße zog sich hin. Birken, Kiefern. Ein Lastwagen schleppte rasselnd eine schwarze Metallkette nach. Viel später sah ich nochmals Leute an einem Feuer lungern, hielt es jetzt bereits für ein Freizeitvergnügen, auch wenn es keine weiteren Hinweise gab.

Es begann zu nieseln. Der Fahrer stellte den Scheibenwischer an.

Der Wartesaal war klein. »Saal« war überhaupt die falsche Bezeichnung, eher handelte es sich um ein simples Durchgangszimmer, um einen verbreiterten Korridor mit institutionalisiertem Ein- und Ausgang. Am Eingang stand ein alter Schreibtisch, dort mußte ich meinen Koffer und mein Flugticket abgeben und warten, bis die diensthabende Dame ein

Pappkärtchen mit meinem Namen beschriftet, es an meinem Gepäck befestigt und mir ein weiteres Kärtchen ausgehändigt hatte, welches, wie ich vermutete, die Bordkarte war. Mein Name in einer gestochenen Handschrift, die der Vorlage für den Schulunterricht sicher sehr nahekam, kyrillische Buchstaben auf schmutziggelbem, faserigem Untergrund. Ich setzte mich auf einen der Holzstühle, die gleichfalls an das Inventar von Schulklassen erinnerten, lackiertes, gräulich abgewetztes Holz. Es gab keine Anschlagtafeln, keinen Flugplan, keinerlei Information. Ich wartete. Eine ältere Frau nahm mit ihrem erwachsenen Sohn einen Imbiß aus Butterbroten, hartgekochten Eiern und eingelegten Gurken zu sich. Zwei dunkeläugige Männer stürzten abwechselnd zum einzigen Telefon hinter einer Trennwand, riefen aufgeregte Sätze in die Muschel, rüttelten den Hörer, bekämpften eine Störung mit wiederholtem Wählen, Fluchen, Handballenschlägen gegen die Apparatur. Eine Seite des Raumes war verglast. Die ausladenden Scheiben steckten in dünnen Metallrahmen und leiteten eine seltsame Helligkeit weiter. Feine lange Gardinen fielen über die gesamte tiefliegende Fensterfront herab, dahinter standen zwei Flugzeuge vornehm im Wind, nichts tat sich. Als es dämmerte, zog die diensthabende Dame einen dichten braunen Vorhang vor.

»Wladiwostok!« Eine durchdringende Frauenstimme schwenkte über uns hinweg. »Wladiwostok!« Die Dame winkte uns mit einer Handvoll Papieren zum zweiten Schreibtisch, der den Ausgang markierte. Alle Anwesenden erhoben sich. Ich flog nicht nach Wladiwostok. Die Dame winkte mir nachdrücklich zu. »Magnitogorsk«, sagte ich, »ich muß nach Magnitogorsk.« Die Dame nickte beschwichtigend und schob mich zuversichtlich zum Schreibtisch, den die anderen bereits passiert hatten, reichte mir meine Unterlagen und öffnete ein letztes Mal, diesmal speziell für mich, die Ausgangstür, die direkt aufs Rollfeld führte.

Wir waren von hinten über eine schmale Metalltreppe in den engen Bauch der Maschine gelangt und hatten hastig unsere Plätze eingenommen. Ich war erleichtert, daß es endlich losging, erschöpft vom Warten, und bereits jetzt, obwohl ich den ganzen Tag nur dagesessen hatte, körperlich ausgelaugt, wie eine aufblasbare Gummihülle, die man verladen konnte, wie man wollte, und der langsam die Luft ausging. Ich hatte beobachten können, wie ich von Stunde zu Stunde mehr in mich zusammenfiel. Es war nicht sicher, ob ich mich überhaupt im richtigen Flugzeug befand. Man strebte Wladiwostok an, den allerfernsten Osten, den das Land zur Verfügung hatte, das machte mich nervös, obgleich Magnitogorsk auf der Strecke lag und es insofern realistisch war, eine Zwischenlandung anzunehmen. Ich hätte mich genauer erkundigen sollen. Vielleicht aber auch nicht.

Nach dem Start erlosch die Kabinenbeleuchtung, die elektrischen Lichter Moskaus kreiselten unter uns, drifteten ab und blieben zurück. Alles schien normal, man saß, man war berechtigterweise hier anwesend, hatte gezahlt, dennoch ortlos, in absurder Höhe, auf einem Pseudoboden, der uns an sich zog und uns beruhigte. Ich sah nach wie vor nichts, nur die gierige Dunkelheit, die sich nicht veränderte, die ungewiß ließ, ob wir uns überhaupt fortbewegten, ob nicht alles eine Simulation war. Das Flugzeug sackte plötzlich ab, fing sich wieder. Der Abstand zur Erdoberfläche betrug, so hatte es der Pilot angesagt, eine nicht unerhebliche Meterzahl. Man mußte sich der Technik blindlings anvertrauen und so tun, als wäre nichts. Wir fielen in irgendeine Richtung durch die Abgeschiedenheit, metallverpackte Fracht, hilflos, fragil, ausgestattet mit Gutgläubigkeit und Ignoranz. Die Nacht, die man außen vor den Scheiben dachte, war längst in uns eingedrungen. Man schloß die Augen und war dunkel, man öffnete sie, es machte keinen Unterschied.

Ich hatte keine Konturen mehr, ich ging auf in diesem Schwarz, und mir schien, ich war dehnbar über eine gewisse Spanne, über die stillschweigend fortlaufenden Minuten, die in einem einzigen, nicht enden wollenden Augenblick zusammenfielen, und ich erstreckte mich auch über den Raum, den wir durchmaßen, ich befand mich über Moskau, über Ufa, über Kiefernwald und Steppe, ich zog mich dunkel und formlos darüber hin, wahllos die Eigenarten verschiedener Zonen aufnehmend, unfähig zum Widerstand, unfähig zur Differenzierung. Man war abhängig davon, daß man in der Luft blieb, wie in den Träumen, in denen man verfolgt wird und mit magischer Kraft fliegt. Ich atmete gleichmäßig und konzentriert, damit wir nicht abstürzten.

Das Flugzeug bewegte sich kontinuierlich Richtung Osten. Das jedenfalls redete ich mir ein, daran wollte ich glauben. Wladiwostok. Es hatte etwas Verheißungsvolles, etwas Beängstigendes. Ich stellte mir Wladiwostok hell vor, seltsam leicht, in perlweißem Licht gelegen, als herrsche dort ununterbrochen früher Vormittag. Magnitogorsk dagegen mußte stumpf sein, trüb, je nach Tageszeit verschiedene Tönungen des üblichen Graus annehmen, es mußte, das erwartete ich, für dieses Grau ein besonders gelungenes Beispiel sein. Ich hatte einen Stadtplan gesehen. Schachbrettartig angelegte

Straßen auf der einen Seite des Flusses, das Industriegebiet auf der anderen, die gesamte Anordnung von ausgesprochener Künstlichkeit. Ich hatte mir überlegt, wie mein Vater sich dort einfügen würde, ein bunter Tupfen in einem grauen Hochhaus, der mit der Zeit die Farbe der Umgebung annahm. Täglich mußte er mit der Straßenbahn über den Fluß pendeln, das Industriegebiet betreten, abends zurückkehren, in dem grauen Hochhaus schlafen. Mit jedem Tag, jedem Atemzug fiele der Eifer, der Trotz, fielen das Interesse und der Widerstand ein wenig mehr von ihm ab, bis er anstandslos in sein Zimmer paßte, kein Ausländer mehr, nichts Besonderes, nur einer von vielen, wie alle anderen auch.

Meinem Sitznachbarn fiel der Kopf nach vorn. Er schnarchte auf, zuckte mit den Schultern, schnarchte ein zweites Mal und sackte langsam zur Seite. Ich saß stocksteif, sah stur geradeaus, versuchte, sein Gewicht auf meinem Arm zu ignorieren. Er schnaufte hörbar, er war verschnupft und bekam schwer Luft. Ich übte anhaltenden Gegendruck aus. Ich ärgerte mich. Man wußte nicht, was hier üblich war, ein anderer Körperabstand, eine andere Auffassung vom Recht der Persönlichkeit. Ich erinnerte mich an die Betonung der Gemeinschaft in den sozialistischen Ländern, an die Abkehr vom Individuellen. Der Mann schreckte kurz auf, rückte sich zurecht, schmiegte sich, gepolstert vom Pelzmantel, enger an mich an. Es war nicht wirklich unangenehm, es war weich, es war warm, es war, wenn ich ehrlich sein sollte, der größte Komfort, den das Flugzeug zu bieten hatte. Ich schloß die Augen und machte es mir bequem. Abermals Nacht, uns immer tiefer verschlingend.

Das Flughafengebäude stand wie eine Kulisse am Rand des Geländes. Neonbuchstaben leuchteten blau von oben herab: MAGNITOGORSK. Darunter ein großes Rechteck, unscheinbar und platt wie eine Pappwand, hinter der die Landschaft unverändert weitergehen mochte, hinter der aber auch ebensogut nichts mehr kommen konnte. Ungerührt strebten die Passagiere auf das Rechteck zu. Ich hob mein Gepäck an und folgte ihnen.

Der Schnee wirbelte im Scheinwerferlicht wie in einer riesigen Arena, in der er Ringkämpfe aufführte, sich wilden und eleganten Bewegungen hingab, eine herrische Masse im Wind, vor der ich den Nacken beugte. Dann wieder fielen nur einzelne Flocken, weiße Sterne, von mehreren Seiten angestrahlt, sanken graziös nieder und erweckten den Eindruck, es handele sich hier um etwas Leichtes, Nettes, um ein hübsches Kinderspiel.

Nach unserer Landung war bei mir keine Erleichterung eingetreten. Ich hatte vielmehr das Gefühl, daß sich der Flug unter veränderten Bedingungen weiter hinzog, als gehöre auch der Gang über das Rollfeld noch dazu sowie das, was folgen würde. Der Flughafen von Magnitogorsk erschien mir als Provisorium, als fragwürdige Übergangslösung, so, als habe man noch nicht wirklich auf dem Boden aufgesetzt.

Von der Umgebung war nichts zu erkennen. Die Welt endete vor dem hochgeklappten Rechteck. Es konnte eine Falltür sein, mit einem Loch dahinter, das alles aufschluckte. Nur eine einzelne Reihe von Straßenlaternen führte vom Flughafen aus in den Schnee und verlor sich in der Weite. Dort mußte die Stadt sein.

Ich ging vermummt über den Platz, den Kragen hochgeschlagen, den Schal ins Gesicht gezogen, ich verschanzte mich mit meiner Handtasche vor dem eisigen Wind. Ich war übermüdet, ich fror, ich befand mich in einer unwirtlichen Klimazone, und ich begann, mich nach innen zurückzuziehen, mich, soweit es irgend ging, von der Außenwelt zu entfernen.

Meine Mitreisenden wurden erwartet. In kleinen Gruppen kamen uns Angehörige entgegen, übernahmen Gepäckstücke, Tüten und Körbe, verließen den Flugplatz unter Reden, die man bei dem Wind nicht hörte. Meinen Vater erkannte ich an seinem Schritt. Er kam eilig durch den Schnee und war von den Russen nicht zu unterscheiden. Er trug eine Skimütze und einen Anorak, er hatte eine alte Einkaufstasche bei sich, mit der er sich tarnte. Er verbarg sich im allgemeinen Grau der Reisenden, weder Freude noch Erwartung war ihm anzusehen. Fremdheit umgab ihn, wie ein Fremder blickte er mich an, niemand konnte vermuten, daß er neben seinem Auftritt in der Masse ein Eigenleben führte. Er fixierte mich für einen Moment und sah wieder weg, er überprüfte die anderen Ankömmlinge aus den Augenwinkeln, erst dann blieb er stehen.

Er nahm mich in die Arme und erkundigte sich nach dem Flug. Ich gab einsilbig Auskunft. Alles sei ordnungsgemäß verlaufen, ich sei froh, hier zu sein, wenngleich erschöpft. Es machte mir ungewohnte Mühe, Worte zu bilden. Mir schien, ich müsse sie aus einem bodenlosen Innenraum an die Oberfläche hieven. Ich fühlte mich benommen, ohnmächtig.

In der Halle drehte ein einzelner Koffer auf dem Gepäckband Runde um Runde. Erst jetzt überkam mich die Angst, nicht abgeholt zu werden, eine unsinnige, nachträgliche Angst, gegen die ich nicht ankonnte. Ich traute Rußland nicht, und ich bezweifelte, daß sich mein Vater gegen die Ungeheuerlichkeit des Schnees und der Kälte, gegen die Weite und Dunkelheit würde durchsetzen können.

Er zog mich zur Seite und gab mir einen Kuß. Aus seiner Einkaufstasche holte er ein Päckchen zerknülltes Zeitungspapier und wickelte zwei Wassergläser aus. Er hatte Krimsekt mitgebracht und ließ den Korken knallen. »Man trinkt hier auf die gute Ankunft«, sagte er. »Also!«

Niemand schenkte uns besondere Aufmerksamkeit. Man hielt uns nicht für Touristen. Touristen kamen nicht nach Magnitogorsk.

»Den Sekt habe ich im Kofferraum gekühlt«, sagte mein Vater stolz, »nur während der Fahrt zum Flughafen!«

»Das ist der Vorteil eines richtigen Winters«, gab ich zu und lächelte ihn an.

Das Entladen der Maschine dauerte. Wir schritten mit unseren Wassergläsern in der Halle auf und ab. Sie war schmal, aber durchaus vorhanden, und ich fragte mich, wie sie es schafften, von außen diesen unwirklichen Eindruck zu erzeugen.

Schließlich kamen die Koffer, und mein Vater trat zum Band. Ich packte die Gläser wieder in die Tasche. Draußen wartete der Chauffeur mit dem Firmenwagen.

2 Ostblocks

Es war noch dunkel, als die Türklinke hochschnappte. Mein Vater kam ins Zimmer, leuchtete mit einer kleinen Stablampe den Schrank ab und nahm aus einer Schublade ein paar Papiere. Er schlich zurück zur Tür. Ich richtete mich auf.

»Schlaf weiter«, sagte er leise. »Ich mußte ein paar Pläne holen.«

Mein Vater war fertig angezogen, er trug Jeans und ein Hemd mit Pullover. Das war die Kleidung fürs Baustellenbüro. »Ich gehe jetzt«, flüsterte er. »Bis heute abend.«

»Ja«, sagte ich. »Bis dann.«

Mein Vater verschwand im Korridor. Ich legte mich lang auf den Rücken, stopfte seitlich die Decke fest, betrachtete den Lichtspalt unter der Tür. Zähne wurden geputzt, ein Lichtschalter klappte um. Ich hörte, wie die harten Enden von Schnürsenkeln an Schuhleder pochten. Ein Kleiderbügel schwang gegen Holz und prallte zurück, die Metallteile einer Aktentasche rasteten ein, der Lichtspalt verschwand. Ich zuckte zusammen, als sich die Wohnungstür öffnete und leise wieder schloß.

Es war wie früher, als ich drei oder vier Jahre alt war. Ich lag unter der Decke, noch nicht ganz wach, und mein Vater war unterwegs, damit die Welt ihre Ordnung behielt. Ich fand es ein wenig traurig, daß die Welt sich nicht von selbst regelte, daß sie von meinem Vater erwartete, sich morgens warme Sachen anzuziehen und pünktlich zu erscheinen, aber ich war auch stolz, daß es ohne ihn nicht ging. Solange mein Vater seine soliden Abläufe beibehielt, war ich sicher, mich im Zentrum der Geborgenheit zu befinden, vertraute ich darauf, daß die Dinge funktionierten, wie sie sollten, und die Welt mir nichts anhaben konnte. Ich rollte mich zusammen und schlief wieder ein.

Erst weiß, dann weiß, dann wieder weiß. Die Stille, Helle, Leere, Eiseskälte. Eine zurückgenommene Fläche, in sich gekehrt, unangreifbar. Das Fenster erstreckte sich über die gesamte Breite des Zimmers, es zeigte nichts. Vielleicht hellgrauer Himmel, der bis an die Scheibe reichte. Vielleicht Schnee, der die Dinge dicht umschloß.

Dinge? Gab es Dinge? Man vermutete sie, man ging davon aus, daß sie da waren, irgendwo auf der anderen Seite der Wand, eingesperrt in diesem Weiß. Man rechnete mit ihnen, rechnete damit, daß sie zu ihrer Zeit Gestalt gewinnen würden, daß sie zweifellos wieder auftauchen mußten. Aber konnte man sicher sein? Man lebte dahin, kochte Tee, wusch einen Teller ab, während die Welt abwesend blieb. Woran sollte man sich orientieren? Man bewegte sich auf unbekanntem Gelände, ein Wecker tickte im Takt des eigenen Atems wie ein Echo, ein Hohn. Man war in sich selbst versunken, der Schnee, der Himmel, die Gardine gingen ineinander über, und ob außen etwas existierte, blieb unerkennbar, blieb nur mehr eine Hypothese, ein Gedankenspiel. Am Ende des Zimmers lauerte die weiße Bettdecke und schien bereit, sich über mich zu werfen, die Bedeutung von Zeit und Raum gänzlich auszulöschen.

Ich trank Tee, duschte, zog mich an. Ich strich die Bettdecke glatt und imprägnierte meine Winterstiefel. Die Uhr zeigte elf.

Vom Fenster aus war jetzt das Werk zu sehen. Es tauchte in der Ferne aus dem Dunst auf, gigantische Schlote, die braunen Rauch ausstießen, schwarze Gebäude, die sich kategorisch vom Schnee abhoben, die sich gegenüber den weichen Schattierungen eines blaßgrauen Hintergrunds durchsetzten und ein Gegengewicht bildeten, einen machtvollen Komplex, der ebenso wie seine Umgebung uneinnehmbar schien.

Dicke Rohrleitungen wanden sich durch einen nachgiebigen Nebel, irgendwo brannte etwas mit bläulicher Flamme, aus einem hohen Kamin trat plötzlich eine Qualmwolke aus, blieb als feste Masse über dem Schornstein stehen und bewegte sich in rhythmischen Stößen. Etwas rückte nach, schob sich vor, ein schmutziges, dichtes Pulsieren wie von einem sonderbaren, primitiven Lebewesen. Der Qualm verteilte sich nicht, er behielt die Form eines Blumenkohls und die Farbe von Schwefel und Schlamm.

Dann tänzelten aufs neue reinweiße, freundliche Flocken jenseits der Fensterscheibe und verbargen das Werk hinter einem Schleier aus natürlicher Perfektion, aus Sauberkeit.

Ich öffnete den Kühlschrank. Wodka war noch da, eine angebrochene Milchflasche, ein halber Margarinewürfel. Die Milch war sauer, der Wodka wirkte frisch. In einem Pappkarton fand ich Vorräte aus Deutschland: Dosen mit Ölsardinen, Kaffee, Schokoladentafeln.

Zu meiner Orientierung hatte mein Vater das Liniennetz der Straßenbahn fotokopiert und die entscheidenden Haltestellen mit dicken Kreuzen versehen. Geschäfte waren mit kleinen Zeichnungen markiert: Brot, Fisch, Äpfel, Getränke.

Ich nahm die Einkaufstasche an mich, steckte die Kopie

ein und verschloß die Tür. Ich fuhr mit dem Fahrstuhl fünf Stockwerke nach unten und gab an der Rezeption den Schlüssel ab. Eine üppige Blondine mit langen, lackierten Fingernägeln warf einen Blick auf die Zimmernummer, einen Blick auf mich und breitete ein großes Lächeln über den gesamten Empfangsraum aus. Mir schien, daß es heller wurde, als habe sie das Licht angeknipst.

»Ah, die Tochter, das ist ja auch nicht zu verkennen, da wird Ihr Vater aber froh sein, daß Sie endlich da sind. Was werden Sie hier machen, nun, Sie werden unsere Stadt kennenlernen, natürlich, aber mitten im Winter, welch eine Idee, und überhaupt, was für ein Ort, um seine Zeit zu verbringen! Aber Ihr Vater wird glücklich sein, daß Sie da sind, da bin ich sicher, und ich werde ihm sagen, was für ein nettes Töchterchen er hat, ja, tatsächlich. Wissen Sie, wenn es Probleme gibt, kommen Sie sofort zu mir, ich werde mich um Sie kümmern, und auch wenn Sie sich langweilen, kommen Sie nur, kommen Sie, fragen Sie nach Ludmilla, mit mir können Sie Tee trinken, mit mir können Sie sich unterhalten, jederzeit.«

Unser Hotel stand auf einem Hügel am Ufer des Ural. Der Flußlauf bildete die Grenze zwischen Europa und Asien, wir wohnten auf der europäischen Seite und blickten hinüber auf den anderen Kontinent, auf das Werk, auf den Dampf, in die Weite der Steppe. Das Hotel war ein vielstöckiges, schmuckloses Haus, das die anderen Gebäude um einige Meter überragte, sich aber ansonsten, soweit ich sah, in keinem Punkt von ihnen unterschied. Hier war die gesamte Belegschaft der deutschen Firma untergebracht. Ich konnte unsere Fenster nicht ausmachen, wir hatten Gardinen und einen zugeschneiten Balkon wie alle anderen auch.

Die Siedlung war ein Experiment der Eintönigkeit. Plattenbauten, ein klares System aus gestapelten und gereihten Klötzen, graue Blocks, in die die Menschen einsortiert waren, modellhaft, unpersönlich, wie eine Versuchsanordnung, die mechanisch die Rahmenbedingungen vorgab, während gleichgültig blieb, was dabei herauskam. Etage für Etage steckte jeder in seinem Würfel, war jeder für sich in einen freien Raum gesetzt und aufgefordert zu leben.

In der Nacht hatten mein Vater und ich noch eine Weile am Wohnzimmertisch gesessen, den restlichen Sekt ausgetrunken und die Lage besprochen. Wir waren beide müde, aber außerdem nahm ich in den Bewegungen meines Vaters etwas Duldsames, Hilfloses wahr, das ich an ihm nicht kannte. Er saß in einem gelblichen Sessel, der den Möbeln ähnelte, die meine Eltern zu Beginn ihrer Ehe besaßen, er faltete den Stadtplan auf und strich immer wieder darüber, als wolle er einen unsichtbaren Schmutz entfernen, die Stadt für mich reinigen, glätten, vorbereiten. Ich hockte im Schneidersitz auf dem Sofa, ich spürte die Sprungfedern durch das Polster, und wenn ich mich vorbeugte, um nach meinem Glas zu greifen, quietschte das Metallgestell. Im Wohnzimmerschrank standen Porzellanvasen auf steifen Häkeldeckchen. In einer Glasvitrine wurde ein feines Kaffeeservice für sechs Personen aufbewahrt. Für den Fall, daß Gäste auftraten, waren wir gerüstet. Man hatte meinem Vater zwei Zimmer zugeteilt, er verfügte über fließendes warmes Wasser, eine Badewanne und eine eigene Küche. Der Kühlschrank brummte leise, die Heizung ließ sich nicht regulieren und war sehr heiß.

Es fehlte an nichts, dennoch bekam ich gleich am ersten

Abend das Gefühl, daß es an allem fehlte, als sei das, was uns umgab, nicht wirklich substantiell. Man kam aus der Kälte in die überheizte Wohnung und glaubte nicht daran, daß die Wärme andauern würde, man war bis auf die Knochen durchgefroren und betrachtete die Zivilisationserscheinungen als Ausnahmezustand, als flüchtigen Reiz, dem nicht zu trauen war. Ich konnte mich nicht entspannen, ich erwartete nicht, daß die Gegenstände um mich her Bestand hatten, daß sie von selber, aus eigener Kraft vorhanden waren. Dazu war die Gegend zu rauh, zu vernichtend, und ich fixierte das Sesselpolster, auf dem mein Vater saß, damit es nicht verschwand.

Die Heizung wickelte die Luft um ihre Stäbe, trocknete sie aus und gab sie an das Zimmer zurück. Von der Balkontür kam ein scharfer, eisiger Zug. Die Tischdecke, auf der unsere Gläser standen, war mit einem komplizierten Blumenmuster bedruckt, es erinnerte mich an den Plastikbezug unserer Hollywoodschaukel, früher, in einem sehr fernen, aus gemähtem Gras und Amseln bestehenden Sommer.

Mein Vater verunsicherte mich. Ich saß ihm gegenüber und berichtete von zu Hause, er nickte ab und zu, starrte auf den Stadtplan und schaltete schließlich für die letzten Nachrichten den Fernseher an.

»Bisher habe ich mehr oder weniger aus den Bildern erschlossen, um was es geht«, sagte mein Vater. »Und einiges versteht man ja auch ohne Russisch, zum Beispiel Perestroika.«

Er verfolgte auf dem Bildschirm die Wettervorhersage, Wolken und Schneeflocken über Moskau, Sonne in Wladiwostok, am mittleren Ural Temperaturen um minus 20 Grad. Er holte einen kleinen Taschenkalender hervor und notierte sich die Angaben, um meiner Mutter später berichten zu können, unter welchen Bedingungen sein Aufenthalt stattgefunden hatte. Ich saß still auf dem Sofa, ich schrak zusammen, als die Sprungfedern knarrten, als müsse ein subtiles Gleichgewicht bewahrt werden, das Gleichgewicht, das er zwischen sich und Rußland hergestellt hatte und das ich nur durcheinanderbringen konnte.

Große Prospekte verliefen kilometerlang in gleichmäßigen Abständen zum Fluß, Nebenstraßen wurden im rechten Winkel dazu geführt, von allen erhöhten Punkten fiel der Blick im Osten unweigerlich auf das Werk.

Hinter der ersten Kreuzung begann ein neuer Hochhausblock, genau so grau wie der, aus dem ich kam. Die Einförmigkeit der Bebauung erzeugte eine gewisse Unübersichtlichkeit, Quadrate und Rechtecke schlossen sich wie etwas Identisches aneinander, und man verlor das Gefühl dafür, ob man überhaupt vorwärts ging. Es gab keine Mitte, kein Zentrum, zu dem die Bewegung hinstreben konnte, die Straße verflüchtigte sich weit hinten, ohne Versprechungen, irgendwo anzukommen. Mir wurde klar, daß ich die Entfernungen unterschätzt hatte. An der nächsten Haltestelle mischte ich mich unter die Wartenden und schob mich in den Windschatten einer alten Frau mit wollenem Kopftuch. Als die Straßenbahn kam, schloß ich mich ohne nachzudenken den Personen an, die hineindrängten. Ich hatte nicht darauf geachtet, um welche Linie es sich handelte, es war mir bereits erstaunlich gleichgültig geworden, mir reichte es, daß es drinnen etwas wärmer war, daß es voranging, und ich verließ den Waggon dort, wo die meisten Leute ausstiegen.

Der Himmel hing eigenartig tief, er hing dicht über den Köpfen, ich ging eingeklemmt zwischen einer dunkelgrauen Decke zu Häupten und einer blaugrauen Wolkenbahn zu Füßen, festgetreten, spiegelglatt. Ich schlich gebeugt über den Bürgersteig wie in einem Schraubstock, der sich immer fester zudrehte, vor dem sich das Leben zurückzog, sich in taktischer Trägheit immer mehr nach innen wandte. Ich wollte in eine Haltung tatenlosen Abwartens fallen, in Winterschlaf, Winterstarre, bis sich von selber, im Außen, etwas änderte, ich wollte mich im Bett vergraben und schlafen, bis die fremden Straßen, fremden Häuser, fremden Menschen endgültig verschwunden waren. Immer breiter klaffte ein Riß zwischen der Person, die eine Absicht hatte, und derjenigen, die sie ausführte, ich wollte einkaufen gehen, ich wollte es nicht, planlos bewegte sich ein dickes Paket mühsam über holpriges Eis, der Frost stellte sich quer, er wollte es dem Paket so schwer wie möglich machen, es zwingen, alle Vorsätze aufzugeben, es dazu bringen, sich der Situation willenlos, gedankenlos zu überlassen.

Wie eine verschlossene Zimmertür, an die man klopft:
du stehst davor, dahinter.
Du besteigst eine Straßenbahn
als flackernder Schatten, wie zu früh
aufgestanden und noch
halb gestohlen vom Schlaf,
hier und da, distanzlos, in fahrenden Zimmern,
in Wohnzimmern, Schlafzimmern, Küchen, du
wiederholst dich, du hältst an dir fest.
In den Randzonen stapeln sich
die Quadratmeter, Stockwerk für Stockwerk

wieder die Türen in Grau,
die du auswendig kennst, die identischen Grundrisse,
Naßzellen, Kochecken, Fenster und Fernseher,
gläserne Nischen, aus denen es zieht.
Du steigst um, es ist etwas wie
sich in ein Kleid drücken,
Plätze, verborgene, einnehmen,
sich in den Alltag
einschmuggeln, ducken, verstecken;
du lächelst dann, als wolltest du die Wirklichkeit
über dich beruhigen.

Zwei zielstrebige Frauen überholten mich und betraten ein Geschäft. Das Schaufenster hatte sich eingetrübt, man konnte von außen nicht hineinsehen. Ich ließ mich treiben, ich folgte ihnen. Die Frauen kauften Brot. Sie brauchten lange, um ihre Taschen zu öffnen, das Kleingeld aus dem Portemonnaie zu suchen, ihre Pakete zu verstauen. Auf dem Linoleumboden breitete sich Schneematsch aus.

Ich wählte längliches Gebäck, das mit Kakaopulver überstäubt war und aussah wie ungeschälte Kartoffeln. Die Verkäuferin wickelte es in dünnes graues Papier. Ich nahm das Päckchen entgegen, bezahlte mit steifen Fingern, eine Münze fiel mir herunter, ich krümmte mich zu Boden, tappte unbeholfen hinter ihr her, fand sie nicht wieder. Ich legte eine andere Münze auf die Theke, meine Hände zitterten, ich zitterte am ganzen Leib, schon mürbe gemacht, ein altes Mütterchen.

Der Milchladen eng und dämmrig, eine Grotte mit gekachelten Wänden, milchblaue Kacheln bis zur Decke. Es roch säuerlich, die Luft war sehr feucht. Sie legte sich wie ein nasses Tuch auf mein Gesicht, umschlang mich und stellte mich an einen Platz, eine Umarmung, etwas zu dicht, etwas widerlich, klamm und verschwitzt zugleich. Einige Kästen mit leeren Flaschen standen auf dem Boden, hinter der Theke eine Frau in weißem Kittel. Ich betrachtete die roten, blauen, gelben und grünen Aluminiumkappen, mit denen Vollmilch, Magermilch, Buttermilch und Kefir verschlossen waren. Man sah dieser Milch nichts an. Ein junger Mann kaufte zwei Flaschen Vollmilch und verstaute sie sorgfältig in einem Rucksack. Er behandelte die Flaschen mit großer Sanftheit, er hielt die Milch wie etwas Kostbares und schnürte den Rucksack gelassen zu.

Die deutschen Ingenieure waren vor Milch gewarnt worden. Den Verzehr von Milch, Fisch, Pilzen sollten sie vermeiden. Mein Vater hatte sich vor Reiseantritt einer Strahlenmessung unterziehen müssen, bei seiner Rückkehr würde er zu einer Kontrolluntersuchung geschickt werden. Aufenthalt in belasteten Gebieten unterlag einer besonderen ärztlichen Aufsicht. Aufenthalt in belasteten Gebieten führte in bestimmten Fällen zu einem Gehaltszuschlag. Ich war nicht beim Arzt gewesen. Ich würde auch später nicht hingehen.

Der junge Mann drehte sich nach mir um und schien etwas sagen zu wollen, einen Moment nur, er suchte meinen Blick, dann wandte er sich ab und verließ das Geschäft. Er hatte halblange schwarze Locken und ein feines blasses Gesicht, mit dem er intelligent wirkte, er war, soweit man es bei der dicken Winterkleidung ermessen konnte, recht beleibt.

Als ich auf die Straße trat, wartete er auf mich.

»Sie sind nicht von hier?« fragte er.

»Nein«, sagte ich knapp und hob das Kinn. Seine Stimme klang angenehm dunkel, ich sah ihn mißtrauisch an und runzelte die Stirn.

Er lächelte flüchtig, für einen Moment huschte ein Lächeln über sein Gesicht und verbarg sich wieder. Bis dahin hatte er ernst meinen Mantel betrachtet, meine Mimik, meine komplizierte Frisur. Mir fiel nichts Besseres ein, als meine Handschuhe aus der Tasche zu holen, enge Lederhandschuhe, die sich nicht so einfach überstreifen ließen, die sich meinem Willen nicht fügten. Ich krümmte und dehnte die Finger. Er sah mir ruhig zu. Er fragte mich nicht aus. Er kramte in seinem Rucksack und brachte zwei Früchte zum Vorschein, Granatäpfel. Er drückte mir die Granatäpfel in die Hände, es war ein Geschenk für einen sehr weit angereisten Gast.

»Konstantin Semjonowitsch.«

Der junge Mann deutete eine Verbeugung an und stapfte mühsam durch den Schnee davon. Jetzt sah ich, daß er wirklich dick war. Wenn man direkt vor ihm stand, fiel es nicht auf, man achtete auf das Gesicht, auf die Hände, aber an seinem Gang, die Füße auswärts gestellt, die Schritte kurz, war es auch von hinten zu erkennen.

Der Schnee fiel wieder dichter und man drohte darin zu verschwinden. Die Menschen zogen unterwürfig den Kopf ein, die Welt wurde unscharf und löste sich in Tausende von Flocken auf. Man erkannte sich darin nicht mehr wieder, wurde verwechselt, austauschbar.

Ein paar Passanten kamen mir entgegen, ich ließ mich von ihnen mitziehen. Bei einem Straßenhändler erstand ich ein Pfund Mohrrüben, ein paar schrumpelige Äpfel. Der Wind trieb die weiße Masse schräg über die Dächer. Straßenbahnen fuhren ratternd die schnurgerade Straße entlang. An einem Kiosk wurden Zeitungen, Zigaretten und Wodka verkauft, Menschen in Mänteln und Fellmützen bewegten sich mechanisch über den Bürgersteig. Ich bewegte mich mit, lustlos, zufällig, mein Dasein erschien mir seltsam erzwungen, und daß ich mich dafür ins Zeug legte, Pläne verfolgte, Einkaufslisten abhakte, war irrelevant, war lächerlich und grotesk. Auf meine persönlichen Absichten kam es hier nicht an, ob ich einen freien Willen, einen ausgebildeten Intellekt, einen vorgeprägten Charakter besaß, interessierte nicht, der Schnee fiel maßlos auf die Erde, er deckte Unregelmäßigkeiten zu und ebnete die Stadt ein, machte alles gleich. Man würde über kurz oder lang vorhersehbar reagieren und ein schützendes Gebäude aufsuchen, man würde sich damit abfinden müssen, in dieser Landschaft vollkommen unwichtig zu sein, ein etwas wärmerer Fleck im nicht enden wollenden Schnee, ein kaum zu unterscheidender Punkt im groben Raster aus Wind und Kälte, ein Punkt, dessen Existenz nicht von Bedeutung schien und der von nichts zeugte als von der Kleinheit und Machtlosigkeit des einzelnen.

3 Wohnzonen

Theo Cziczinski wohnte zwei Stockwerke über uns. Eine Frau in schwarzem Cocktailkleid und wuschigen rosa Pantoffeln öffnete uns die Tür. Theo stand in einem abgetragenen Pullunder hinter ihr: Garderobe für einen Nachbarschaftsbesuch. Auch ich hatte etwas von dieser merkwürdigen Privatheit an mir, ich war in dünnen Strümpfen, knappem Rock, halbtransparenter Bluse die Treppen hinaufgestöckelt, mein Vater hatte mich durch beheizte Flure mit graugrünen Teppichen geführt, an numerierten Türen vorüber, niemand begegnete uns, aber ohne Mantel und Schal, ohne Hut und Handschuhe, ohne auch nur ein Stück Straßenkleidung unterwegs von einer Wohnung zur anderen fühlte ich mich nackt.

Mein Vater in festen Schuhen, Krawatte und Jackett dagegen für alle Eventualitäten gerüstet, aufrecht und entschlossen, diesen Besuch mit größtmöglichem Anstand hinter sich zu bringen, nicht als Vergnügen, sondern als Pflicht.

Theo wies mit ausladender Geste ins Wohnzimmer. Theo, herzlich und befangen, seine Befangenheit mit der polternden Wärme des Hausherrn und Frauenbesitzers überspielend. Man merkte ihm an, daß er über unsere Gesellschaft ernstlich froh war, daß er meinen Vater ohne Vorbehalte respektierte und sich von seinem Besuch geehrt fühlte und daß er sich dies vor sich selbst und vor seiner Hausdame nicht ganz eingestehen wollte. Sein Pullunder diente ihm dazu, die Bedeutung dieses Abends etwas abzuwiegeln, dem Verlauf von vornherein eine Gemütlichkeit zuzuweisen, die sich von selber womöglich nicht einstellen würde.

Wir hatten nichts abzulegen. Theo bot uns einen Platz an. Die Frau verschwand im Hintergrund und rückte kleine Schälchen mit Pralinen, Erdnüssen und Gebäck zurecht, an denen es eigentlich nichts zu rücken gab, weil alles vorbereitet war.

»Wir sind etwas in Zeitdruck geraten, Vera mußte noch zu einer Konferenz, die Arme. Sie hat ständig Konferenzen, zusätzlich zum Arbeitspensum, und dabei so schlecht bezahlt, als Lehrerin! Einen solchen Beruf ergreift man hier nur aus Überzeugung«, erklärte Theo und nickte halb anerkennend, halb mitleidig, »aber Vera ist prima, sie ist ausdauernd, sie schafft das.«

Er hatte Vera an einer Bushaltestelle kennengelernt. Es war windig und kalt, sie mußte niesen, und er hatte ihr ein Papiertaschentuch angeboten. Sie war sofort bereit, sich mit ihm zu verabreden. Theo machte einen leicht linkischen Eindruck, er versteckte den Kopf zwischen den Schultern und stand schüchtern im Raum. Ich hätte von ihm nicht erwartet, daß er es aus eigener Kraft zu einer Romanze brachte. Theo öffnete großzügig mehrere Flaschen, es gab wieder Sekt.

»Meine Vera ist ein feiner Kerl«, sagte er, als spreche er über eine Abwesende oder über ein kleines Kind. »Sie hat es so schwer gehabt im Leben, einen Trinker geheiratet, der alles versoffen hat, nicht ungewöhnlich in Rußland, aber dennoch, als sie sich von ihm getrennt hat, war ihr Kind schon elf Jahre alt. Eine weitere Heirat – aussichtslos, hier will niemand eine Frau mit Kind. Der Frauenüberschuß ist so erheblich, daß jede Frau froh sein kann, einen abzukriegen, das will ich mal ehrlich sagen, da darf man sich nichts vormachen. Aber sie, Vera, ist so tapfer, sie hat sich ganz allein um das Kind gekümmert, obwohl sie ja immer arbeiten gegangen ist. Lehrerin, ein schwerer, anspruchsvoller Beruf, und sie bildet sich auch noch weiter, abends liest sie Fachzeitschriften, sie ist so intelligent, es ist ein Jammer, daß sie so wenig Freude gehabt hat im Leben. Ich versuche, das so gut auszugleichen, wie ich kann, es ist rührend, wie sie sich freut, wenn ich ihr ein Geschenk mache, Kleinigkeiten nur, ich habe ihr etwas Schmuck gekauft, für mich ist das ja nicht teuer, gar nicht teuer, aber für sie eine Kostbarkeit. Sie ist so anspruchslos, meine Vera, so einfach, dabei doch eine gebildete Frau. Sie versucht jetzt sogar Deutsch zu lernen. Sie versteht schon viel, ich spreche langsam mit ihr, und es ist erstaunlich, wie schnell sie die Sprache auffaßt, wie gut wir uns miteinander verständigen können, wo ich selbst ja kein Wort Russisch kann.«

Vera hatte sich zu uns auf eine Sesselkante gesetzt. Sie nippte vornehm an ihrem Glas und verzog die roten Lippen an passender Stelle zu einem Lächeln.

»Ich verstehe alles«, sagte sie, »wenn Sie langsam sprechen, verstehe ich alles.«

Sie bot uns Konfekt an, drängend, unerbittlich. Mein Vater griff beherzt zu, er hatte einen Instinkt für Pflichterfüllung. Vera stellte Lehrbuchfragen, Wie gefällt Ihnen die Stadt, Was unternehmen Sie in Ihrer Freizeit, Haben Sie sich an unser Klima schon gewöhnt, Fragen, die mein Vater geduldig, langsam und deutlich im Lehrbuchton beantwortete. Die Stadt ist sehr interessant. Es gibt einige Sehenswürdigkeiten. Ich gehe spazieren. Ich schreibe Briefe an meine Frau. Ich fotografiere bemerkenswerte Punkte. Es ist mir nicht zu kalt.

Ich beteiligte mich nicht an der Unterhaltung, schon das Zuhören strengte mich an. Veras gezierte Bewegungen, ihre korrekte Aussprache, ihre konzentrierten Formulierungen machten mich seltsam aggressiv. Es handelte sich nicht um ein gemütliches Beisammensein, es handelte sich um eine Situation, die sie für ihre Fortbildung nutzen wollte.

Wie Theo den Abend einschätzte, blieb ungeklärt. Er rechtfertigte sich vor uns, er betonte sein Glück und pries die Vorzüge seiner Freundin, er pries seine Freundin an und versuchte meinen Vater von seiner Gutwilligkeit zu überzeugen, Theo gab sich naiv und hatte auf naive Weise Hintergedanken, er sah mir bittend in die Augen, als müsse er mich beschwichtigen. Er holte ein paar Fotografien aus seiner Brieftasche und reichte sie mit dem selbstverständlichen Stolz des Familienvaters herum.

Der Sohn machte eine Lehre bei der Post, die Tochter studierte im ersten Semester. Seine Frau Erika, aschblonde Dauerwelle, Sonntagsstaat, hatte ihren beiden Kindern den Arm um die Schultern gelegt, sie steckten die Köpfe zusammen und blickten von unten in die Kamera, als habe man sie bei einer Geheimnistuerei freudig überrascht. Die drei posierten im Wohnzimmer vor einem Ölgemälde. Alpenlandschaft, Damwild, der Rahmen vergoldetes Pseudobarock.

Theodor Cziczinski, Sohn eines Bergarbeiters aus Duisburg-Ruhrort, Enkel schlesischer Einwanderer väterlicherseits, Abkömmling einer Krämerfamilie mütterlicherseits, war unter seinen Geschwistern derjenige, der es am weitesten gebracht hatte. Theo zeigte uns ein Foto von seinem Reihenhaus. Ein Haus mit sehr unscheinbar gestaltetem Vorgarten, ein Haus, das sich in der Reihe nicht vordrängte, das eher zurückfiel. Mit der Wasserwaage gestutzte kniehohe Hecke, scharfkantig gemähter Rasen, Wege aus Waschbetonplatten, in den Ritzen kein Moos. Ich konnte mir Theo vorstellen, wie er, durchaus pfiffig, aber auch vor der Zeit rentnerhaft, das Wachsen seines Grases überwachte. Seines eigenen Grases, seiner eigenen Hecke, seiner eigenen Achtbarkeit.

Vera nahm das Vorzeigen der Fotos unbeteiligt hin wie eine altbekannte Prozedur. Sie stellte elegant ihr Glas ab, schien zufrieden, daß Theo für die Unterhaltung der Gäste angemessen Sorge trug, und hielt uns die Gebäckschale vor.

Theo nahm die Fotos wieder an sich. Er zog umständlich seine Cordhose hoch, kramte geheimnisvoll im Wohnzimmerschrank und legte einen Videofilm ein.

Auftritt einer Folkloregruppe. Musikanten in kurzen Lederhosen und weißen Hirtenhemden. Ein Akkordeon zog sich in die Länge und preßte sich wieder zusammen. Pausbacken, Blechbläser, Lausbubenlächeln. Schnelle Gitarrenfinger, stramme Waden. Münder, weit offen. Dirndlkleider, Hände in den Hüften, drehten sich im Kreis. Schließlich kam ein schunkelndes Publikum ins Bild, das brummend mitsang. Der Ton war von Rauschen überdeckt, die Schnitte befanden sich an den falschen Stellen. Theo hatte den Film selbst gedreht.

Theodor Gottesgabe. Theodor Fan der Almdudler. Missionshelfer Theodor, in der Lage, ein Urlaubsvideo mitzunehmen zu den abgelegensten Stellen der Welt, es dort den Ungläubigen zu zeigen, die Bedrückten aufzuheitern, die Verzweifelten zu trösten. Jährlicher Pilger nach Österreich, mit seiner Frau auf Heimaturlaub in volkstümlichem Frohsinn, mit seiner Frau auf bergenden Konzerten, auf eingängigen, nachvollziehbaren Konzerten, die Personen wie Theo und seine Frau, Menschen ohne musikalische Grundausbildung, ohne weiteres verstehen konnten.

»Meine Frau Erika besitzt von dieser Gruppe eine Autogrammkarte«, bemerkte Theo wie beiläufig, und mein Vater, der es gewohnt war, jede Aufgabe bis zum Ende auszuführen, nickte anerkennend.

Theo wölbte ein wenig die Brust und goß uns nach. Es war ein anderes Trinken als zuvor: Nun gehörten wir zum Klub, zur Kennerschaft, wir gehörten dazu, ob wir wollten oder nicht. Der Sekt perlte auf meiner Zunge und ich war nicht damit einverstanden, zu einer Gemeinde Theodor Cziczinski gezählt zu werden, erst recht nicht mitten im Ural, wo die Schwerpunkte vollkommen anders lagen. Aber Theo gab uns keine Chance. Er spulte den Film hin und her und ließ eine andere Stelle laufen. Ein blondes Paar sang ein Duett. Vera zuckte zusammen, ein kleiner Ruck des Wiedererkennens fuhr durch ihren Körper unter dem hauchdünnen Kleid, vielleicht war es ihr Lieblingspart, vielleicht erinnerte die Melodie sie an eine andere, eine ihrer Jugend, vielleicht gefiel ihr die Frische des Paares. Vera, gebannt, gerührt, schneuzte sich die Nase.

Ich mochte sie nicht, diese Emotionen, ich mochte es nicht, in sie verwickelt zu werden. Ich sah angestrengt in die Luft. Mein Vater aß Erdnüsse, er aß zierlich und anständig einen einzelnen Nußkern nach dem anderen von seiner Handfläche. Er hatte zu tun, aber das hinderte ihn nicht, auf den Bildschirm zu schauen. Vera wedelte mit einem frischen Taschentuch und tupfte sich vorsichtig die Wimpern. Theo lehnte sich zufrieden zurück.

Ich hörte das blonde Paar singen, ich wehrte mich dagegen, aber schon wippte mein Fuß, zartbestrumpft, feinbeschuht, im stampfenden Rhythmus, schon schlug mein Herz schneller, schon atmete ich im Takt. Eine verschworene Gemeinschaft waren wir, gefesselt vom Gesang, gänzlich abgewandt von Wind und Kälte und den Unannehmlichkeiten einer Landschaft, die für uns zu groß war. Statt dessen Lieder in frischer Luft, ein Lindenbaum, bebändert, umflort von lustigen und mitreißenden Klängen. Niemals waren Lindenbäume für mich von besonderer Bedeutung gewesen, aber hier, im Ural, wo der Schnee alles verschlang, wo endlos Platz war, aber der Platz nicht ausgefüllt wurde, schien mir ein einfacher Lindenbaum Rettung, Ziel und Halt. Etwas Beständiges, etwas Freundliches, etwas, das meine Vergangenheit, mein bisheriges Leben an mich anknüpfte, dieses Leben, das hier von den weißen Distanzen ausgelöscht war.

Der Aufenthalt in dieser Region, monatelang, bei schmutziger Arbeit, unabgelenkt, mußte auf Theo eine ähnliche Wirkung ausüben. Fern von der Familie, war er nicht in der Lage, ein inneres Verhältnis zu ihr aufrechtzuerhalten. Er betrog seine Frau mit Vera, es paßte nicht in sein Lebensmodell von Zweisamkeit, aber er konnte nicht anders, er lehnte es ab, ganz allein zu sein.

Vera hielt ihr Taschentuch an die gerötete Nase und schniefte.

»Sie ist erkältet«, behauptete Theo entschuldigend. »Die Eltern schicken die Kinder mit Grippe zur Schule, sie ist den ganzen Tag mit ihnen in einem Raum, gibt ihnen auch noch Nachhilfeunterricht, betreut sie, bis sie selbst krank wird, sie opfert sich zu sehr auf, meine Vera.«

»Ich arbeite zuviel«, sagte sie schlicht.

Theo hatte sein Programm abgespult. Er schaltete die verschiedenen Fernsehsender durch, überall erwartungsgemäß Russisch. Farblose Herren in Anzügen hielten Reden, Leute auf den Straßen wurden interviewt. Bei einem Zeichentrickfilm verweilte er länger, dann fiel ihm wieder ein, daß er Gäste hatte. Er stellte den Ton leiser und sah nur aus den Augenwinkeln hin.

»Ich kann euch noch die Wohnung zeigen.« Theo rüstete sich und zog den Bund seines Pullunders ordentlich nach unten.

Theos Wohnung war genauso geschnitten wie die unsere, sie verfügte ebenfalls über einen Balkon und über dieselben Einrichtungsgegenstände, die Wohnzimmerschränke, das Kaffeeservice, die gelblichen Polstermöbel. Es hatte etwas Beruhigendes, die Dinge wiederzuerkennen, augenscheinlich blieb nichts dem Zufall überlassen, sondern wir befanden uns innerhalb eines allgemeinen Plans, innerhalb einer Serie von Vorgaben. Theo öffnete die Balkontür, ein Schwall Kälte drang ins Zimmer, etwas Schnee fiel über die Schwelle auf den Teppich. Draußen war es schwarz, oben schimmerten ein paar Sterne. Theo zeigte uns zufrieden seinen Balkon, seinen Kühlschrank, seine Badewanne, als habe er das alles aus Knetgummi selbst gemacht.

»Sicher«, sagte mein Vater, als wir die Treppe hinabstiegen, »sicher, es ist schon trostlos hier. Man hat leider wenig Kontakte, kennt nur die Kollegen. Man fühlt sich doch ziemlich isoliert. Ich unterhalte mich ab und zu mit unseren Übersetzerinnen, aber ansonsten ist es natürlich schwer, wenn man die Sprache nicht kann.«

»Hast du Heimweh?« fragte ich.

Mein Vater antwortete nicht. Auf dem Treppenabsatz stand eine Blondine mit hochtoupiertem Haar. Sie trug einen winzigen Rock, eine schwarze Netzstrumpfhose, ein tief ausgeschnittenes Oberteil.

Ihr Aufzug war meinem nicht unähnlich, mich irritierte, daß sie meine leichte Bekleidung gleichsam kopiert, daß sie sie auf die Spitze getrieben hatte. Beide ohne Mantel, standen wir uns im Treppenhaus gegenüber, sie taxierte mich von oben bis unten, dann schüttelte sie mich ab und schritt mit klackenden Absätzen auf meinen Vater zu.

»Ich suche Anton Wermut«, sagte sie in holprigem Deutsch, »er ist nicht zu Hause.«

»Ich bin Herr Wermut«, sagte mein Vater und rückte sein Jackett zurecht. »Aber ich glaube, Sie haben sich geirrt.«

Die Dame hielt ihm einen Zettel hin. Name, Adresse, Zimmernummer, alles stimmte. Sie strömte eine Parfümwolke aus, mein Vater wedelte abwehrend mit der Hand.

»Nein, danke«, sagte er einfach. Damit war der Fall für ihn erledigt.

Die Blondine rührte sich nicht von der Stelle. Sie faltete die Hände um den Zettel und beobachtete, wie mein Vater seine Tür aufschloß, ohne sie weiter zu beachten. Sie warf mir einen vieldeutigen Blick zu, langsam, von unten herauf, ein stummer, sekundenschneller Zweikampf, bei dem ich nicht einschätzen konnte, ob ich ihn gewann oder verlor.

Mein Vater schob die Tür hinter uns zu und verriegelte sie. Er holte die Flasche aus dem Kühlschrank, goß sich ein Glas Wodka ein und schaltete die Spätnachrichten an. Ich schlüpfte im Korridor aus meinen Pumps, ich stand eine Weile orientierungslos vor meinen Schuhen und wußte nichts mit ihnen anzufangen. Draußen klapperten hohe Absätze langsam die Treppe hinunter. Unentschlossen zog ich die Schuhe wieder an, ging in die Küche und nahm die Granatäpfel vom Teller. »Möchtest du einen?« Ich hielt die Früchte in den Türrahmen.

»Nein danke.« Mein Vater sah kaum hoch.

Ich setzte mich an den Küchentisch und riß die Schale auf. Die Kerne glänzten dunkel, eingebettet in dünne weiße Häutchen, die die verschiedenen inneren Abteilungen voneinander trennten. Märchenhafte Räume, tiefrot leuchtend wie eine frische Verletzung. Sesam öffne dich. Höhlen voller Edelsteine, Sprengkörper in einem faustgroßen Geschoß. Granat. Granate. Ich zog vorsichtig ein weißes Häutchen ab und biß in das rote Fleisch. Ich nahm in Kauf, daß mein Lippenstift verschmierte. Der Saft tropfte blutig über mein Kinn und auf den Rosenteller. Ich verschlang die Früchte, als hätte ich seit Jahren kein einziges Vitamin mehr zu mir genommen. Dann warf ich die Schalen weg, wusch mir über der Spüle das Gesicht, trocknete mich am Geschirrtuch ab. Mein Lippenstift hinterließ auf dem Tuch einen roten Strich. Ich rieb ein bißchen daran, vergeblich. Ich drehte nochmals das Wasser auf und ließ es lange über den Teller laufen.

Mein Vater brachte sein Glas in die Küche.

»Ich weiß, wer dahinter steckt«, sagte er. »Das war die Schrift von einem Kollegen. Ich habe sie erkannt, seine Sauklaue.«

Er spülte das Glas aus und trocknete es gründlich ab.

»Das ist schon die dritte Frau, die er mir geschickt hat. Gleich am ersten Abend stand eine Schwarzhaarige vor der Tür, sie wollte zu mir und behauptete, es sei so abgesprochen. Aber ich habe sie nicht hereingelassen. Am nächsten Tag eine andere, blond, mit der habe ich erst gar nicht geredet. Ich habe nichts gesagt und die Tür wieder zugemacht. Dann war erst mal Schluß mit den Besuchen, wahrscheinlich hat der Albrecht dafür blechen müssen.«

»Ich sehe schon, du hast es hier nicht leicht«, sagte ich, räumte den Rosenteller weg und ging ins Bad, um mir die Zähne zu putzen.

Als ich zurückkam, saß mein Vater vor dem ausgeschalteten Fernseher. Ich hockte mich in einen Sessel und starrte den grauen Bildschirm an. Der Vitrinenschrank mit dem Kaffeeservice spiegelte sich darin, er wölbte sich in der Mitte etwas vor und bog sich an den Kanten nach hinten durch. Mein Vater klemmte zwischen Schrank und Tisch, er steckte als dünner Schatten in dem Zwischenraum, klein und verloren, kaum abgehoben von dem tiefen Grau, das die Dinge weit in den Raum hineinzog, das alles durchtränkte. Man sah, wie sich seine Ellenbogen hoben und senkten, er wedelte gegen das Grau an, versetzte ihm Stöße, versuchte, es von sich abzuhalten wie einen Mückenschwarm, eine Lästigkeit. Ich rutschte unruhig im Sessel hin und her und legte mir eine Decke über. Mein Vater sortierte Zeitungen. Er steckte ein paar lose Seiten in einen Hefter, schnitt einen Artikel aus und klebte ihn auf ein leeres Blatt, faltete den Rest der Zeitung sorgfältig zusammen. Sein Körper war auf dem Bildschirm flach und substanzlos, er unterschied sich nicht wesentlich von der Sitzgruppe oder vom Kaffeeservice im Schrank, er gehörte als feine Schattierung zum allgemeinen Grau, zum Hintergrund. So mußte die Langeweile aussehen, eine weiche Masse, in die man hineingedrückt wurde, die einen nicht mehr losließ, mit allem bis zur Unkenntlichkeit vermischte. Die Dinge verloren ihre Farben, ihre Bedeutungen, man selbst befand sich im Abseits, irgendwo an einem öden Ort, der längst die Macht ergriffen hatte, der nichts und niemanden gelten ließ.

Mein Vater schob die Papiere an den Rand des Tisches, bückte sich und hob einen neuen Stapel zu sich hoch. Er lebte in Gemeinschaft mit dem Mobiliar, mit den Einrichtungsgegenständen, er verschwamm mit ihnen in der gleichen Grundfarbe. Er beschäftigte sich mit seinen Plänen, seinen Artikeln, seinen Nachrichtensendungen, mit den Besorgungen von Büchsenmilch. Er war davon absorbiert, es blieb ihm keine Kraft mehr, aus diesem Alltag hervorzutreten, gegen die schleichende Depression anzugehen. Die Sitzgruppe ließ ihn nicht aufstehen, der Schrank stand sperrig auf allen Seiten, er konnte sich nirgendwohin wenden, ohne daß die Wohnung ihr Recht forderte, ihn dazu brachte, sich an sie anzugleichen.

Mein Vater hob den Kopf.

»Ach, du bist schon im Nachthemd? Ich mache das hier schnell noch fertig, dann kannst du ins Bett.«

»Du brauchst dich nicht zu beeilen«, sagte ich. »Ich sitze hier gerne noch etwas.«

Ich wickelte mich fester in die Decke. Jetzt sah ich mich selbst in der grauen Fläche des Fernsehers. Die Lehne des Sessels preßte sich als Kopfstütze in meinen Nacken, die Falten der Decke lagen um meinen Bauch wie Sicherheitsgurte. So raste ich reglos durch Zeit und Raum. Das Zimmer, das gesamte Hochhaus kippte immer weiter vornüber, drehte sich mit dem ganzen riesigen Rußland zur Nachtseite der Welt. Die Sicherheitsgurte hielten mich fest. Minuten verstrichen, aber für mich änderte sich nichts. Ich dachte an den Sternenhimmel, der sich während dieser Minuten ein

Stück weit verschob, für uns unsichtbar. Ein Sternenhimmel, der sich hinter dichten Vorhängen verbarg, der uns mit dichten Vorhängen von sich abhielt.

Man war hier auf befremdliche Weise isoliert. Als Kind hatte ich mir beim Anblick des Sternenhimmels etwas gewünscht. Jetzt wollte ich mir auch etwas wünschen, aber mir fiel nichts ein. Ich dachte nach, aber die Vorhänge vor dem Fenster schienen zu verhindern, daß sich ein Gedanke überhaupt entfaltete, sie hielten das gesamte Denken auf Zimmergröße, hielten uns in Schach.

Als Kind hatte ich Engel über den Himmel gehen sehen, sie schritten würdevoll eine halbe Kreisbahn über das schwarzblaue Gewölbe, vollzogen ihren Bogen zwischen den aufgehängten Sternen, frohe Punkte glitzerten um ihre Häupter, fern und nah zugleich, man hätte sie abpflücken und essen wollen. Die Engel rückten behutsam vor, gemächlich wie tagsüber die Sonne, nur zarter, mondscheinfarben glitten sie dahin, schweigend zum Klang der Sphärenmusik, sie schritten gleichmäßig voran, eine Schafherde, eine Gewalt. Meine Mutter summte mir etwas vor, damit ich mich beruhigte. Ich hatte nicht einschlafen können, ich war beängstigt, die Welt für die ganze Nacht zu verlassen, ich sorgte mich, ob die Welt noch da war, wenn ich erwachte, aber die Engel besänftigten mich, sie schienen die Welt zu behüten, verbrachten die Nacht in einer Art somnambuler Wache, einem Zustand des Halbschlafs, der sowohl der Nacht als auch dem Bewußtsein Gerechtigkeit widerfahren ließ. Sie gingen über den Himmel, nicht von dieser Welt, aber uns doch ähnlich, eine geglückte, immer wieder glückende Prozedur, den Nachthimmel aufrechtzuerhalten, Glückspunkte die Sterne, man begann sie zu zählen wie Rubbellose für eine verschwiegene Lotterie, man begann etwas zu hoffen, zu wünschen, ohne daß man sich über dieses Etwas klar gewesen wäre, man erwartete nichts Bestimmtes, es war nur dieser Vorgang, sich auszurichten auf etwas Kommendes, ein leises Ziehen, eine Wendung des Geistes zur Zukunft hin, und ich ließ mich von meiner Mutter ins Bett bringen, vorbereitet auf die Ewigkeit, die Gegenwart, die Zeit.

Jetzt blieb das Fenster leer, nur der Vorhang bewegte sich, er pendelte im Sog der Heizung hin und her. Hier war der Ort, an dem sich herausstellte, daß die eigenen Vorstellungen klein und albern waren. Es war der Ort, an dem man einsehen mußte, daß man sich statt dessen inmitten von fremden Vorstellungen befand, inmitten fremder Vorhänge, fremder Möbel, fremder Gedankenwelten. Ich spürte, daß ich mich dagegen sträubte, daß ich diese Umgebung nicht akzeptierte, sie nicht gelten ließ. Ich raste in meinem Sessel durchs Weltall, aber ich hielt mich stocksteif, ich versuchte, mir die Gegenwart vom Hals zu halten, sie zu ignorieren. Rußland gefiel mir nicht, es gab mir ein Gefühl von Unwirklichkeit, als sei ich hier sogar direkt neben meinem Vater vollständig allein. Ich sah mich im Gehäuse des Fernsehers, der aus mir ein Schwarzweißbild machte. Das Rosa meines Nachthemds war auf dem Bildschirm nicht mehr zu erkennen. Rußland lähmte mich. Rußland entsprach nicht dem, was ich im Kopf gehabt hatte. Es war ein feines Ziehen gewesen, eine leise Sehnsucht, ich wollte mich erinnern, womit dies verknüpft gewesen war, aber ich fand es nicht mehr heraus. Die Minuten verstrichen, ohne daß man es bemerkte. Die Blondine fiel mir ein, auch sie hatte ihre Vorstellungen davon, wie wir diesen Abend verbrachten, sie täuschte sich. Ich klammerte mich an meinen Sicherheitsgurt und überließ mich teilnahmslos dem Flug in die Nacht.

Schließlich räumte mein Vater die Zeitungen weg und stand auf.

»Du mußt doch müde sein«, sagte er und gab mir einen Gutenachtkuß.

»Ich denke noch ein bißchen nach«, sagte ich. »Viele neue Eindrücke, weißt du.«

Mein Vater streichelte meine Wange und sah mich ernst an.

»Ich bin sehr froh, daß du hier bist«, sagte er.

In der Nacht flog ich in großer Höhe über Mitteleuropa. Aus der Vogelperspektive waren alle Orte kreisrund und drehten sich um sich selbst wie ein weiter Rock. Ich verspürte eine Art Heimweh, aber etwas hinderte mich daran, zu landen. Irgendwo spielte eine Blaskapelle. Die Orte wurden langsam durchsichtig, und je lauter die Musik ertönte, desto mehr quollen sie auf. Ihre Oberfläche spannte sich und zitterte unter den Hornstößen und Paukenschlägen. Die Kugeln schillerten im Licht, und wenn sie einen gewissen Umfang erreicht hatten, zerplatzten sie wie Seifenblasen.

Weiter östlich war Rußland als das Land der Industriegiganten, der Planstädte, der Monokulturen zu erkennen. Lange gefurchte Rechtecke zogen sich ins Unendliche hin, graue Würfel stapelten sich in rasendem Tempo aufeinander und bauten sich wieder ab, ohne daß ein erkennbarer Zielzustand erreicht worden war, viereckige Platten schoben sich Schmalseite an Schmalseite und trennten Gebiete voneinander ab. Ich selbst schwebte auf einem Quadrat, das sich unter meinen Füßen in der Luft hielt und sich dann wie ein Fahrstuhl senkte. Weitere Quadrate bauten sich scheppernd um mich herum, bis ich in einem eisernen Container stand. Der Fußboden dieses Containers war schachbrettartig mit schwarzen und weißen Fliesen belegt. Diese Fliesen verschoben sich zu gleichfarbigen Reihen, bis die Fläche in eine schwarze und eine weiße Hälfte geteilt war. Nur das Stück, auf dem ich mich befand, war ausgespart geblieben, hier öffnete sich eine quadratische Lücke, in die ich langsam hineinsank, ich, ein schwarzer Vierkantbalken, der an der Stelle, wo meine Schädeldecke sein mußte, einrastete und die Lücke nahtlos schloß.

4 Baustahl

Rohrleitungen steigen über der Straße auf,
sie überbrücken ein Stück Luft, markieren
die Durchfahrt. Kipplader, Radspuren, rostige Drähte
schneiden dir durchs Gesicht, es sind Dinge,
die Falten hinterlassen, Vergangenheit einzeichnen.
Es riecht nach altem Gas, nach Zerrissenheit.
Methan, Butan, Propan.
Abgeklemmte Kabel, korrodierte Anlagen.
Es wird so sein, daß die Anstrengung nachläßt,
mit der die Dinge ruhig bleiben, es wird so sein,
daß Behäbigkeit einsetzt, eine sanfte Schwere,
mit der sie auf ihren Schatten festkleben,
unbewegliche Flecke, eine Einsamkeit, mit der
das Verschwinden anfängt.

Das Werkstor stand offen. Eiserne Ornamente, schwarze Ranken und Blätter, weit entfaltete Blüten, ein schmiedeeisernes Tor, das ein Parktor oder ein Friedhofstor hätte sein können, aber darüber prangten Leuchtröhren mit dem Schriftzug MMK – Magnitogorsker Metallurgisches Kombinat. Der gesamte Bereich war von einer übermannshohen Mauer mit Stacheldrahtkrone umgeben. Mein Vater lehnte sich aus dem Fenster und zeigte ein Kärtchen vor, die Schranke ging hoch. Wir fuhren auf überfrorenem Schotter weiter. Männer in Schutzhelmen betraten eine Backsteinhalle. Ein Förderband glitt im Leerlauf dahin. Jemand hockte auf einem Gerüst und hämmerte. Ein Lastwagen kam uns entgegen, wir wichen zur Seite aus, der Fahrer hielt die Hand an seine Mütze. Mein Vater nickte und grüßte zurück. Ein Arbeiter schaufelte weißes Pulver in Säcke. Ein zweiter hielt die Säcke auf, schnürte sie zu und blies danach auf seine Finger. An den Seiten des Fahrtweges düstere Haufen, harscher Schnee, den eine Rußkruste dick überzog.

Das Baustellenbüro lag direkt neben der Kokerei. Ein paar blinde Fenster. Giftgelber Qualm, der durch alle Ritzen zog. Ein kahler Korridor verband mehrere kleine Kabuffs. Die Wände nicht gestrichen und feucht, das elektrische Licht trüb und grünlich, in den Ecken rostige Rohre, die irgendwoher kamen und hier endeten. Wozu sie dienten blieb unklar, sie brachen plötzlich ab und starrten mit ihrer Öffnung in den Raum. Ein farbverschmierter Tisch trug einen Wassertopf mit einem Tauchsieder. Das war die Teeküche. Die Kaffeemaschine stand im Safe.

In einer Abstellkammer verpaßte mir mein Vater eine gefütterte Arbeitsjacke und einen Schutzhelm.

Wir bestiegen eine Außentreppe, die im Zickzack in die Höhe führte. Gitterstufen, unter jedem Tritt erbebend. Mein Vater kletterte ungerührt voran. Ich klammerte mich an das vereiste Geländer und biß die Zähne zusammen, um nicht auszurutschen. Mir wurde übel von der kalten, diesigen Luft, meine Hände begannen zu schmerzen. Scheppernder, unzuverlässiger Untergrund, kein Boden unter den Füßen. Wir erklommen vier Stockwerke. Schließlich öffnete mein Vater eine Eisentür: eine Halle in der Luft.

Wir standen in einem großen, kargen Rohbau. Eine Seite des Raumes existierte nicht. Der Wind pfiff hinein, pfiff ins Leere. Ich stolperte über einen alten Pullover. Arbeitshandschuhe hingen an einem Nagel an der Wand. In der Mitte der Halle, auf einem Stahlrahmen, befanden sich Spinde aus hellgrau lackiertem Metall.

»Jetzt kannst du sehen, woran ich arbeite«, sagte mein Vater und schloß die Spinde auf. Bunte Drähte quollen heraus, es sah aus wie Kinderspielzeug.

»Das sind also die Schaltschränke, das Herzstück der ganzen Anlage. Ich bin für die Elektrotechnik zuständig, ich entwerfe das Verteilernetz und muß kontrollieren, daß die Montage ordentlich ausgeführt wird. Das ist gar nicht so einfach, die Leute, die dafür eingesetzt werden, machen, was sie wollen. Sie müßten sich nur nach der Zeichnung richten, aber nein, sie wursteln sich hier und da was zurecht, teilweise mußte ich die Schränke wieder völlig auseinandernehmen und jedes einzelne Kabel neu anschließen – ich weiß nicht, wie die das hinkriegen, ob sie ständig so betrunken sind, daß sie rot von blau nicht unterscheiden können ... Einer war imstande, einen Armvoll Strippen einfach zusammenzuwickeln, in den Schrank zu werfen, Tür zu, fertig war er. Es liegt auch an den Übersetzerinnen, die können das nicht vermitteln, ich weiß nicht, was die erzählen, jedenfalls nicht das Entscheidende. Das sind die Probleme der Elektrotechnik, die anderen Abteilungen haben ganz andere Sorgen. Im Prinzip lief es ja jetzt einigermaßen mit der Montage, aber monatelang ist es ein einziges Chaos gewesen. Das gesamte Material hat anderthalb Jahre draußen gelegen, im Schnee, im Regen, weil die Arbeit nicht vorwärts ging. Natürlich ist vieles durchgerostet, nicht mehr zu gebrauchen, wir mußten alles neu bestellen. Das dauert dann wieder, und die Leute haben nichts zu tun, lungern herum ...«

Mein Vater begann, mir die Funktion der einzelnen

Schränke zu erklären, aber ich hörte nicht richtig hin. Ich starrte auf die Drähte, die sich umeinander wanden, sich miteinander verstrickten wie komplizierte Gedankenketten, unbewußte Muster in einem grauen, öden Raum. Die Schaltschränke schlossen sich schonend darum, schmale Stelen, die steif aufragten und eine absurde Gruppe bildeten, zwei Reihen, durch die der Wind wehte. Sie leisteten Widerstand gegen die Leere dieser Halle, sie standen ruhig da, in einem gefährlichen Gleichgewicht balancierend, Bilderflut eines einzigen hellgrauen Balkens, formelhaft und grazil, von einer klaren, mathematischen Schönheit.

»Elektrostatische Teerabscheidung«, sagte mein Vater, »Gasschlußkühlung«, hörte ich, »Ammoniakentfernung«, »Rohbenzolgewinnung«, er wies auf verschiedene Schränke hin, schließlich schloß er sie ab und führte mich zur Tür.

»Von hier oben kannst du ganz gut sehen«, sagte er und schob mich zurück auf den Treppenabsatz, der durchsichtig wie ein Sieb unter meinen Füßen federte.

Kühne, rohe, drohende Mauern, am Himmel sich auftürmende Abgaswolken, mit Blitzen und Krachen einherziehend, der grenzenlose Luftraum in Empörung gesetzt, Löschtürme und Koksöfen in ihrer ganzen majestätischen Gewalt, Schlackebetten mit ihrer zurückgelassenen Verwüstung: Die Herrschaft der Technik, streng aufgerichtet gegen die Bodenlosigkeit des Todes, Menschheitsträume, zur Vernunft gekommen, die Macht des Denkens gegen das Unabänderliche.

Dieser Industriekomplex war eines der weltweit größten Schwermetallunternehmen, das mit seinen Stahlstraßen und Gießereien, mit seinen Hochöfen, Kühltürmen, Kokereien, seinen Elektrizitäts- und Heizwerken den wichtigsten Ausgangspunkt der Automobil- und Waffenindustrie, der Produktion von Flugzeugen und Gasherden, von Kochtöpfen, Nägeln und Stacheldraht für das gesamte sowjetische Imperium bildete.

Lange Zeit war Ausländern der Besuch nicht gestattet, die gesamte Region galt als geheime Zone und war Sperrgebiet. Jährlich ging ein niederschmetterndes Quantum an Emissionen über der Stadt und ihrer Umgebung nieder. Je nach Wetterlage war die Stadt in Schwaden aus schwarzem, schwefelgelbem oder rotem Rauch gehüllt. Je nach Windrichtung fiel im Winter schwarzer Schnee.

Mächtige Würfel, silberne Rohre, rauchende Kegel: Stäbe drehten sich, Blöcke, Wände, Walzen schienen zu rotieren. Geometrische Figuren fügten sich zu einer melancholischen Landschaft, die qualmte und zischte, die trotz ihrer Schwere auf dem verschneiten Untergrund zu schweben schien.

Das Kombinat löste sich in kolossale Formen auf und setzte sich immer wieder neu zusammen, in jedem Augenblick stand es unangemessen groß und gleichsam gewalttätig auf seinem Platz und zwang mir seinen Anblick auf. Ich konnte nicht ausweichen, und ich krallte meine Hände um das eisige Geländer, bewunderte das Monumentale der Anlage, die überwältigende Gräßlichkeit von Lärm und Schmutz und die grobe geordnete Unordnung, deren Zwecke ungeheuerlich und undurchschaubar waren.

Der luftige Treppenabsatz schaukelte, aber die gigantische Umgebung minimierte mein Unbehagen zu einer unbedeutenden Kleinigkeit. Ich würde hier nichts anderes tun können, als mich allem zu fügen.

Zugleich empfand ich ein seltsames Vergnügen dabei, mich im Zentrum einer verbotenen Zone zu befinden. Sie ließ mich nicht gleichgültig, ja sie übte einen Sog aus, als sollte ich nicht aufhören, auf sie hinauszusehen, sie weitete sich immer mehr, riß mich zu sich hin, vereinnahmte mich. Mein Kopf wurde leicht und leer, und ich fühlte mich erhoben, als würde ich als winziger, unangreifbarer Punkt über all dem in der Luft gleiten, hin und her in einem Fluidum aus Begehren und grenzenlosem Wohlgefallen, aus Überschwang. Mein Vater erzählte mir irgend etwas über die Funktionsweise der Kokerei, und ich hörte plötzlich auf, mir Sorgen um ihn zu machen. Ich verlor alle Angst, ich fürchtete nicht mehr, Rußland könne ihn aufschlucken, ihn resignieren lassen. Er würde sich in diesem Gelände immer achtungsvoll bewegen, mit ernsthaften Dingen beschäftigt, von der Größe des Objekts gerührt. Er würde seine Aufgabe erfüllen und wieder nach Hause fahren, die Sache vergessen. Er nahm das Werk hin, wie man das Wetter hinnimmt, die Wüste, den Ozean, er nahm es hin, wie man als Tourist eine Sehenswürdigkeit hinnimmt, noch durchtränkt vom Lärm und Gestank des Reisebusses, durchgeschüttelt und ergeben, demütig.

Verschweißt, verschraubt.
Versichert, versprengt. Leicht
entzündliches Gas, farblos, unsichtbar.
Etwas verpufft wie von selbst, heller Rauch
steigt aus den Kaminen, mechanisches
Stampfen, hier wird die Welt
leergepumpt, du projizierst eine Glühbirne
hoch in den Äther, als gäbe es Hinweise auf
jene griechische Feuerluft, in der die Sterne schweben
und die Götter wohnen.

Mein Vater zeigte mir sein Büro. Hellbraune Scheiben. Halbdunkel. »Man muß den ganzen Tag die Lampe anlassen«, sagte er. »Ich weiß nicht, ob hier mal jemand die Fenster putzt, aber es lohnt sich auch nicht, die Emissionen sind derart konzentriert, daß es gleich wieder genauso aussieht wie vorher. Und du riechst es ja auch, der ganze Dreck, den sie in die Luft blasen, sammelt sich als erstes hier im Zimmer.«

Auf seinem Schreibtisch lagen mehrere DIN-A2-Pläne mit komplizierten Schaltkreisen ordentlich Kante auf Kante. Sein Kollege Albrecht war nicht da. »Mit den Mädchen versackt«, vermutete mein Vater. »Kuriert den Kater aus.« Albrecht traf meistens erst gegen Mittag ein. Er lebte in Rußland ein eigenes Leben, hatte in Deutschland seine Wohnung aufgegeben und sich hier ein klappriges Auto gekauft. Er kannte sich im einschlägigen Stadtviertel aus, er kannte die richtige Bar, er kannte die Frauen. Jetzt ließ er sich Bart und Haupthaar wachsen, um russischer als die Russen zu sein. »In Wirklichkeit ist er zu faul, zum Friseur zu gehen«, sagte mein Vater, »er ist ja nicht einmal imstande, sich richtig zu waschen.«

Wenn Albrecht kam, verbreitete er Alkoholgeruch und verstreute Zigarettenasche in den Aktenordnern. Mein Vater hatte sich nicht aussuchen können, mit wem er das Bürozimmer teilte. Im Zweifelsfall wäre ihm Theo lieber gewesen. Theo, der nebenan versuchte, einen Druckbleistift, ein Lineal, einen Radiergummi in einer neuen Reihenfolge auf der Tischplatte anzuordnen. Theo, der während der Arbeitszeit unmodische Anzüge trug, Anzüge aus einer anderen, schon verflossenen Generation. Theodor Cziczinski hielt sich nicht aufrecht, seine Schultern hingen vor, und er präsentierte seine neue Krawatte wie einen Schutzschild.

Theo war unscheinbar. Er sah bei näherem Hinsehen

besser aus, als man nach dem ersten Eindruck vermutete. Ein gut geschnittenes Gesicht, harmonisch, ohne Auffälligkeiten. Dünnes Haar, das er schon jetzt, wo es noch gar nicht nötig war, wie ein Glatzköpfiger von einer Seite quer auf die andere kämmte. Es trat noch keine kahle Stelle hervor, die er auf diese Weise verdecken mußte, dennoch blieb er bei dieser Frisur, sie machte ihn älter, als er war.

Ihm fehlte die ewig jugendliche Mentalität, mit der seine Kollegen die Posen Halbstarker nachahmten, jener Hang, noch den erdrückendsten Umständen durch die eigene Lässigkeit etwas abzugewinnen. Theo vermied Holzfällerhemden unter ärmellosen Westen, er trug generell keine Jeansjacken, er protestierte auf seine Weise gegen die 68er. Frauen wie Vera fanden ihn seriös.

»Die Hochspannungskabel sind nicht mitgekommen«, verkündete er besonnen.

Mein Vater starrte auf Theos neue Krawatte. »Was soll das heißen, nicht mitgekommen?« Er riß sich den Schutzhelm vom Kopf und versuchte, ihn durchzukneten. »Nicht mitgekommen?«

»Es hieß, Hochspannungskabel hätten sie im Moment nicht.« Theo faltete lakonisch die Hände.

Mein Vater stülpte sich den Helm nervös über die Faust und boxte hinein. »Neue Krawatte?« sagte er.

»Hat mir Vera geschenkt.« Theo hob die Krawatte mit beiden Händen an und legte sie vor sich auf den Tisch.

»Sind die anderen Sachen in Ordnung?« Mein Vater strich sich mit den Fingern durchs Haar. Er glättete es, wo es vom Schutzhelm durcheinandergebracht war, er drückte es mit der flachen Hand fest an.

Theo zog seine Krawatte vorsichtig wieder ein.

»Alles andere, was wir bestellt haben, ist da. Die dünnen Leitungen, die 6-mm-Schrauben, die Schienen.«

Mein Vater ließ sich auf einen Stuhl fallen und stützte den Kopf in die Hände. »Ohne die Kabel können wir nichts machen«, befand er resigniert. »Das übrige Material ist nutzlos, wenn wir die Kabel nicht haben.«

Theo nahm seinen Radiergummi auf und legte ihn wie eine Spielkarte versonnen an eine andere Stelle.

»Denkpause«, bemerkte jemand aus dem Hintergrund. »Denkpause, abwarten und Tee trinken.« Hager und klein lehnte Albrecht im Türrahmen, blickte von einem zum andern, verharrte bei mir. Er wollte etwas sagen, verschluckte es, nickte mir beiläufig zu. Dann schnippte er eine Zigarettenschachtel zu Theos Radiergummiordnung auf dem Tisch. »Wir sollten alle Mann ein paar Urlaubstage machen, Betriebsausflug in die Berge, Skilaufen, abends Dampfbad, das wäre das Sinnvollste. Wir werden noch lange genug Zeit totschlagen, ich weiß doch, wie das hier läuft. Hier ist Ausland, hier gehen die Uhren anders.«

»Der Chef ist dagegen«, erläuterte Theo servil.

»Er kann sich nicht durchringen, er wartet jeden Tag auf ein Wunder.« Albrecht Pogoda strich sich den Bart, öffnete den Mund, klappte ihn wieder zu.

»Da ist er ja«, sagte er dann. »Wenn man vom Teufel spricht.«

Ein hochgewachsener Mann in grauem Mantel musterte mit einem Blick die Gegenstände auf Theos Tisch und nickte jedem seiner Leute zu, als müsse er jeden persönlich seiner Aufmerksamkeit, seiner Anerkennung, seiner Loyalität versichern. Wolfgang Grave, der Chef.

Er kam mit schmalen Augen auf mich zu. Ich gab ihm die Hand, er zog sie an sich und küßte sie auf eine ironische, altertümliche Art, sagte ein paar belanglose, nicht unfreundliche Dinge. Er sah mich dabei forschend an, er bohrte in mir, als versuche er sich zu erinnern, woher er mich kannte. Ich zuckte zusammen und fühlte einen Stich in der Brust, als hätte auch er mich auf etwas gestoßen, was ich längst vergessen hatte.

Er flackerte. Etwas in ihm brannte ständig auf hoher Flamme. Eine Unrast, eine leise, grundsätzliche, höhnische Unzufriedenheit, die er überspielte, die er nicht wahrhaben wollte, der er nicht nachforschte. Wer mit ihm in einem Raum arbeitete, konnte sich nicht konzentrieren. Er erledigte seine Aufgaben schnell und mit hoher Energie. Gleichmäßige Tätigkeit schien ihn nicht auszulasten. Er arbeitete viel, wenn auch nach seinem eigenen Rhythmus, unstet, unberechenbar. Am Abend, wenn er gemeinsam mit den anderen vom Werk zum Hotel fuhr, wirkte er noch unruhiger als am Morgen, er verließ den Bus hastig, als beginne der Tag für ihn erst jetzt. Er gab den anderen das Gefühl, ohne ihn etwas zu versäumen, als sei die Spannung des Lebens eng mit seiner Gegenwart verknüpft. Wenn er in Moskau Geschäfte zu erledigen hatte, wartete man insgeheim auf ihn, mit schlechtem Gewissen, weil es unnötig war, auf ihn zu warten, weil es erniedrigend schien, daß die Zeit ohne ihn vage und unwirklich wurde. Seine Mitarbeiter mochten ihn nicht, weil sie sich abhängig fühlten, und gleichzeitig fürchteten sie, daß er sie verließ.

Niemand hätte sich gewundert, wenn er eines Tages einfach verschwunden gewesen wäre.

Wolfgang Grave verfügte über eine eigenwillige, etwas herrische Eleganz. Schlank und dynamisch, mit dem geschmeidigen Gang eines Dandys, dabei aber geschäftig, nie entspannt. Er war nicht wirklich schön. Sein Haar dünnte sich bereits aus, die Anforderungen des Berufs ließen die Haut grau und mürbe werden, sein Gesicht zeigte zuviel Knochen. Aber von ihm ging eine nervöse Vornehmheit aus, die den anderen Männern fehlte. Er schien etwas zu fein, etwas zu empfindlich für diese Umgebung, zu konservativ, um mit den anderen in Ruß und Asche Bier zu trinken, zu ironisch, um sich mit profanen Angelegenheiten wie der Beschaffung von Lebensmitteln oder Toilettenpapier zu befassen, aber er tat es, und zwar stilvoll, im Stil des Agentenromans.

Es hätte niemanden überrascht, wenn er eines Tages einfach verschwunden gewesen wäre. Man merkte ja, wie sehr er unter Druck stand, er fühlte sich nicht wohl in seiner Haut, und es schien nur eine Frage der Zeit, wann es ihm bewußt wurde und er die Konsequenzen zog. Insgeheim rechneten alle damit, daß er aufgab, Schluß machte, und sahen immer wieder irritiert, daß er es nicht tat.

Was also war von ihm zu erwarten, was wäre von ihm zu erwarten gewesen? Seltsamerweise erwartete man von ihm keine Zuverlässigkeit. Natürlich war es sein Job, auf der Baustelle präsent zu sein, aber aus irgendeinem Grund empfanden seine Mitarbeiter es als permanente Ausnahme, als eine Laune oder ein Entgegenkommen seinerseits. Während der Fahrten mit dem klapprigen Werksbus stand er vorn beim Fahrer, ganz Lotse, ganz Kapitän, er kümmerte sich um die Angelegenheit des Busfahrens, obwohl er mit den Gedanken ganz woanders war. Er sorgte dafür, daß der Fahrer die Heizung aufdrehte, er war bemüht, es allen körperlich so angenehm wie möglich zu machen, nur schien er selbst nicht auf die gleiche Weise in das Geschehen involviert, er schien angespannt auf ein Entkommen zu warten, er beanspruchte jederzeit Ausweichmöglichkeiten. Man sah es, wenn er manchmal gereizt eine Schulter hob und eine Bewegung machte, als wolle er etwas wegstoßen, ein gelangweiltes Schulterzucken, während er sich im Bus mit nur einer Hand festhielt, gleichgültig gegen das unbequeme Geschaukel und Geruckel, gleichgültig gegen die Banalitäten. Er zeigte eine demonstrative, etwas anmaßende Freiwilligkeit, er kam zur Arbeit, weil er sich entschieden hatte zu kommen, weil er sich seiner Wichtigkeit bewußt war, nicht, weil er mußte. Er stand mit offenem Mantel im Baustellenbüro und redete, achtlos, fahrig, gelassen, er nannte das Besprechung, spielte in der Tasche mit dem Zimmerschlüssel, er vermittelte uns ununterbrochen, daß er auch anders konnte, er wirkte, egal, wie lange er blieb, als sei er nur flüchtig, nur vorübergehend hier.

Ich wußte nicht genau, was uns zueinander hinzog. Es war nicht Liebe auf den ersten Blick. Mit Liebe hatte es wenig zu tun, eher mit Haß. Es war ein unsicheres, zwanghaftes Gefühl, es beinhaltete alle unangenehmen Seiten einer Leidenschaft, das halb-unfreiwillige Näherrücken, die Unterwerfung unter eine bedrohliche Triebhaftigkeit, das Handeln aus Selbstzweifel, aus Verzweiflung.

5 Psychotests

Das Telefon neben meinem Bett klingelte. Ich fuhr auf und schlug die Decke zurück. Draußen Stille. Das Telefon klingelte erneut. Einmal, noch einmal. Ich nahm den Hörer ab.

»Hier ist Wolfgang.«

»Guten Morgen.«

»Hast du Zeit?«

»Ja – natürlich – wie spät ist es jetzt?«

»Halb zehn.«

»Und welcher Tag?«

»Donnerstag. Wieso weißt du nicht, welcher Tag ist?«

»Ich weiß es eben nicht. Ich schlafe noch.«

»Kannst du kommen? Ich bin in meiner Wohnung.«

»Ja, selbstverständlich«, sagte ich, »ja, ich komme sofort.«

Ich ging unter die Dusche. Ich dachte an nichts. Ich vergaß, mein Nachthemd auszuziehen. Ich merkte es erst beim Einseifen. Ich zog mir das Nachthemd langsam vom Körper. Es klebte, es zerrte, leckte an mir. Ich ließ es über den Rand der Wanne fallen, Seifenschlieren rannen über meine Schenkel, ich stand naß in der Mitte des Badezimmers, mir fiel nicht ein, wie es weiterging. Unsere Handtücher hingen an grauen Plastikhaken, sie hingen dort in sich gekehrt wie Personen, an die ich mich hätte wenden müssen. Ich schüttelte Wassertropfen von mir ab, ich sah die Handtücher nachdrücklich hängen, ich rührte sie nicht an. Stieg in meine Kleider, plötzlich hektisch, die Stoffe hafteten eng auf der Haut, saugten die Feuchtigkeit ein, ich merkte es kaum.

Wolfgang öffnete mir die Tür, er bewegte sich träge, seltsam abwesend, als habe er mit meinem Kommen nichts zu schaffen. Der Fernseher lief, Herren in grauen Polyesteranzügen waren bis zur Hüfte sichtbar, der Unterkörper abgeschnitten. Sie gestikulierten, sie öffneten ihre Münder und schlossen sie wieder. Ein alter Mann mit feistem Gesicht und wenig Haupthaar nahm seine Brille ab, hielt sie am Bügel und schlug damit einen verworrenen Takt. Er wischte sich mit einem Tuch die Stirn, er riß erregt den Arm mit der Brille in die Luft, der Rand des Fernsehers zwängte ihn auf der Höhe des Bauchnabels ein. Er kämpfte dagegen an, er sträubte sich. Dann krümmte er sich zusammen und wurde von der Bildröhre eingezogen, weil Wolfgang es so wollte.

»Du hast nasse Haare«, sagte er zerstreut.

Er rückte hier und da etwas zurecht, holte Getränke aus der Küche, mixte Wodka mit Orangensaft, er sah mich nicht an.

Seine Augen waren gerötet, als hätte er versucht zu weinen, sich das Gesicht gerieben und versucht, seiner Verhärtung, seiner Langeweile etwas abzuringen. Er wirkte ausgelaugt, als wäre ihm nur eine Art Trockenweinen gelungen.

»Ist alles in Ordnung?« fragte ich.

Er verknotete sich mit dem Sofa, er ballte die Fäuste im Schoß und beobachtete mit gesenkten Lidern, wie ich meine Kleider abschüttelte.

»Ärger, immer nur Ärger. Nichts läuft so, wie es sollte, die ganze Baustelle liegt lahm.«

Ich rubbelte mir mit meinem Unterhemd durch die Haare. Er ließ die Jacke von den Schultern fallen, er zog an der Spitze seiner Socke und riß sie vom Fuß. Riß sich selbst aus der Erstarrung, ich war überrascht, wie einfach es ging.

Das Zimmer bröckelte ab. Überhängende Felswände ließen kleine Steinchen fallen, hohe Tannen standen in Angst und Biederkeit am Rand. Wolfgang verließ den Sofavorsprung, kletterte über meinen Kleiderberg, begann nervös einen langen Aufstieg, der Gipfelerlebnisse verhieß, kurzfristige Befriedigung. Er verbarg unter der erzwungenen Ruhe eine Ruhelosigkeit, die sich durch Arbeit nicht erschöpfte. Er hatte alles, was er brauchte. Er vermißte seine Frau nicht, er vermißte Deutschland nicht, er vermißte irgend etwas Körperloses, dem er sich durch seine Wanderung zu nähern glaubte. Er kickte Kiefernzapfen aus dem Weg, die Wälder um ihn schwiegen, ich wußte nicht, was er suchte, aber er suchte etwas, hart und unerbittlich, er versuchte etwas heraufzubeschwören, was es nicht gab, er war besessen davon.

Klare Luft, eine rauschende Quelle, Höhenmeter, er blickte von einem weit oben gelegenen Punkt auf sich herab, hinter seiner Lethargie ließ sich die Gewaltbereitschaft erahnen, die Lust am Risiko, an der Angst, an der Zerstörung. Das Sofa stand verlassen im Raum, ein Tischchen bildete einen Absatz, eine Schlucht forderte auf, sich hineinzustürzen, er näherte sich dem Rand.

Ich kniete auf seinem Teppich, die Tapete umschlang uns mit ihrem Sehnsuchtsmuster. Altertümliche Ornamente, herzzerreißend verstrickte Pflanzenstengel, geöffnete Knospen nickten dicht vor meinen Augen auf und ab. Lange Ranken wanden sich am Tischbein entlang bis zur Decke, die Heizung bedeckte sich mit Moos, morsche Stämme brachen aus großer Höhe herab, stöhnend, mit beängstigender Unersättlichkeit.

Das Zimmer verlor die Form. Ein kühler Hauch, der das Stumme und Leere miteinschloß. Einsamkeit, verwildertes

Heckengeviert, lange Stacheln im Gebüsch, fremde Pupillen, blitzende Punkte. Dornen bohrten sich in meine Haut, hartnäckige Gewächse arbeiteten sich voran, gruben, stocherten durch das Dickicht zum Licht, ich schrie.

Es war einmal ein kleines Mädchen, das trug weiße Kniestrümpfe und Häkelröcke. Es lebte auf einem Teppich, der mit dem gesamten Mobiliar in der Luft schwebte. Die Wolken zogen auf Augenhöhe vorbei, die Vögel wunderten sich, aber das Mädchen wunderte sich nicht, es ging ungerührt vom Schrank zum Tisch und vom Tisch zum Bett, weil es das so gewohnt war und ihm außerdem nichts anderes übrigblieb.

Ich schrie. Ich kroch auf allen Vieren durch die Luft. Ich trug die Last der Vergangenheit auf dem Rücken, Grabsteine, Denkmäler, felsenschweres Pathos, Efeu wucherte darauf, hakte sich in alle Ritzen, klammerte sich fest und fester, er biß mir ins Genick, ich spürte Wut in mir, ich begehrte ihn, ich wollte ihn um jeden Preis, es schmerzte, ich senkte den Kopf, so tief es ging.

Ein winziges Stück Teppich, dann der Irrsinn. Die Welt glitt dünn durch meine Finger, fernes Glockenläuten warf meinen Schädel hin und her, aus meinem Unterleib sprossen Lilienfelder, Asphodelenwiesen. Ich spannte mich ganz und gar an und kroch durch die Luft, er zertrat kleine Zweige, er atmete schwer bis zum ersten Aussichtspunkt, rollende Steine, polternde Pfeiler, Verfall, im Innenhof rasend reifender Holunder, die riesigen Blicke der Tollkirsche, Augenerweiterung, brennendes Schwarz, das sich ausdehnte, mich in seine Mitte zog, barst.

Es war einmal eine Dame mit einem Komplex. Der Komplex hatte zu der Dame ein gestörtes Verhältnis. Er wollte es sich seit Beginn ihrer Bekanntschaft nicht nehmen lassen, schwanzwedelnd jeden ihrer Schritte zu begleiten, ihr die Hand zu lecken, kleine Stöckchen zu apportieren, kurz, übertriebene Begeisterung an den Tag zu legen. Aber seit einiger Zeit saß der Komplex unter dem Sofa, duckte sich bei jedem Geräusch und kam nur noch hervor, wenn die Dame ihn rief.

Es war einmal eine Kaffeekanne, die es sich, bedingt durch eine einsame Kindheit und Jugend, zur Regel gemacht hatte, keinen Kontakt zu ihren Altersgenossen zu pflegen. Das Einhalten dieser Regel bereitete ihr nicht die geringsten Schwierigkeiten. Über lange Jahre hinweg war sie ausschließlich von sechs dünnwandigen Kaffeetassen sowie einem Milchkännchen umgeben, mit denen sie höflich kommunizierte. Hin und wieder stieß eine Saccharinbüchse zu ihnen, welche aber ihr eigenes Leben lebte. Man kam miteinander aus, und so hätte es bleiben können, aber die Kaffeekanne, die ihre Kindheit und Jugend nie verkraftet hatte, stürzte sich eines Tages unter den Küchentisch.

Später: auf dem Teppich liegen wie eine Puppe, Klappaugen, Kindchenschema, hinten ein Hohlraum für die Sprechschallplatte. Mit einem gepunkteten Badehandtuch bekleidet, mit einem Getränk versehen, einem Strohhalm, einem Keks. Ich schlug die Lider auf und zu, Figur in Rosa, rotäugig, Kippfigur, ich ließ ihn erstehen und verschwinden, er stand mit meinem Slip im Raum, mit meinem BH, er hängte meine Wäsche auf die Heizung, strich sie glatt.

»Ich erzähle dir eine Geschichte«, sagte er. Er wickelte sich in eine Wolldecke, legte auf dem Sofa die Füße hoch. »Meine Mutter lebt im Altenheim, sie ist ein Pflegefall, sie kann ihr Bett nicht mehr allein verlassen. Ich habe sie in ein großes Einzelzimmer im nobelsten Seniorenwohnpark der Gegend einquartiert, mit ihren sämtlichen Möbeln, alles Antiquitäten, sperrig, teuer, die Krankenschwestern können sich in dem Zimmer kaum bewegen, auf den Anrichten klirrt das Kristallglas, wenn man einen falschen Schritt macht, meine alte Mutter kann das Geräusch nicht ertragen, aber sie weigert sich, die Gläser herzugeben, die Möbel erst recht. Meine Mutter sieht nichts mehr, sie hört schlecht, sie verbringt die meiste Zeit in einem ungewissen Dämmerzustand. Man weiß nicht, wieviel sie noch mitbekommt, sie reagiert nicht mehr auf mich. Nur wenn jemand an ihre Gläser will, dann wird sie plötzlich wach, dann kann sie noch den Kopf heben, zetern und spucken, ein paar Minuten lang, dann ist sie erschöpft und fällt zurück in die Kissen, Augen zu.«

Wolfgang krallte die Zehen ein und streckte sie wieder. Vom Teppich aus sah ich seine Fußsohlen riesig und rot, der übrige Körper verschwand dahinter, ein winziges, irrelevantes Anhängsel.

»Eine traurige Geschichte«, sagte ich zu einem Fuß.

»Alle Geschichten sind traurig«, antwortete der Fuß. »Ich kenne noch eine andere.«

»Nur zu«, murmelte ich und saugte mit dem Strohhalm an meinem Getränk.

»Die Geschichte vom Schatten, der verhungerte.«

»Ist das wirklich eine andere Geschichte?« fragte ich ungeduldig.

»Das kannst du hinterher entscheiden«, versprach der Fuß.

»Es war einmal ein Mann, der wanderte durch den Wald. Der Wald bestand aus Birken und Kiefern, es war nämlich ein Mischwald. Auch Unterholz gab es, Brennesseln und Sauerklee, insgesamt ein untadeliger, verwunschener Wald, der dem Mann Unruhe einflößte, Unbehagen, ja geradezu Abneigung. Hellhäutige Tiere schlüpften zwischen den Büschen davon, wenn er sich näherte, sie hatten Angst vor ihm, denn sein Gesicht war vor Kummer schwarz geworden. Der Grund war, er wußte nicht mehr zu sagen, ob er eine Person war oder mehrere. Vor ihm und hinter ihm auf dem Pfad schritten moosgrüne Gestalten, im Gleichschritt mit ihm, es mochte sein Schatten sein im wandernden Sonnenlicht, es mochten Bäume sein, die ihn verfolgten, die ihm den Weg zeigten, er selbst konnte es sein, bloß immer ein wenig zeitversetzt zu dem, den er bisher als Zentrum seiner Person angesehen hatte, im übrigen ohne Unterschied. Er ging seit Tagen in dieser Reihe weiter, sie wurde, so schien es ihm, nach und nach kürzer, etwas Hellhäutiges raschelte im hohen Farnkraut, er legte die Hand an sein Gewehr und schoß.

Es war einmal ein Mann, der sich einem Zustand näherte, in dem er nicht mehr vorhanden war. Sein Schatten wanderte vor ihm und hinter ihm, manchmal raschelte das Farnkraut heftiger, und die Reihe schrumpfte ein Stück. Der Wald schnappte nach allem, was sich bewegte, der Mann fraß Brennesseln und Sauerklee und versteckte seinen Schatten unter dem toten Laub, aber das war ein Fehler, der Wald bemerkte es sofort. Er öffnete sein hungriges Maul, schnappte nach den schattenhaften Doppelgängern, den bemoosten Stämmen, den irrenden Gestalten, er verschlang die ganze Kolonne. Dann brach der Winter herein und verwischte die Spuren.«

»Es ist eine Gespenstergeschichte«, analysierte ich.

Der Fuß antwortete nicht. Er glitt vom Tisch, riß den zweiten Fuß mit sich, ein weißes Häkeldeckchen flog vorüber und blieb an der Tischkante hängen. Ich schloß die Augen wieder, es gab nichts mehr zu sehen.

Er legte sich auf mich, das Badetuch zwischen uns malte sein Frotteemuster auf meinen Bauch, etwas Knochiges drückte, ich bekam keine Luft mehr, wälzte mich zur Seite, schüttelte ihn ab, stark und brutal. Unter meiner Hüfte zerbrach der Keks. Ich nahm Wolfgangs fordernde, hemmungslose Nähe zur Kenntnis, wir waren beide gierig und gereizt, wie Kinder nach zuviel Fernsehen, ich hatte Lust, ihn zu verletzen, ich wußte nicht wie. Er behandelte mich ohne falsche Rücksichtnahme, hob mich auf den Couchtisch, Keksstücke klebten an meiner Haut und zerkrümelten auf der Tischplatte.

Er steckte meinen Strohhalm ins Glas, verschloß das obere Ende mit der Fingerkuppe, flößte mir schlückchenweise Cocktail ein. Ich schlug die Zähne in den Strohhalm, er war aus dünnem hellblauem Plastik und knickte sofort ein. Ich sog den Halm in den Mund und kaute darauf herum. Wolfgang fuhr mit dem Finger zwischen meine Lippen. Er polkte das Knäuel aus meiner Wangentasche, so wie man einem Kleinkind einen gefährlichen Gegenstand aus dem Mund holt. Ich erinnerte mich, früher hatte es lange Stangen mit Brausepulver aus demselben Material gegeben. Das Pulver, feucht vom Speichel, steckte in der Röhre fest, und wir zerbissen die Umhüllung, kauten das Plastik mit der Brause so lange, bis die letzte Säure herausgelutscht war. Er tauchte den Finger in den Cocktail und ließ die Flüssigkeit auf meine Oberschenkel tropfen, immer mehr, begoß mich dann direkt aus dem Glas, ich dachte an die Putzfrau, die den Teppich würde reinigen müssen, er schüttete mir den Cocktailrest in den Schoß, trank ein wenig aus der Pfütze, die Putzfrau begann mir egal zu werden.

Es war einmal ein Mann, der hatte zwei Söhne. Als der Krieg kam, waren die Söhne noch klein, so klein, daß er sie nicht unterscheiden konnte. Fraglich, ob er diese Söhne überhaupt bemerkt hatte. Aus dem Krieg schickte er Postkarten an seine Frau, die Söhne wurden darauf nicht erwähnt. So gerieten die Söhne von Anfang an in Vergessenheit.

Es war einmal ein Mann, der kam nicht wieder. Seine Frau wartete auf ihn, sie saß am Tisch und wartete, sie weinte niemals, denn sie war fest davon überzeugt, daß es sich um einen Irrtum handeln mußte.

Es war einmal ein Mann, der, vermutlich infolge eines Irrtums, nicht mehr vorhanden war, und seine Söhne, die natürlich genauso werden wollten wie ihr Vater, eiferten dem nach und gaben sich die größte Mühe, ebenfalls nicht mehr vorhanden zu sein. Es gelang ihnen nicht ganz so gut, jedenfalls nicht auf Anhieb. So kam es, daß ihre Mutter oft Anlaß hatte, mit ihnen zu schimpfen. So kam es, daß ihre Mutter die ganze Arbeit selber leisten mußte und ihre Söhne behandelte, als wären sie Luft. So kam es, daß ihre Mutter ihnen den Besuch des Vaters vorenthielt. Sie sprach mit ihm, sie kochte für ihn Kaffee, sie briet ihm Spiegeleier, aber sie tat das immer nur nachts, wenn es keiner sah.

»Was hast du gesagt?« Wolfgang hob den Kopf. Er hatte schwarze Ränder unter den Fingernägeln vom Baustellenstaub, er preßte seine Nägel in mein Bein, ich hatte nichts gesagt.

Er starrte durch mich hindurch, er schien auf etwas zu lauschen, auch ich horchte, ich vernahm ein leises, fernes Klingeln, einen scheppernden Gong, jemand schlug mit einem Metallstab gegen Eisentüren, fuhr über Stacheldrahtzäune, ein fernes Licht spiegelte sich in den Wasserlachen, dann verfinsterte sich alles. Rote Sterne, Glühpunkte, es wurde eng um mich, die Tischkante drückte in meinen Rücken, ich klemmte fest. Ich lag zwischen zwei Scheinwerfern, Lichtbarren, die sich auf meinem Körper kreuzten. Er trug mich auf einem Tablett, ausgestellt, ein Opfer, der Dunkelheit dargebracht, dem Duft roter Blumen unter freiem Himmel, er zelebrierte eine hündische Messe mit mir, schnüffelte und leckte, ich lag peinlich entblößt und verlor mich an eine glitschige, ungehörig schmatzende Liturgie. Ich wurde eingebettet in etwas, das, wenn auch dunkel, atmete, ich war ein blinder Passagier in einer fremden Wärme, er verspeiste mich, wie es dem Ritus entsprach, er fraß mich auf, und ich war einverstanden, es lag in der Ordnung der Zeremonie, und ich gab mich dem hin.

Nachmittags blieb ich zu Hause und sah fern. Ab und zu stand ich auf und trat ans Fenster. Auch gegenüber flackerte blaues Fernsehlicht, vor der Fassade trieben einzelne Schneeflocken. Auf der Straße gingen drei Männer, beieinander eingehakt, wankend. Vor unserem Haus hielten sie an. Sie zeigten zu unserem Fenster hoch, dann ließen sie sich los und begannen, Schneebälle zu immer dickeren Kugeln zu rollen. Sie hievten die Kugeln übereinander und klopften sie fest. Es gelang ihnen nicht gleich, ein Segment stürzte herunter und zerbrach, aber sie pappten es geduldig wieder zusammen. Ich stellte mich auf die Fensterbank, um besser nach unten zu sehen. Die Männer legten dem kalten Kameraden einen Schal um, stopften hier und da eine Handvoll Schnee nach. Es war eine beruhigende Tätigkeit, aber sie schien mir märchenhaft unwirklich in einer Umgebung, in der das Riesige dominierte, die Masse, das Gigantische. Die Hochhäuser standen klotzig im trüben Licht des Nachmittags, sie bildeten Barrieren und rechte Winkel, und es wirkte unangebracht, hier nach menschlichem Maß zu bauen, eine Schneefigur aufzustellen, die die Größe eines erwachsenen Mannes und die Proportionen eines Kleinkindes besaß. Vielleicht war es das Runde, vertraulich Organische, das zu schutzlos aussah, zu angreifbar, um nicht jeden Passanten leicht zu irritieren. Ich wartete, bis die Männer sich entfernt hatten. Ich wartete noch eine ganze Weile, aber es kam niemand mehr vorbei. Ich hielt mich am Fenstergriff fest und stellte mir vor, wie der Schneemann durch die blaustichigen Straßen lief, mit flatterndem Schal, rollendem Gang. Seine weiße Jacke konnte nicht verhüllen, daß er dick war. Man würde es auch von hinten an seinem Gang erkennen.

Spät am Abend sah ich nochmals hinaus. Die Fenster gegenüber waren dunkel. Mein Vater lag bereits im Bett, ich löschte das Licht und schob die Vorhänge auf, ich suchte den Schneemann, aber er war verschwunden.

6 Methan Butan Propan

Ich fuhr nach dem Plan meines Vaters zum Kaufhaus MAGNIT und ging in die Damenabteilung. Hinter niedrigen Theken, auf denen sich Textilien auslegen und zusammenfalten ließen, standen Verkäuferinnen, lehnten an der Wand und sahen ins Leere. Es war sehr still, zugleich herrschte eine eigentümliche Spannung. Die Verkäuferinnen beobachteten mich aus den verschiedenen Ecken des Raumes, ich berührte zaghaft einen synthetischen Stoff, jemand hüstelte, und ich fuhr zusammen. Es gab keine Kleiderständer, hinter denen man sich hätte verbergen können. Einzelne Teile hingen auf Bügeln an den Wänden im Umkreis der Theken. Man mußte sich nach Augenschein für ein Stück entscheiden und bei der Verkäuferin um die gewünschte Größe bitten. Sie würde sie nach einigen Anläufen aus ihrer Theke hervorkramen, den Stoff vor mir ausbreiten, und ich müßte sehr höflich erfragen, ob ich das Kleid anprobieren dürfe. Der Raum war quadratisch, ich stand schutzlos in der Mitte, ich durchquerte ihn, um eine Bluse anzusehen, ich ging zu einem braunen Winterkleid aus dicker Kunstfaser, ich betrachtete eine Hose mit feinem Fischgrätmuster. Die Verkäuferinnen reagierten nicht auf mich. Endlich kam eine weitere Kundin, sie trug eine braune Mütze, ein buntes Halstuch und eine abgeschabte dunkelblaue Wolljacke mit Stehkragen. Diese Frau nahm die Aufmerksamkeit der Angestellten ganz in Anspruch, sie verlangte einen Pullover zu betasten, der an einem der Bügel hing, und mit starker Verzögerung, unter der Demonstration eines großen Aufwandes reichte man ihn herüber. Die Frau probierte Handschuhe in verschiedenen Größen an, hielt sich einen karierten Rock vor, prüfte Farben und Qualitäten. Die Verkäuferinnen bückten sich widerwillig zu den Kleiderstapeln hinunter, sie ließen Pullover mit achtloser Geste über die Tische rutschen, schoben sie teilnahmslos hin und her. Das alles bereitete ihnen große Mühe, die Bewegungen zeugten von einer ungewöhnlichen Entkräftung, die sie alle erfaßt hatte, in ihren Mienen las man deutlich die Zumutung, die die Wünsche der Kundin für sie bedeuteten, aber die Frau blieb davon erstaunlich unberührt, sie probierte das Sortiment der Abteilung hartnäckig durch und ging dann fort, ohne etwas gekauft zu haben. Ich machte mir währenddessen ein Bild von dem Angebot und wählte ein altrosa Jerseykleid mit aufgesetzten Taschen und kaffeebraunen Streifen. Das Kleid wurde in knisterndes Papier gewickelt, es würde mir passen, das wußte ich, ohne es anzuziehen.

Verlorene einzelne Saftgläser mit hellroten Punkten, weiße Suppenteller, Kompottschalen aus Rauchglas. Emailletöpfe verschiedener Größe, Stieltöpfe für Milch und grobe Blechtassen mit Henkel, das einzige Dekor jeweils der schwarze Rand, der die Farbe der Hauptglasur hervorhob, ihren Glanz betonte. Ein paar Regale weiter stapelten sich Plastikschüsseln, Schüsseln von einer Schlichtheit, die glauben machte, daß der äußere Schein nicht alles war, daß es in jedem dieser Gegenstände ein Geheimnis geben mußte, das seine Existenz rechtfertigte.

Geräte wie für eine Puppenküche: Ich hatte ein kindliches Bedürfnis, mit ihnen zu spielen, Reis und Bohnen hineinzufüllen, mit einem Löffel darin zu stochern, Wasser ein-

und auszugießen, mir dazu ein Schürzchen umzubinden. Ich nahm sie nicht ernst, sie materialisierten die Lakonie eines ewigen Provisoriums, ausschnitthaft, unvollkommen, obgleich sie ihren Zweck erfüllten. Etwas fehlte, etwas Elementares, das man mit seinem eigenen Leben ergänzen mußte.

Ich kaufte die einzige Pfanne, die es gab, und verließ das Kaufhaus mit zwei Paketen, die ich fest an mich drückte.

In Schachteln, in Schach.
Die Kälte lagert sich an dich an,
sie regiert dich, engt dich ein.
Du reagierst mit Kristallbildung,
mit nervösen Momenten.
Du kaufst eine Dose Kaviar
zu 125 g, hastig, als könntest du
einen Termin nicht einhalten.
Das Geschäft hat die Größe einer Wohnzimmerbar, es ist
ein Kiosk mit Grundnahrungsmitteln in braunen Regalen,
Paketen und Flaschen als Lebenskonstanten,
der kleinen Dosis täglichen Gesprächs.
Was hier zu finden wäre in der richtigen Beleuchtung,
unter bestimmten, noch unbekannten Bedingungen.
Das Licht führt seine geheimen Programme durch,
es rutscht über Holz und Packpapier,
als sei das eine Art der Konservierung.
Du denkst an deine Haltbarkeit, deine Ohnmacht.
Erkennst du dich in deinem Mantel wieder?
Du mußt nehmen was du hast,
es in der Kälte verstecken.

Die Winterkleidung in Rußland war eine Kleidung, die ihren Träger von allem abtrennte, ihn einsam machte, unempfindlich gegen den Verlauf der Zeit, die wechselnden Moden, wechselnden Verpflichtungen. Man zog alles übereinander, was man hatte, Schals und Pudelmützen, Ohrenwärmer, Socken, alte Lappen, man versteckte sich in dicken Röhren vor einer feindlichen Außenwelt, vor einer übermächtigen Welt, die mit ihrem eisigen Hauch durch alle Ritzen drang. Man vermummte sich, man wappnete und rüstete sich, man floh in einem hoffnungslosen Kampf, eingeklemmt, gebremst, behindert, man trug Kleider, in denen man sich selbst vergessen konnte.

Menschenmengen neigten sich vor dem Wind wie verschneite Wälder, einzelne Gestalten lösten sich daraus, sie wanderten in sonderbaren Hüllen, als sperrige Holzbude, hohler Baumstamm, als Pappkartons, als großpfotige Tanzbären, sie kreiselten auf dem Eis, Eierwärmer und aufgeschlitzte Säcke, aus denen die Füllung rieselte, schüttere Pelze mit stachlig abstehenden Haaren, vor sich hin nadelnd wie ein Tannenbaum.

Ich fand mich vor dem Milchladen wieder und öffnete die Tür. Der Laden war leer; säuerlicher Geruch schlug mir entgegen, eine Verkäuferin stand hinter der Theke, betrachtete ihre Fingernägel und sah nicht zu mir hoch. Ich trat nicht ein; ich schloß die Tür leise und rasch und steckte aus Verlegenheit eine Hand in meine Einkaufstasche. Ich rührte in der Tasche, fingerte nach dem Portemonnaie, ertastete eine zusätzliche Plastiktüte und blieb einen Moment so stehen.

Ein Bündel mit Filzstiefeln und gestricktem Kopftuch schlurfte langsam auf mich zu, es starrte auf den Boden und wandte seine gesamte Kraft dafür auf, neben dem eigenen Körpergewicht die dicken Mäntel und Jacken, in die es geknöpft war, über den rutschigen Gehweg weiterzuschleppen. Das Bündel arbeitete sich in sturer Linie voran, ich drückte mich gegen die Ladentür, um ihm auszuweichen, es schenkte mir keine Aufmerksamkeit. Dicht neben mir verschnaufte es, stieß mich mit gepolstertem Ellenbogen an, als sei ich ein lästiger Gegenstand, dann riß es mit erstaunlicher Kraft die Tür des Milchladens auf und schob mich mitsamt der Tür zur Seite. Ich ließ es geschehen, ich trippelte ein wenig mit, schwer beweglich, gleichgültig, als sei ich nicht vorhanden.

Bäume in mir, die sich langsam um sich selbst drehten. Schüttere Birken veränderten wie Karussellfiguren ihre Position. Unsicher, mechanisch versuchte ich mich in das System einzupassen, Gefühlen den richtigen Ort zu geben, die Regeln zu verstehen, nach denen hier empfunden wurde. Die Weite, die Eintönigkeit nagte an mir und erzeugte einen Sog ins Nichts, man ging einkaufen in der Hoffnung, dagegen anzukämpfen, vielleicht jemanden zu treffen, den man kannte. Ich stand vor den Geschäften ohne die geringste Lust zum Erwerb einer Ware, ich reihte mich in die Schlange ein, fremde Rücken, Kettfäden, Webfäden, Pfeffer und Salz, wie verlöschende Glut das schlecht gefärbte Haar, aus den Kehlen Knoblauch und Menthol, Reste russischer Heldengesänge, Rosenknospen auf schwarzem Grund versickerten in einem Mantelkragen.

Man stand nach Orangen an, wartete, stand, einzelne schritten hochgemut mit gefüllten Netzen heim, zwei Kilo pro Person wurden ausgegeben, wozu brauchte man Orangen, lohnte es sich, dafür auszuharren, man studierte die

Techniken beharrlichen Vorrückens, der Geduld, der Gleichgültigkeit. Wiegte sich in der Illusion, in der Schlange sei es wärmer.

Jemand packte mich am Ärmel, zog mich aus der Reihe hinaus, riß mich mit sich. »Steh doch hier nicht sinnlos in der Kälte. Ich habe drei Kisten Orangen im Kofferraum. Komm, ich bringe dich nach Hause.« Albrecht schob mich auf den Beifahrersitz und stieg auf der anderen Seite zu.

»Mußt du noch etwas anderes erledigen, brauchst du sonst etwas?« Ich schüttelte den Kopf.

Er gab Gas, beugte sich über mich hinweg zum Handschuhfach und fingerte darin herum. Er drückte sich dicht an mich, lässig, selbstverständlich, als gehöre es zum guten Ton, daß er mich mit seinem Knie berührte, daß ich seinen Oberarm durch die dicken Stoffschichten hindurch spürte, als habe er sich bereits vollständig an die russischen Sitten, an einen anderen Maßstab des Körperkontaktes angepaßt. Er hielt mir eine Rolle Drops hin, ich zog die Fäustlinge aus und bediente mich. Albrecht schob das nächste Bonbon hoch, kippte die Rolle, wie man eine Flasche ansetzt, ließ den Drop in seinen Mund fallen. Ich nahm mein Stirnband ab und wickelte es um mein Handgelenk. Damit ich dich besser hören kann.

Bäume in mir, die sich langsam um sich selbst drehten. Wälder klingelten wie Schlittenglocken, Kiefernzapfen schellten leise im Wind.

Flüchtig streichelte er den Pelzbesatz an meinem Kragen, flüchtig prüfte er das Material des roten Mäntelchens, kniff in den Wollstoff, rieb daran, kennerisch, wie man bei Kindern kontrolliert, ob sie warm genug angezogen sind.

»Und?« fragte ich spöttisch. »Hältst du das Stück für rußlandtauglich?« Ich zog mein Stirnband ein Stück vom Handgelenk ab und ließ es zurückschnappen.

Albrecht blieb ungerührt auf Tuchfühlung. »Wie lange willst du hierbleiben?«

Er zwirbelte das rote Haar, als gehörte es zu seiner eigenen Bekleidung. Ich sah zu, wie sich seine dünnen Finger tiefer in das Fuchsfell krallten, ich sah seine weit geschnittenen Blue Jeans, den abgeschabten dunklen Ledermantel, den weißen Schal, die Sonnenbrille, ich fragte mich, warum er keine Handschuhe trug, aber dann erinnerte ich mich, daß er sie beim Einsteigen auf den Rücksitz geworfen hatte.

»Noch erträgst du die Stadt, noch denkst du, du bist Gast für ein paar Wochen, mit der entsprechenden Narrenfreiheit, dann kommen die Depressionen, wenn sie nicht schon da sind. Das ist der Rußlandkoller, er ist unvermeidlich. Als Gegenreaktion versucht man, sich einzugewöhnen, man paßt sich an, man verändert sich, man richtet sich in den Gegebenheiten ein. Aber die Depressionen werden stärker, und schließlich gibt man auf. Man geht nicht mehr zurück, weil es die Person, die in das alte Leben paßte, nicht mehr gibt. Und wenn man zurückgeht, muß man von vorn anfangen.

Du kannst ruhig hochmütig gucken, es geht jedem so, glaub mir, ich habe das monatelang mitangesehen, die Leute, die mit mir arbeiten, gestandene Männer, holen sich einen kleinen Schnupfen und brechen innerlich zusammen, alles zuviel für sie. Sie vergessen ihre Familien, ihr Haus im Grünen, ihr Auto, sie vergessen alles und versuchen sich hier einzugliedern. Mit dem Anschein von Freiwilligkeit, dabei ist es der notwendige Verlauf. Der Alkohol, der Schnee, die Langeweile: erst will man Widerstand leisten, man trinkt nicht, meidet Milchprodukte und Pilze, kauft Fischkonserven aus Skandinavien zum dreifachen Preis, läßt sich nirgendwo einladen, um nicht in Versuchung zu kommen, wenn die Hausfrau ihr Beerenkompott auf den Tisch stellt, selbstgepflückte Beeren von der Datscha, wo befindet sich denn diese Datscha, ist das noch im grünen Bereich? müßte man fragen, aber man will nicht unhöflich sein, man ißt die Beeren, man vergißt die Gerüchte, kauft ein, was im Geschäft steht, so sind die Leute, am Anfang hysterisch, kein Stück Butter mehr, keinen Joghurt, nicht mal Margarine, nach zwei Wochen schon gleichgültig, die Milch sieht aus wie immer, alles normal.«

Er strich über den Fuchskragen, er glitt meinen Nacken entlang, mich fröstelte leicht.

»Man hört dies, man hört das«, sagte ich trocken.

»Diese Atomstadt«, fuhr Albrecht mechanisch fort, als halte er es für seine Pflicht, mich über einige Dinge grundsätzlich aufzuklären, »verboten, darüber zu reden, verboten, ihre Existenz auch nur zu erwähnen, nicht mal ein weißer Fleck auf der Landkarte, gar nicht vorhanden im offiziellen Kartenmaterial, abgelegen, niemand kommt da je zufällig hin, die Beschäftigten werden isoliert, leben ein Leben zwischen ihrem Arbeitsplatz und ihrer zugeteilten Wohnung, Sperrgebiet, strengste Geheimhaltung, ein Leben, das es im Grunde gar nicht gibt, nicht geben kann, weil es die Wohnung nicht gibt, die Stadt nicht gibt, diese Art von Arbeit nicht gibt für die Welt, ein erschreckendes Dasein ... jetzt sind diese Zeiten angeblich vorbei, einiges taucht aus der Versenkung auf, Orte, Fabriken, Kraftwerke sprießen aus dem Nichts, gigantische Gebäudekomplexe, von denen niemand etwas ahnte – macht es letztlich einen Unterschied, frage ich mich, ob man davon weiß, wird dadurch etwas Wesentliches geändert?«

Ich lehnte mich müde und angespannt im Autositz zurück, ich wartete darauf, daß er aufhörte zu reden, ich fürchtete mich zugleich davor. Seine Mundwinkel zuckten, als versuche er, über sich selbst zu sprechen, über etwas Totes, Unbekanntes in seinem Innern, und als wolle es ihm nicht gelingen.

Das Fenster rahmte den Stumpfsinn des Schnees. Stäuben und Fallen, ausdauernd, unerbittlich, reines Fortschreiten, Raum und Zeit, ich hätte mich dagegenstemmen wollen, etwas aufhalten, etwas tun, ich harrte aus, wie ich war, reglos, ich schonte mich.

Er zerwühlte mit einer Hand das Fell auf meiner Brust, fuhr mir langsam in den Ausschnitt, tastete mich ab. Ich sah mein Gesicht in der Fensterscheibe gespiegelt, ich sah mich im Fenster und war darauf gefaßt, meinen Kopf plötzlich verschwinden zu sehen, ich wartete darauf, daß sich ein Schatten vorschob und Zensur ausübte.

Vor dem Hotel EURASIA stieg er aus, öffnete den Kofferraum und füllte mir Orangen in eine Plastiktüte. »Wie kommst du an diese Kisten«, fragte ich Albrecht. Er sah mich bedauernd an, hob flüchtig die Hand und rieb mit dem Daumen über zwei Finger.

7 Heißmangel

Nachmittag. Nachmittag mit unbestimmtem Licht, einem flanellweichen Licht, das die Straßen umschloß wie einen Innenraum. Gedämpfter, fast tonlos ablaufender Nachmittag, alte Filme spulten sich fort, holprig und ruckelnd, aber immer gepolstert von diesem Nachmittagslicht, rauchig, zärtlich, durchscheinend grau. Ich sah mich selbst in solch einem Film, mein roter Mantel verlor seine hervorstechende Farbe und glich sich den Schatten der Umgebung an, das Licht milderte meine Fremdheit und integrierte einen Körper mit zwei schweren Beuteln in eine Szenerie des Gewöhnlichen. Eigenartig war nur, daß ich flog.

Ich schwebte am Fluß entlang, über die Eisfläche, unter der es rauschte und strömte, ein feines, verdecktes Geräusch neben dem Verkehrslärm, den rüttelnden Personenwagen, den Lastern, die schnaufend an den Ampeln warteten. Eine einzelne Straßenbahn fuhr die Runde, sie überquerte ratternd die Südbrücke und hielt am Werkstor an. Männer stiegen schweigend ein und aus. Sie mochten müde sein, aber das Werk schlief nicht. Über dem Industriegebiet standen helle Wolken. Ich ließ mir Zeit, ich wandelte in Ruhe durch das graue Licht, ein kleines Stück über dem Boden, und nur die Gewichte in meinen Beuteln, schwappende Büchsen, die mit den Außenkanten aneinanderklackten, hinderten mich daran, vollends abzuheben.

Um mich herum sanken die Flocken rasch nach unten. Ich ließ die Südbrücke hinter mir und folgte der Straßenführung in die Siedlung am Stadtpark: Eine kümmerliche Anlage, eingerahmt von den flachen Dächern der Hochhäuser, aus der hier und da das bizarre schwarze Geäst eines Busches ragte, beladen mit der weißen Masse, gebeugt. Die Straßen kreuzten dick verschneit und unterschieden sich wenig vom Fluß, sie trugen ihre Last ohne Reaktion, sie waren dafür gemacht, sie hielten ihre Flächen bereit, um den Schnee aufzunehmen, ihn anzuhäufen, sich türmen zu lassen. Aber unter der Oberfläche rumorte es, hielt sich ein hitziges Summen wie von Telegrafendrähten. Tief in den Asphaltschluchten konservierte man eine hochsommerliche Spannung, stand die Stadt unter Strom.

Allee der Kosmonauten. Die Wohnblocks verschachtelten sich zu Innenhöfen und überbauten Durchfahrten, sie wurden systematisch von Fahrwegen durchschnitten. Das Erdgeschoß gehörte dem Verkehr; je zwei Pfeilerpaare hielten den Raum offen und stützten die Etagen, die sich darüber erhoben. Die Gebäude wirkten trotz der Größe leicht, fast ohne Bodenkontakt standen sie in der Luft, als seien sie der irdischen Anziehungskraft nicht mehr unterworfen. Mit dieser Architektur hatten sich die Russen in den Kosmos katapultiert. Die gigantischen Gebilde glichen Raumstationen, die beliebig weiterglitten oder andockten, sie bewegten sich in der Horizontalen so selbstverständlich wie in der Vertikalen, es waren futuristische Zustände, die die Statik vergessen ließen. Jetzt harrten sie beiläufig an ihrem Platz aus, aber sie schienen jederzeit bereit, sich von der Erdenschwere zu lösen und mitsamt ihrer Mieterbesatzung in der Schwärze des Weltalls zu verschwinden.

Allee der Kosmonauten. In einem offenen Müllcontainer schneiten die Abfälle ein. Ich schob die Haustür mit der

Schulter auf und trug meinen Beutel Stufe um Stufe nach oben. Das Treppenhaus schraubte sich hell und überheizt in die Höhe, große Fenster leiteten Schwerelosigkeit hindurch, es roch nach Fisch und Chlorreiniger und einem blumigen Parfüm.

Dann stand ich auf der Fußmatte, der Beutel zog an meinem Arm, ich bereute jetzt, ihn mitgenommen zu haben, ich bereute, überhaupt gekommen zu sein.

Konstantin riß die Tür auf, lachte laut, ich wußte nicht, worüber, er griff nach meiner Hand, riß mich in die Wohnung, nahm mir den Beutel ab, den Mantel, stellte mir ein Paar hohe Filzpantoffeln hin. Ich musterte die Pantoffeln mit Mißtrauen. »Sie sind von meiner Oma«, erklärte Konstantin. Ich runzelte die Stirn, zog ergeben die Stiefel aus und schlüpfte mit abgewandtem Blick in die Pantoffeln. »Meine Oma ist einkaufen«, fügte Konstantin hinzu. Mir fiel dazu nichts ein. Die Pantoffeln waren erstaunlich groß für eine alte Frau. Ich folgte ihm schlurfend durch die Wohnung in die Küche. Konstantin kochte Tee.

»Wo ist mein Beutel?« fragte ich. »Ich habe euch Milch mitgebracht.«

Konstantin packte die Büchsen aus, stapelte sie zu einem dünnen Turm auf den Tisch.

»Wie geht es dir?« – »Gut«, sagte ich mechanisch. Mir war sofort bewußt, daß es anders klang. »Ja, sehr gut«, wiederholte ich beflissen. »Magnitogorsk ist eine interessante Stadt.« Dieser Satz machte die Sache nicht besser. Während das Wasser heiß wurde, saßen wir schweigend vor dem Turm. Ich las wieder und wieder die holländische Aufschrift, eine grinsende Kuh hielt ein riesiges Kleeblatt im Mund, mir war dieses Grinsen plötzlich peinlich, ich wand mich unter diesem Grinsen, betrachtete den Wasserkessel auf dem Gasherd, die beiden Milchflaschen, die am Fenster standen, ein Schüsselchen mit Quark auf der Fensterbank, einen halben Apfel, der an den Rändern braun wurde. Konstantin hatte schon vor meiner Ankunft den Tisch gedeckt, ein Körbchen mit Kringeln gefüllt, Zucker bereitgestellt, Tassen, Löffel, Konfekt. Er nahm einen Kringel und ließ ihn um den Finger kreisen.

»Habt ihr keinen Kühlschrank?« fragte ich schließlich. Er zwinkerte mir zu. »Wir haben einen Außenkühlschrank. 100 Quadratkilometer. Paßt nicht in die Wohnung.« Er nahm die oberste Dose vom Turm und trommelte mit drei Fingern darauf einen Walzer. »Möchtest du etwas aus meinem Leben hören?«

»Natürlich«, sagte ich. »Man weiß nicht, wo man anfangen soll.«

»Ich werde mit meiner Großmutter anfangen. Ich singe dir ein Lied vor.«

Die Großmutter begann mir bereits auf die Nerven zu fallen. Dennoch nickte ich und sagte: »Gern. Nur zu.« Konstantin stand auf, hielt sich die Blechbüchse vor den Bauch und schlug mit seinem Teelöffel heftig zu. Er wölbte die Brust heraus, er hatte, gemessen an seinem Körperumfang, eine lächerlich hohe Stimme, Heldentenor.

»Wir lebten im Zelt,
um uns grünte die Welt,
wir ließen uns waschen
vom Regen, und trocknen
im Sonnenschein,
hell vor den Türen glühten
goldene Feuer

auf rotem Gestein
der Magnetberge.«

Er fiel schwer atmend auf einen Stuhl und wischte sich Schweißperlen von der Stirn.

»Rot heißt hier soviel wie: rostig. Rostige Berge. Große Mengen Eisenerz. Der Dichter hat einiges poetisiert, selbstverständlich. Ich möchte hinzufügen: Sträflinge. Sträflinge in diesem Zeltlager, Zwangsarbeiter. Meine Großmutter hatte ein uneheliches Kind, Grund genug, sie am Aufbau von Magnitogorsk zu beteiligen. Meine Mutter wurde nach Wladiwostok versetzt, als ich drei Monate alt war. Die Großmutter hat mich aufgezogen, sie ist dem Kommunismus vollständig verfallen. Unkritisch, begeistert. Ersetzt ihr die Familie. Ein einziger Enkelsohn reicht ihr nicht als Familie, füllt sie nicht aus. Sie wollte ackern, Fahnen schwenken, Hymnen schmettern, sie war selig, wenn sie in der Masse durch das Werkstor ging, fühlte sich geborgen, gebraucht, erhoben.

Von meiner Mutter weiß ich nichts. Sie besucht mich einmal im Jahr, sie bringt mir Klaviernoten mit, Schokolade, eine Flasche Likör, die sie ausgetrunken hat, bevor sie wieder abreist. Sie wohnt mit dem Blick aufs Japanische Meer, arbeitet in einer Fischfabrik, füllt Konserven, nimmt Heringe aus, steht mit den Gummistiefeln bis zum Schaft in stinkender Brühe, was weiß ich. Es geht ihr nicht schlecht, sie arbeitet Akkord. Als ich älter war, hätte ich zu ihr ziehen können. Ich wollte nicht. Für mich ist es eine fremde Frau.«

Ich biß einen Kringel an, er war sehr trocken. Ich zerbiß ihn mit Nachdruck, kaute eifrig, wollte das Gefühl haben, etwas zu tun. Eine weiche Masse sammelte sich in meinem Mund, sie saugte allen Speichel auf, und es gelang mir nicht, sie zu schlucken. Ich trank Tee, in großen Zügen, wie wenn man eine Tablette hinunterspült, ich hielt den angebissenen Gebäckring in der Hand und begann ihn langsam zu zerkrümeln. Ich sah zu, wie die Krümel auf die Tischdecke fielen, und sagte nichts.

Er zog mich vom Stuhl hoch, hakte sich bei mir ein, schleppte mich theatralisch schnaufend ins Wohnzimmer. Hier stand ein altes Klavier, hier nächtigte er auf dem Sofa. Die Oma schlief in der Küche auf einer Liege, die sie tagsüber zusammengeklappt an die Wand stellte. Im Wohnzimmer Lenin als Kunstdruck, Lenin als Wimpel, Lenin als Büste. Glänzend und staubfrei stand er auf der Anrichte, flankiert von zwei Kristallvasen. Rote Nelken.

Er schob mich neben das Klavier. »Was kannst du singen?« Ich konnte nichts singen. Ich war auf diese Frage vollkommen unvorbereitet. Mir wäre nicht im Traum eingefallen, in Gegenwart eines Musikers etwas zu singen. Ich sagte lässig: »Das Wolgalied. Auf dem Feld steht eine Birke. Kalinka. Das Repertoire der Don-Kosaken. Deutsche Volkslieder natürlich auch. Kennst du die Gruppe Almdudler?«

»Also zuerst das Wolgalied«, beschloß er. Wir sangen den ganzen Nachmittag.

Im Zimmer vertieften sich die Schatten. Nach und nach wurden dunkle Kohlehalden an den Wänden aufgeschüttet, abstrakte Formen wanderten über die Decke, wahnwitzige Quarze fielen aus der Lampe. Die Tapete rückte näher, lockte uns zu sich, zu Schotter und Staub, in wüste Plätze der Abgeschiedenheit. Schließlich klappte er den Klavierdeckel zu und legte den Arm um meine Schultern. Wir standen am Fenster, sahen auf die Straße. Menschen trugen mit schweren Schritten ihre Einkäufe nach Hause, Schnee fiel, eine alte Frau setzte langsam Fuß vor Fuß und schaute zu uns hoch. Konstantin winkte. Die Frau legte ihren Kopf noch weiter in den Nacken, streifte einen Fäustling ab, hob mühsam die zittrige Hand und winkte zurück.

Eierschalen knackten, Fett spritzte aus der Pfanne, eine Wolke Küchendunst umschloß uns behäbig und warm. Konstantins Oma rührte in einem Topf, sie trug saure Gurken und Schwarzbrot auf, legte uns Löffel hin, Gabeln, wendete etwas in der Pfanne. Sie arbeitete in der Küche mit überraschender Energie. Rein äußerlich wirkte sie zerbrechlich, ihr feines weißes Haar wehte wie Flaum um ihren Kopf, die Haut hing welk um dünne Vogelknochen. Die hellblauen Ärmel ihrer Strickjacke ragten unter dem Kittel hervor, eine Strickjacke in sanfter Säuglingsfarbe, die das Stadium der Hilflosigkeit schon anzudeuten schien, das ihr in Kürze bevorstand, steif und empfindlich angewiesen auf die Handreichungen anderer, von einer zarten und schwerfälligen Blässe, die schon im Begriff war, das Irdische hinter sich zu lassen. Ihre Augen leuchteten, sie durchleuchteten den ganzen Körper und verliehen ihm etwas Irreales. Aber sie bewegte sich trotz der Last des Alters geschickt, und sie hob die schweren Töpfe mit Leichtigkeit. Ich schob die Füße in ihren Pantoffeln unruhig hin und her. Sie hatte ein Paar flache Sommerschuhe angezogen, die ihr zu eng geworden waren. Am ganzen Körper mager, sammelte sich das Wasser in den unteren Extremitäten, und das Fleisch in den braunen Nylonstrümpfen quoll schmerzlich über das Schuhleder hinaus.

Sie häufte Buchweizengrütze und kleine Pfannkuchen auf unsere Teller, sie goß uns heiße Milch ein. »Trinkt, Kinder«, sagte sie, »trinkt, rührt euch Zucker hinein, es ist gut gegen die Kälte.« Sie stellte den Topf mit der restlichen Milch wieder auf den Herd, schüttete ein paar Haferflocken hinzu, aß dann den Brei aus einer kleinen Schale.

Ich blickte hinüber zu Konstantin. Er senkte den Kopf, als unterwerfe er sich demütig einer höheren Gewalt, setzte die Tasse an, trank. Ich aß die Grütze, schnitt mir Stücke von dem Pfannkuchen ab. Ich hatte keinen Hunger, ich mußte mich zum Essen zwingen. Die holländischen Büchsen, eine silbrige Pyramide, standen vollzählig auf dem Schrank. Konstantins Oma hatte sie mit einer Strohblume geschmückt. Die alte Frau nickte herzlich bei jedem Bissen, den ich nahm, ihr Gesicht war zerknittert, von Arbeit gezeichnet, von Armut, ich versuchte, sie mir fahnenschwenkend vorzustellen, es gelang mir nicht. Sie lächelte mir zu, nahm einen Löffel groben Zucker aus der Dose, schüttete ihn in meine Tasse und rührte um. Noch immer lächelte sie freundlich, großmütterlich, um dieses Lächeln herum war sie durchscheinend, innerlich klar. Der Gast soll sich wohl fühlen. Die Bewirtung des Gastes muß mit angemessener Großzügigkeit erfolgen. Sie aß langsam ihr Schälchen leer, zufrieden, bedächtig, sie konnte sich genügsam zurücknehmen, sich bescheiden für eine Idee. Für die Völkerfreundschaft, die Gastfreundschaft sparte sie sich zur Not etwas vom Munde ab. »Sie ist jetzt nicht mehr zu heiß«, sagte sie bemutternd zu mir, ihre Stimme war abgenutzt, rauh. Ich schluckte die Milch, sie schmeckte normal.

Nach dem Abendbrot tranken wir Tee. Konstantins Großmutter schlurfte in den engen Sommerschuhen ins Wohnzimmer, brachte ein schwarzlackiertes Kästchen und eine Pralinenschachtel, in der noch drei Pralinen waren.

»Aus Wladiwostok«, sagte Konstantin. »Aufgehoben für besondere Anlässe.« Seine Großmutter schmunzelte, schob mir eine Praline hin, öffnete das Kästchen. Es enthielt Photographien aus ihrer Jugendzeit. Die Aufnahme einer Arbeiterbrigade, die mit einem Fuß auf dem Spaten vor einer undeutlichen Aufschüttung stand. Eine Gruppe junger Frauen in weißen Hemdblusen, die geordnet über einen Platz marschierten. Sie zeigte mir mit dem Daumen, wo sich ihr Gesicht befand. Ich erkannte keine Ähnlichkeit. Drei Personen, eine junge Frau, eine ältere, ein Säugling: die beiden Frauen um die Wette lächelnd, der Säugling ausdruckslos. »Wie klein du warst«, sagte Konstantins Oma gerührt zu ihm. Er hielt unter dem Tisch meine Hand. »Wie mußten wir uns um dich kümmern, deine Mutter und ich, Tag und Nacht, wie hast du geweint, ich höre es noch, auch gelacht, ja, aber auch viel geweint, ich mußte manchmal mitweinen, ich konnte nicht anders, es tat mir in der Seele weh. Und jetzt bist du groß«, fuhr sie fort, »und der Kummer hört nicht auf. Jetzt müssen wir wieder weinen, jetzt ...«

»Bitte«, sagte Konstantin scharf, er umklammerte meine Hand unter dem Tisch plötzlich hart, und ich spürte, daß er zu schwitzen begann, »zeig doch unserem Gast deine Abzeichen, so etwas kennt sie nicht, das wird sie interessieren.«

»Die Abzeichen, ja«, sagte sie zerstreut. Ihre Stimme zitterte, ihre Hand zitterte auch, sie fingerte unsicher auf dem Boden des Kästchens, schälte etwas aus mürbem Packpapier.

Ein Stahlkreuz mit rotem Emailleguß, eine ovale Brosche mit dem Konterfei Lenins auf einen Streifen blutroten Samt geheftet. Fadenscheiniges Abendrot flammte auf, verbrannte die Welt zu Asche.

»Diese Auszeichnungen hat unser Kollektiv für den Einsatz im Krieg erhalten«, erklärte die Großmutter, und ihre Stimme bekam plötzlich mehr Festigkeit, sie sprach jetzt einen Text, den sie seit langem auswendig kannte. »Im Kampf gegen das faschistische Deutschland schmiedeten wir alle 1418 Kriegstage furchtbare Waffen. Jeder zweite Panzer, jedes dritte Geschoß, das man gegen den Feind schickte, war aus unserem Metall gegossen. Wir arbeiteten Tag und Nacht, wir brauchten keinen Schlaf, wir sangen während der Schicht. Zur Ehre der siegenden Arbeiter im Großen Vaterländischen Krieg wurde am Ufer des Ural das erhabene Monument ›Hinterland und Front‹ errichtet. Vielleicht haben Sie es schon gesehen: ein Arbeiter übergibt dem Krieg ein Schwert. Es ist eine Bronzeskulptur, majestätisch zeigt sie unsere Ideale.

Wir werden uns ewig an alles erinnern was war,
wie wir unter den ersten Feuern liefen,
wie wir die Brust Rußlands verteidigten
in der großen Stunde der Magnetberge.
Alles, was wir erkämpften, wird ewig sein,
es wird ewige und wunderbare Arbeit sein,
und die Nachkommen unserer Arbeiterstadt
werden Magnitkas Helden benennen.

– Wir mußten viel tun, wir strengten uns an bis zur Erschöpfung. Wir liebten unsere Tätigkeit, wir waren jung und begeistert. Es hat sich gelohnt, ja, es hat sich alles gelohnt.«

Die Praline aus Wladiwostok lag vor mir auf der weißen Tischdecke, ein brauner Koloß, ein Berg von Praline, von dessen Fuß die Fäden der Tischdecke kreuzweise ausströmten, Ebenen schufen, die Weite der Steppe webten. In der

Ferne, ganz am Rand, kurz vor dem Abgrund, die braunen, fleckigen Hände der alten Frau. Sie lagen genau auf der Tischkante; bald würden sie abstürzen und die weiße Decke mit sich reißen, die Bilder, Pralinen und Abzeichen, bald würden sie eine ganze Welt verschwinden lassen.

»Das ist ja hochinteressant«, zwang ich mich zu sagen. »Sie hatten ein wichtiges Leben, Sie haben viel erreicht. Es ist wunderbar, daß Sie diese Orden bekommen haben. So werden Ihnen Ihre Leistungen immer vor Augen stehen.«

Konstantin drückte unter dem Tisch dankbar meine Hand, seine Finger waren weich und geduldig, sie schufen einen geheimen Raum des Friedens zwischen uns, der Zärtlichkeit. Seine Oma nickte gerührt, ihre Wangen röteten sich leicht, die Augenlider schimmerten feucht.

»Ja«, wiederholte sie hilflos, »wir waren jung, wir taten, was wir konnten, wir wollten nichts für uns selbst, wir setzten uns für die Gemeinschaft ein, für das Große, Ganze ... So war das Leben, so war es ...«

»Du bist müde, Oma«, sagte Konstantin, »ich bringe unseren Besuch noch zur Straßenbahn.«

»Ja«, nickte sie, »ich bin müde, geht ihr nur, ich werde mein Bett aufbauen. Wenn du zurückkommst, schlafe ich schon.«

Ich stellte die Pantoffeln, so ordentlich ich konnte, an die Tür. Konstantin holte meinen Mantel, ich erschrak über sein Rot, es war auffällig, es schien übermächtig neben der verknöcherten Frau, die zart und hart war zugleich. Sie drückte mir zum Abschied etwas in die Hand, es war in dickes Packpapier gewickelt. Auf der Treppe löste ich das Papier ab: die Praline aus Wladiwostok. »Ich werde sie essen«, sagte ich,

»auf jeden Fall, morgen. Sag deiner Oma, ich habe mich gefreut.«

Die Haustür fiel metallisch hinter uns zu, Schnee hüllte uns ein, weißes Leuchten, Warten, Stille. Auf der Hauptstraße krochen zwei Straßenbahnen wie Raupen dahin. Der Wohnblock verschwand in unserem Rücken, die Kälte stieg uns an den Beinen hoch, ich dachte »wir« und »uns«, ich lehnte mich erschöpft an dieses »wir«, ich versank in ihm, wie alles versank, in Gemeinschaft, Begeisterung, im weißen Prickeln. Schnee. Allee der Kosmonauten. Wir eilten zur Haltestelle, wir schwebten, wir bestanden aus Flocken und Licht. Eine Laterne breitete ihren Schimmer in uns aus, in meinem Innern rückten Spiegelwände etwas weiter auseinander und entfalteten einen kühlen Glanz.

8 Löcher

Kapuzen auf Eis. Spiegelglatte Fläche mit zerknautschten Pyramiden, selbstgebaut aus grauen Plastiksäcken. Mumien kauerten darin, lange Ruten in den Händen, krumm. Einbalsamiert von der Kälte trieben sie unsichtbare Pferde an, ließen sie die Eisbarke, in der sie saßen, vorwärts ziehen, immer weiter in den grauen Himmel hinein. Schritt für Schritt glitt der Tag voran, unklar, ob sie es zur Kenntnis nahmen, unklar, ob das Verstreichen der Zeit noch eine Bedeutung hatte für sie. Hin und wieder streckte sich ein Ärmel aus dem steifen Stoffberg, griff ein Fäustling zur Thermoskanne, hin und wieder sah man, daß eine der Ruten zitterte.

Löcher im Eis, schwarze Monde vom Durchmesser einer Tasse, größere Löcher, Bullaugen unregelmäßig über die Ebene verteilt, runde Fenster nach unten, in die Tiefe des Flusses. Die Mumien unter ihren Zelten hielten Bindfäden hinein, sie tasteten sich mit einem primitiven Bindfaden in die Dunkelheit vor.

Eine Möwe segelte für einen Augenblick auf der dunklen Oberfläche und verschwand unter dem Eisrand. Fische von Wolken durchzogen wie von Bitterstoffen, den hellen, warmen Abwässern des Werks. Schwarze Spiegel, darüber Eisfischer, Bilder erhaschend, den Abglanz einer flüchtigen Welt erangelnd, alte Männer, über ihr eigenes Gesicht gebeugt.

Einer schlug seinen Becher aus, füllte ihn neu und hielt ihn meinem Vater hin. Mein Vater trank in kleinen Schlucken und glitt auf seinen Schlittschuhen um das Loch herum, um den Hocker des Mannes und den Plastikaufbau, er begutachtete den Handbohrer, den hellen Kranz aus Eismehl, der um die bearbeitete Stelle gespritzt und schon wieder festgefroren war, er ließ sich die Stärke der Angelschnur demonstrieren und bewunderte die Eishaut, die sich in einem Wassereimer spannte und bei leiser Berührung knackend zusammenbrach.

Ich fuhr weiter hinaus. Hier angelte niemand mehr. Eine aufgegebene Plane hatte sich an einem Kistendeckel verhakt und zuckte schwach im Wind. Die entfernteren Bohrungen ohne Besitzer, brachliegende Öffnungen, Medaillons ohne Portrait.

Schneeschauer kamen von unten herauf und setzten sich seitenverkehrt fort. Dicke Flocken erreichten eine Schranke und flogen in der Gegenrichtung weiter, aller Schnee raste aufeinander zu, prallte zusammen und verpuffte.

Wind fegte ein feines Pulver über die Landmassen, die Eismassen, die Luft fauchte und raunte, die Weite begann einen tonlosen Monolog, fiel ein in den stillen Chor der Berge und Flüsse, des Gewaltigen, der Massenbewegungen, Wetterumschwünge, Verkehrsberichte, es war ein allgemeines, unpersönliches Äußeres, das uns davon befreite, uns zu wichtig zu nehmen.

Terra incognita, beflecktes Weiß, Weiß, dem Stücke fehlten, Weiß voller Nichtigkeiten, voller schwarzer Kreise, die alles Zeitliche anzusaugen schienen, die die Geschichte des einzelnen in sich hineinnahmen und verschlangen.

Weiß. Ein freistehendes, weiß getünchtes Haus trieb auf dem Wasserspiegel. Es drehte sich in der Strömung um sich selbst, rotierte, schlingerte in dem Versuch, seine eigene

Wirklichkeit aufrechtzuerhalten. Ein fremdes Haus, ein fremdes Erinnerungsbild: Ich kannte es nicht.

Das Eis knirschte, als ich mich weiter vorbeugte und versuchte, durch die Fenster dieses Hauses zu spähen, Fenster in der Farbe von Flußwasser, schwappend, undurchdringlich.

Das Wasser flimmerte leicht. Flimmerte, als begänne etwas sachte zu brennen.

Kindliches Unglück. Ein aufgescheuchtes, nervös in den steinigen Boden pickendes Huhn. Eine zerhackte Katze. Ein verlorengegangener Knopf.

Von einem Wasserhahn tropfte es in ein Spülbecken. Der Tropfen sammelte sich, schwoll an, klebte noch, hing noch, löste sich nur schwer. Dann stürzte er ab, und man hörte, wie es pochte, Wasser auf Metall.

Jemand riß ein Stück Tapete von der Wand, um etwas einzuwickeln.

Stetiger Wind bewegte einen Fensterladen hin und her, hin und her.

Kacheln lagen zerschlagen auf dem Boden. Es begann zu schneien, Schneekristalle wuchsen auf der Glasur, auf den rohen Rückseiten, puderten sie zu.

Ein schmutziger Stiefelabsatz drückte ein Spitzentaschentuch in den Schlamm. Aus einem aufgeschlitzten Oberbett flogen Federn über die Straße. Ein Lackschuh steckte in einem Acker. Wie kleine weiße Maden lagen Reiskörner auf einem Treppenabsatz vor der Eingangstür.

Auf einem Glas Milch hatte sich Haut gebildet. Rußflocken schwebten in der Luft und setzten sich in schwarzen Sprenkeln ab.

Das Haus entflammte, brach ein, verkohlte. Rauch stieg

auf und verflog. Schwelende Baumgerippe, ziehende Trecks. Säuglinge lagen im Schnee. Frauen hingen nackt an Scheunentoren. – Was wußte ich schon davon?

Mein Vater sprach kaum über seine Vergangenheit. Sie war eine geschlossene Zone, die immer ein Geheimnis barg, ein Geheimnis schuf. Eine Vergangenheit, zu groß, zu grausam für einen einzelnen. Eine Vergangenheit, die sich niemand aneignen konnte, die sich in das System eines Vernunftwesens nicht integrieren ließ.

Sie zu fassen, hätte geheißen: selbst ins Unermeßliche zu wachsen. Von wem sollte man verlangen, mit dem Geheimnis des Todes fertig zu werden. Von wem wollte man erwarten, damit fertig geworden zu sein.

Mein Vater gab dem Angler den Becher zurück und begutachtete, wie ein Stückchen Brot mit Salami als Köder auf den Haken gespießt und sorgfältig im Wasser versenkt wurde.

Dann hing der Faden wieder straff, mein Vater nickte und fuhr langsam einen kleinen Bogen, einen größeren Bogen, er legte an Tempo zu und umrundete ein letztes Mal den Eisfischer mit seiner Apparatur aus Hockern, Windfang, Werkzeugen, nahm seine Bahn dann schwungvoll geradeaus.

Man sah ihm nichts an. Man hatte ihm nie etwas angesehen.

Abends saßen meine Eltern vor dem Fernseher und fixierten den Krieg. Der Krieg bewegte sich in flackernden Bildern voran, er ließ sich nicht aufhalten, er flackerte in der Ferne und berührte uns nicht. Meine Eltern preßten die Lippen aufeinander, als dürfe nichts verlorengehen. Ihre Körper waren in blaues Licht getaucht, sie begannen sich zu vervollständigen, alte Gefühle, alte Traumata, tagsüber verdrängt, durften abends für ein paar Minuten an die Oberfläche. Mich ging es nichts an. Ich hatte mit dem Krieg nichts zu tun, er gehörte einer anderen Generation, Eltern, die ihn verwalteten, die sich erinnerten, die ihn immer noch fürchteten. Ein Fürst, der Lähmung und Schrecken verbreitete, der leise Bewunderung erntete, Neid. Man war ihm unterlegen gewesen. Man sah zu ihm auf. Die Macht des Krieges, die Macht des Todes, die Macht Gottes fielen an diesen Abenden in eins, fielen in dem Begriff Schicksal zusammen.

Ich lungerte neben den blauschimmernden Körpern, Erinnerungskörpern, der Krieg flackerte über die Gesichter, ich fläzte mich im Schatten des Sessels auf dem Teppich, mich ging es nichts an.

Im Fernsehen sah man ein Haus in die Luft fliegen. Scharfkantiger Schotter stürzte durch mich hindurch, ich blieb reglos und spürte, wie er fiel, Stein um Stein, Stück für Stück, größere Brocken folgten, Dachpfannen zersprangen beim Aufprall, Ziegel brachen entzwei, ich kauerte reglos neben meinen Eltern, während die Magengegend immer schwerer wurde, ich starrte nach vorn und meine Augen brannten vor Trockenheit, ein Trümmerhaufen.

Meine Eltern hielten sich vor dem Fernseher aufrecht, sie weinten nicht, aber ich, neben ihnen auf dem Teppich, hätte gern geweint. Ich rückte ein wenig näher an meine Eltern heran. Ich versuchte, etwas von dem adeligen dünnen Blau auf mich abfärben zu lassen. Ich bemühte mich, ihnen ähnlich zu sein.

Meine Eltern weinten nicht vor dem Fernseher. Meine Eltern gaben sich ihrer eigenen hilflosen Wanderung hin, sie wanderten auf Socken durchs Leben, Flucht und Pilgerfahrt, übervorsichtig und schnell verletzt. Irgendwann in frühem Alter hatten sie Einmachgläser vergraben, und sie hofften noch immer, sie wiederzufinden, sie erwarteten, daß jemand, die Autorität, sie zurückerstattete, weil es sich so gehörte, weil es gerecht war, weil sie als anständige Menschen es so verdienten. Sie hatten auch anderes vergraben, kleine Schmuckstücke, Erinnerungsgegenstände, Erinnerungen an sich selbst, sie hatten menschliche Körper vergraben, immer wieder.

Mein Vater holte mich ein, seine Kufen kratzten ruhig über die Eisdecke, es klang selbstbewußt, gemütlich. Eigens hatte er sich seine Schlittschuhe aus Deutschland schicken lassen, um einmal im Leben auf dem Uralfluß zu laufen, auf der Grenze zwischen zwei Kontinenten, genau auf der Grenze. Man glitt mühelos von Europa nach Asien und zurück, von Ufer zu Ufer behielt man die Welt im Blick. Das Übermaß an Weite bekam auf diese Weise etwas Freundliches, schon identifizierte man sich mit dem Schnee, schon begann man sich im Rausch der Fahrt zu verlieren. Leichter, wesentlich leichter identifizierten wir uns hier mit dem Schnee als mit dem Werk, das doch in unserem Rücken seinen Platz behauptete, Kriegsbastion, Friedensbastion, das sich allem entgegensetzte und jetzt fremdartig schien, metallisch und unmenschlich, als sei ausgerechnet der Schnee sanft und bergend, als sei ausgerechnet der Schnee uns Menschen ähnlicher.

Mein Vater stellte sich neben mich. Gemeinsam blickten wir auf das bewegte Wasser, durch ein Guckloch, das an den Rändern schon wieder zufror. Wir existierten hier auf einer zufälligen Verfestigung, auf einer massiven, aber trügerischen Schicht. Darunter zog die Strömung vorüber, blieb sich gleich. Kopf an Kopf betrachteten wir ein schwarzes Rund, »Mutter der Finsternis, Mutter der ewigen Nacht, hülle deinen Mantel um uns und bewahre uns vor den Schrecken des Schicksals. Mutter des Abgrunds, Mutter der verdüsterten Seelen, bitte für uns.« Haupt, das einen schwarzen Glanz ausstrahlte. Mit den Jahren nachgedunkelte, weihrauchgeschwärzte Ikone, von einem blendenden, einem ins Riesenhafte gesteigerten Heiligenschein umstrahlt, in sich ruhend, undifferenziert, eine unbekannte Fülle bergend, eine grausame Schönheit, eine kompromißlose Innenwelt. Über Nacht würde sich das Eisloch wieder schließen. Einkehr. Abkehr. Ende.

»Man sieht keinen einzigen Fisch«, bemerkte mein Vater enttäuscht.

Ich ging in die Knie und versuchte, auf den Grund zu sehen. Das Wasser schwappte trüb und verschlossen. Gern hätte ich meinem Vater einen Fisch gezeigt. Höhepunkt der Flußbegehung: einen eurasischen Fisch, einen Fisch zweier Kontinente von oben zu beobachten. Doch ich sah nur uns, zwei aufgerissene Augenpaare, die ins Wasser starrten.

Ich mochte es nicht, wenn mein Vater enttäuscht war. Es beunruhigte mich, wenn seine Wünsche nicht erfüllt wurden, wenn Situationen auftraten, die zeigten, daß man sich nach ihm nicht richtete. Wenn alle angelten, war es dann zuviel verlangt, daß auch er einen kleinen Fisch vorfand? Aber er ging leer aus, und in mir zog sich schmerzlich etwas zusammen. Kleinigkeiten, es handelte sich um Kleinigkeiten, Fische oder nicht, zufällige Verteilungen, Stochastik; aber mir schien, diese Kleinigkeiten verwiesen auf etwas Grundsätzliches, etwas heimlich Kränkendes, das meinen Vater betraf. Trotz seiner Lebenserfahrung, trotz seines Alters machte er sich Vorstellungen, die die Welt nicht einlöste. Dabei war mein Vater nicht sentimental. Er hielt sich für einen Realisten, er blieb sachlich. Man unterschätzte ihn leicht, weil er sich für das Konkrete interessierte, für das Naheliegende. Er war Ingenieur, er ließ sich von der Folgerichtigkeit eines Ereignisses überzeugen, er nahm die Dinge nicht persönlich. Ein einziges logisches Argument genügte ihm, um eine Sache zu erklären, zu erledigen. Aber immer wieder traten Verhältnisse auf, die ihn desillusionierten, die sein kindliches Vertrauen, daß die Welt keine Zumutung war, keine Zumutung sein konnte, sanft untergruben.

Es gab ja Fische, es mußte sie geben, immerhin angelten Leute. Es war anzunehmen, daß diese Leute nicht bloß pro forma auf ihren Klappstühlen saßen, mitten im Winter, um einen Fischreichtum vorzuspiegeln, der gar nicht vorhanden war. Es war anzunehmen, daß sie an einer reinen Geduldsprobe, täglich und ergebnislos, kein Interesse hatten. Andererseits, man konnte sich nicht sicher sein, man war nicht zu Hause, den Russen traute ich vieles zu.

Sie gingen hin und setzten Hochhäuser auf Stelzen in den Permafrost Sibiriens, sie bauten Eisenbahntrassen durch unpassierbare Sümpfe, schossen Hunde in den Kosmos – hier hockten sie nun, hatten sich Lederpolster untergeschoben, dirigierten mit albernen Stäben die Kälte, köderten den Fluß mit Salami und Brot, hielten ihn am Faden, sobald er anbiß – Wolken zogen vorüber, spiegelten sich auf der Wasseroberfläche und täuschten die Bewegung geruhsamer Schwärme vor, Angler stellten Eimer bereit, schöpften Wasser ab, stellten dieses Wasser neben sich auf, bis es zufror –

Umgestülpte Tüten auf dem Eis verteilt. Fluß mit grauen Zipfelmützen, die vom Wind umhergeschoben wurden.

Überdimensioniertes Hütchenspiel. Unter einem der hohen Hüte verbirgt sich eine Kugel, von flinken Fingern werden die Hüte vertauscht, die Kugel ist nicht auffindbar. Daher Löcher, durch die alles fallen und verschwinden mochte, Monde und Sonnen, noch einen Augenblick auf dem schwarzen Wasser sichtbar, Monde und Sonnen, versunken, Monde und Sonnen, die hintenherum wieder auftauchten, das Spiel von vorn begannen.

»Man sieht keinen einzigen Fisch«, sagte mein Vater erneut.

»Sie sammeln sich dort, wo geangelt wird, um die Köder«, behauptete ich, beschwichtigend, als wollte ich ein Kind über einen kleinen Kummer trösten.

»Sie werden sich am Werksufer aufhalten, wo das Abwasser eingeleitet wird, dort ist es am wärmsten«, befand mein Vater mit dem Nachdruck des Kenners.

Ich schwieg.

In der Ferne die verschneiten Berge, mit dem Dunst der Stadt vermengt, eine weiße Wand, die hinter der Eisfläche begann und undurchdringlich schien. Auf der anderen Seite die Positionslichter des Werks, rote Signale, gelb bestrahlter Dampf. Wir drehten um und fuhren flußabwärts, nahmen Kurs auf paradiesisch leuchtende Wolken, fuhren schneller, glitten wie von selbst in ferne Räume, in ein schütteres Licht.

Ich fühlte mich seltsam matt, eine Papierfigur, die im Wind flatterte. Eine Papierfigur, ausgeschnitten und an den Füßen beschwert, damit sie stand. Eine Papierfigur, blaß, mit einem aufgemalten Herz in Rot.

Am Ufer drängte sich eine kleine Gruppe. Leute stießen von allen Seiten hinzu, versammelten sich. Wir fuhren näher heran. Aus einem Bretterverschlag trat ein dicker, rotgesichtiger Mann in Badehose und schüttelte sich. Fett wabbelte. Er rieb sich Arme und Oberkörper mit Schnee ab, der Schnee brannte auf der Haut und hinterließ rote Flecken. Stimmengewirr. Nah am Ufer hatte man das Eis aufgehackt, eine Naturwanne, eine Häuslichkeit.

Der Dicke trat mit schlitternden Schritten vor, barfüßig bewegte er sich in kleinen Hüpfern über das Eis, beugte sich souverän über die Kante, befeuchtete sich Bauch und Oberschenkel, holte tief Luft und sprang. Schwarzes Wasser schlug über seinem Kopf zusammen. Stille.

Mein Vater war auf seinen Schlittschuhen die Uferböschung hinaufgeklettert und hatte sich zu den Zuschauern gestellt. Seine Augen leuchteten. Mit entzücktem Nachdruck sah er auf den Punkt, an dem der Dicke verschwunden war. Es handelte sich um einen kurzen Moment, um ein paar Sekunden, aber in dieser Zeit wurde das Eislochtauchen zu einem Sport, den er sich für sich selbst gut vorstellen konnte: ein Sehnsuchtsmoment, eine Wunscherfüllung. Mein Vater starrte wie entrückt auf das Wasser. Ich erwartete, ich befürchtete, daß er sich im nächsten Augenblick bücken könnte, die Bänder seiner Schlittschuhe lösen, in der Einkaufstasche kramen, die er für unsere Straßenschuhe bei sich trug. Daß er darin etwas finden würde und mit den halboffenen Schlittschuhen loswackeln, auf den Bretterverschlag zu. Ich sah bereits vor mir, wie er, nur mit Badehose bekleidet, aus der Umkleidebaracke schlüpfte, wie die Zuschauer grölten. Wie er, umringt von der Menschenmenge, zum Ufer huschte, sich am Eisrand fachmännisch die Haut befeuchtete und einen Zeh ins Wasser steckte. Wie die Gruppe ihn anfeuerte, wie mein Vater beschwichtigend mit der Hand wedelte, blank und begeistert, wie er in den Fluß rutschte.

Dann plötzlich die Ruhe, die Augenblicke der Leere, in denen das Wasser unendlich war und mein Vater nicht zu sehen. Dann die Landschaft, stumm und unvertraut, makellos in ihrem Weiß, furchterregend und besänftigend zugleich. Es war das Weiß der deutschen Nachkriegszeit, die Jahre, in denen die Leute an allen Ecken und Enden sparten, um dieses Weiß zu erzeugen, weißes Eigenheim, weiße Garage, weiße Kacheln in den Bädern und Waschküchen, weiße Sanitäranlagen. Es gab Gardinen und Bettlaken in einem neuen Weiß, es schien weißer als zuvor, weißer denn je, es gab weiße Papiertaschentücher, weiße Windeln, strahlend weißes Toilettenpapier. Im Ostblock waren die Zellstoffartikel immer noch grau geblieben. Hier hatten sie an den Schneemassen Weiße genug, während im Westen Deutschlands in den Nachkriegsjahren kaum noch Schnee fiel, Schnee brauchte man nicht mehr. Auch mein Vater tünchte die Wände, er tapezierte, malerte, lackierte, kaschierte, er gipste, verspachtelte, er erreichte einen Zustand, der selbstverständlich schien, als wäre es immer so gewesen.

Als Kind hatte ich Salbe auf Steine gestrichen, ich hatte Löffel und Gabeln geschminkt, Kämme bedeckt, Creme überall, die Kakteen dick eingeschmiert, die Zimmerpflanzen Blatt für Blatt eingerieben, ein kindlicher Wahn, ich wollte den Dingen Gutes tun, sie unkenntlich, unsichtbar machen, blinde Flecken im Zimmer erzeugen, ich wickelte meine Finger in dünnes Pergamentpapier, der eigene Körper so weiß, so behutsam über das Licht gelegt, eine dünne Schicht Salbe der Körper, eine dünne Schicht auf dem Nichts.

Mein Vater hatte auf das Wasser gesehen, das Wasser

klatschte aufs Eis und entfärbte sich. Er schloß die Augen, biß die Zähne zusammen, als setze er zum Sprung an, als sei er bereit, es mit allen leeren Räumen aufzunehmen.

Der Taucher kam prustend wieder hoch. Er schlug mit den Armen, drehte sich ein paarmal um sich selbst, schnellte froschartig hoch und sank wieder zurück. Er bespritzte die Zuschauer, atmete heftig, begann dann, in dem winzigen Becken ein wenig im Kreis zu rudern. Er deutete ein paar Schwimmzüge an, aber vermochte die Arme nicht auszustrecken, sofort stieß er an den Eisrand. Er verzichtete auf ausgreifende Bewegung, paddelte mit vor die Brust gezogenen Händen wie ein Hund, lächerlich ernsthaft, als ziehe er seine Bahnen in einer öffentlichen Badeanstalt. Einer reichte ihm ein Aluminiumbecherchen, er kippte das Getränk, setzte sich den Becher auf den Kopf und drehte eine kleine Abschlußrunde. Die Zuschauer johlten. Schließlich wälzte er sich prustend und schnaufend über die Kante, man half ihm hoch, hüllte ihn in ein Handtuch, klopfte ihm auf die Schultern, klopfte ihn warm. Der Dicke, tropfend, dampfend, glühte vor Stolz.

»Komisch, er friert gar nicht«, sagte mein Vater.

»Das scheint dir so«, behauptete ich. »Er läßt sich nichts anmerken.«

»Ich glaube, man friert wirklich nicht«, erklärte mein Vater. »Es wäre einen Versuch wert.«

Ich sah mich schon nervös am Rand des Lochs, die Einkaufstasche umklammernd, das Handtuch haltend.

»Eislochtauchen ist ein Sport, man muß ab Oktober trainieren.«

»Ach was«, befand er gutgelaunt. »Es soll sehr gesund sein. Reine Überwindungssache.«

Wir schulterten die Schlittschuhe und liefen den Hügel hinauf zur Siedlung. Der Ural ruhte weiß und breit in seinem Bett. Betonränder, darin eine gestockte Fläche, pudrig, verkratzt. Ein paar schwarze Gestalten hockten darauf. Einzelne Figuren schwebten lautlos durch die Kälte. Es begann stärker zu schneien. Wir gingen schneller.

Der Schnee opulent, opernhaft,
und du ein Vorfall von Bewegung,
eine Kraft, die nicht ausreicht gegen die bekannten Dinge,
eine Kraft, die etwas hinzufügt,
was niemand brauchen kann.
Die schweigende Menge steht unter Wellblechdächern,
eine reliefreiche Blässe in den dämmernden,
gewalttätigen Städten.
Der Wald wartet auf seine Zeit,
schwarz und raschelnd, der Schnee kreist leicht
um deinen Kopf, eine Serie von Flocken und Ideen,
du versuchst zum Anfang zurückzukehren,
dich genau zu erinnern, aber das Denken beginnt
immer wieder von vorn.
Schmutziger Schnee belegt den Bürgersteig,
bleich und veränderlich
wie eine Gesamtheit von Gesichtern, die sich
bereitwillig treten, drehen und wenden läßt.
Ein Hund bellt gegen den Wind an, der Wald
rutscht über die Scheiben der Straßenbahn.
Du beginnst einen Schmerz, leer wie eingerolltes Laub,
ein Vermissen, glitzernd, mumifiziert.
Es ist ein Schmerz, der die Gegebenheiten neu sortiert,
sie sternförmig anordnet, wie um ein Zentrum.

9 Malachit

Ich goß mir Tee ein, als es klopfte. Ein Synthetikpullover mit Silberfäden, Handtasche ängstlich unter die Achsel geklemmt, hielt mir eine Schachtel Weinbrandbohnen entgegen. Es war Erika Cziczinski, Theos Ehefrau. Ich nahm ihr die Weinbrandbohnen ab. Bot ihr einen Platz an. Stellte eine zweite Teetasse auf.

Erika preßte die Knie zusammen und drückte die Handtasche auf den Schoß.

Sie tat mir sofort leid. Mir war nicht wohl in meiner Haut.

Theo hatte Besuch von seiner Frau bekommen. Theo wußte den Besuch seiner Frau mit seinem Verhältnis zu Vera in keiner Weise in Einklang zu bringen. Theo, dessen Rußlandaufenthalt unwiderruflich an jene Abende gekoppelt schien, an denen Vera in flauschigen Pantoffeln mit ihm anstieß, Theo, dem Vera mit ihren intellektuellen Fähigkeiten und ihrem tiefen Ausschnitt wie ein Wesen von einem anderen Stern erschien, dem gerecht zu werden ihn herausforderte, Theo, der sich ansonsten verloren und heimatlos gefühlt hatte, Theo vermochte sich nicht umzustellen. Es war ihm nicht gelungen, seine Frau von der Reise, die seit Monaten geplant war, abzubringen. Es war ihm ebensowenig gelungen, seine täglichen Treffen mit Vera vorübergehend aufzugeben. Er war ein Mensch der Gewohnheit, ein Mensch fehlender Selbstbeherrschung und mangelnder Durchsetzungskraft. So jedenfalls sah er es selbst, so stellte er es im Leidenston dar, und die einzige Lösung, die ihm einfiel, bestand darin, das Problem an uns andere zu delegieren, seine Frau Erika stundenweise uns anderen zu überlassen.

Ludmilla trank mit ihr an der Rezeption Instantkaffee, Albrecht hatte ihr dabei geholfen, Getränke und Lebensmittel einzukaufen, Wolfgang mit ihr eine Stadtrundfahrt gemacht. Jetzt war ich an der Reihe.

»Drei Stunden«, hatte Theo gefordert, »drei Stunden am Nachmittag, wenn Vera von der Arbeit kommt.«

Erika nippte an ihrem Tee. Sie war in Hausschuhen, sie würde sich noch umziehen müssen.

Kurz darauf trug Erika eine weiße Wollmütze und einen kastigen Anorak. Sie war klein und dicklich, die Mütze drückte ihre Dauerwelle platt. In knöchelhohen Stiefeln stapfte sie emsig durch den Schnee, freudig aufgeregt, gleichgültig gegen die Kälte, wohlwissend, daß es die erste und letzte Gelegenheit in ihrem Leben sein würde, dieses fremde Rußland in sich aufzunehmen. Sie betrachtete interessiert, wie sich die Wartenden an der Haltestelle gegen den Wind stemmten, sie blies verstohlen ein weißes Atemwölkchen in die Luft und verfolgte entzückt, wie es sich einen Moment in der Luft hielt, bevor es sich auflöste.

»Wissen Sie«, sagte sie zu mir, »es ist wie früher, da besaßen wir noch kein Auto und haben alles mit der Straßenbahn gemacht, das ist auch gegangen, kann man sich heute kaum noch vorstellen, rein in die Kiste und los geht's, bequem ist man geworden! Aber soll ich Ihnen ehrlich sagen, man kam unter Leute, im Bus traf man Bekannte, im Treppenhaus ein Quätschchen mit den Nachbarn, soll ich Ihnen sagen, mir fehlt das regelrecht, damals, als wir noch zur

Miete wohnten, hatte man mehr Umgang. Jetzt im eigenen Haus ist das nicht mehr dasselbe, die Nachbarn leben ganz für sich. Gut, jeder ist sein eigener Herr, man muß sich nicht mehr abwechseln mit dem Flurputzen, aber unsere Nachbarn sind so vornehm, ich würde mich schämen, bei ihnen anzuklingeln und ein Ei auszuleihen oder Backpulver oder Salz, früher war so etwas selbstverständlich, man hat sich gegenseitig ausgeholfen. Aber bei unseren Nachbarn, unmöglich. Ich würde sie auch nicht fragen, ob sie im Urlaub unsere Blumen gießen, ich lasse unseren Sohn kommen, oder ich lasse die Blumen eingehen, lieber lasse ich alles eingehen, als diese Nachbarn zu bitten, verstehen Sie das?«

Ich verstand es und schob sie in die Straßenbahn. Ich zeigte ihr, wie sie den Fahrschein entwerten mußte. Sie bediente resolut den Hebel, der ein Lochmuster in das zarte Papier stanzte, sie steckte das Blättchen sorgsam in die Tasche ihres Anoraks und zog den Reißverschluß zu.

Wir standen schwankend in der überfüllten Bahn, fest eingekeilt in der Menge. Kopftücher und Pelzkragen, feuchte Wollstoffe, zerfurchte Gesichter. Erika klemmte ihre Handtasche zwischen die Knie.

Aus den Augenwinkeln sah sie sich um, stolz auf sich, daß sie jetzt hier war, daß sie es fertiggebracht hatte, sich zu dieser Reise durchzuringen, gegen den Sparimpuls ihres Mannes, gegen die Bedenken des Sohnes, gegen die eigene Unsicherheit. Allein! Bis nach Rußland! Gefährliche Ostzone! Und sie, als Frau!

Aber sie hatte gegen ihre Ängste angekämpft und sich überwunden, sie, hart im Nehmen, anspruchslos, sie hatte die einmalige Gelegenheit genutzt. Schließlich zeigte sich ja: so schlimm war es gar nicht. Die Russen Menschen wie wir, das Verkehrssystem ähnlich, die Häuser stabil.

Erika hatte vor zwölf Jahren bei einem Preisausschreiben eine Reise nach Teneriffa gewonnen. Vorher waren sie nie im Ausland gewesen, Nordsee, Schwarzwald, Lüneburger Heide, solche Reiseziele hatten sie sich erlaubt, alles andere fanden sie vermessen, zumal Erika keine Fremdsprachen konnte, wie hätte sie etwas einkaufen sollen, wie nach dem Weg fragen, es war ihr undenkbar erschienen. Aber seit Teneriffa hatte sich ihre Einstellung geändert, so ausländisch war es ihr gar nicht vorgekommen, mit ihrer eigenen Sprache kam sie durchaus zurecht, nur Theo hatte sich unwohl gefühlt, ihm war es zu heiß, zu weit von zu Hause, er flog nicht gern, während Erika mit diesem einen Flug das Fliegen für sich entdeckt hatte, das Reisen für sich entdeckt hatte, von nun an ein Preisausschreiben nach dem andern mitmachte, während Theo mit ihr nach Österreich fuhr, Österreich: Ausland und Inland zugleich.

Erika hatte Prospekte gewälzt und auf Abbildungen von bemalten Holzlöffeln gezeigt, auf die Moskauer Basiliuskathedrale mit ihren bunten Zwiebeltürmen, auf ein Wolgaschiff. Erika hatte aus der Stadtbücherei Reiseführer entliehen, die die russischen Ikonen lobten, die russische Birke, die russische Gastfreundschaft, es waren Reiseführer, in denen Magnitogorsk nicht erwähnt wurde. Theo ging unschlüssig im Wohnzimmer um den Fernsehsessel. Wie sollte seine Frau ganz allein bis Moskau fliegen und dann weiter quer durchs Inland, fremden Leuten ausgeliefert. Wie sollte sie in einer Industriestadt, auf sich gestellt, die Tage verbringen. Erika in ihrer Kittelschürze, Erika mit Händen, die immer nach Kartoffelschalen rochen, Erika würde er in

Magnitogorsk nichts bieten können. Er fand Magnitogorsk für Erika wenig passend. Er fand Erika für eine Baustelle ungeeignet.

Theo mochte Rußland nicht, er mochte das Klima nicht, er fand die Sprache unangenehm, er mochte es nicht, abends in einem Hotelzimmer zu sitzen, ihm fehlte die Gemütlichkeit. Er begriff nicht, warum Erika ausgerechnet in dieses Rußland wollte, er telefonierte mit ihr und schilderte den Schmutz und die Eintönigkeit der Stadt, zu spät.

Wir fuhren mit der Straßenbahn bis zum Friedensplatz. Die Masse drängte uns das Trittbrett hinunter, schob uns weiter. Erika stellte sich ein paar Schritte seitlich auf, zog einen Handschuh aus und putzte sich die Nase.

Die Menschen verstreuten sich und verloren sich sofort in der Weite des Platzes. Dieser Platz war für Einzelpersonen ein paar Nummern zu groß. Er eignete sich für Aufmärsche, bei denen der einzelne in der allgemeinen Größe unterging, er eignete sich zur Demonstration von staatlicher Stärke; für einen Einkaufsbummel eignete er sich nicht. Erika stand hinter ihrem Taschentuch am Rand, mit ihrer Wollmütze und ihrer Handtasche schien sie mir ausgerüstet für eine andere Art von Umgebung, für andere Maßstäbe, für Naheliegenderes.

Erika steckte ihr Taschentuch ein und sah sich um. Sie sah unentschlossen in die Runde, sah ein Panorama, das nach allen Seiten Distanzen herstellte, rührend klein und kugelig blickte sie zögernd zu mir, aber nur für einen Moment, dann ballte sie die Fäuste, hob sie leicht an und wartete auf mein Signal, bereit, ein Ziel anzuvisieren, dem Tag eine Richtung zu geben. Sie machte einen prüfenden ersten Schritt, schob die Unterlippe vor, ich nickte, und sie marschierte los.

Der Platz verschlang uns sofort.

Nach wenigen Metern schon hatte ich Lust, umzukehren und mit der Straßenbahn weiterzufahren, aber Erika, die tapfer voranschritt und überzeugt war, daß in Kürze etwas anderes kommen würde, hätte mich inkonsequent gefunden. Also hielten wir Kurs auf eine stillgelegte Springbrunnenanlage, deren Düsen obszön aus dem Schnee staken, ließen sie hinter uns, visierten ein Denkmal an, Lenin oder Puschkin oder der unbekannte Arbeiterheld, mir war es egal, und ich ging davon aus, daß sich Erika für solche Einzelheiten nicht interessierte. Der Platz breitete sich aus, Meter um Meter war er immer noch vorhanden, es machte keinen Spaß, ihn zu überqueren, weil er unabsehbar wirkte, keine Fußgängerstrecke, eine Expedition. Am anderen Ende bog sich ein Gebäudekomplex im Halbkreis. Erst als wir direkt davor standen, war ein Schreibwarengeschäft auszumachen, ein Laden für Haushaltsgeräte, fast unsichtbar, und ein blindes Schaufenster, das einmal ein Geschäft gewesen sein mußte, jetzt aber unbestimmbar blieb. Erika keuchte. Ich zog sie weiter.

Die Häuser und Straßenzüge ähnelten sich. Ganze Blocks verschwanden und tauchten an anderer Stelle wieder auf. Straßen bogen um die Ecke und brachen ab. Schlangen bildeten sich vor den Eingangstüren der Läden, krümmten sich in absurden Verlängerungen, lösten sich auf, um ein paar Straßen weiter erneut anzuwachsen.

Frauen hatten grobe Säcke auf den Schnee gelegt und darauf abgetragene Kinderkleider ausgebreitet. Sie boten Kohlköpfe und getrocknete Pilze feil, eine pries ein Huhn an, dessen Fuß sie mit einem dünnen Zwirn an ihr Handgelenk gebunden hatte. Autos standen unter Wolldecken versteckt, auf Dach und Kühlerhaube ein Ersatzteillager aufgeschichtet, Scheinwerfer, Schrauben, Vergaser, Zündkerzen, ausgebaute Motoren, nach Marken sortiert.

Erika stemmte die Hände in die Hüften. Äpfel, Zwiebeln, rote Beete waren jeweils zu sechst oder siebt gruppiert und zu kleinen Hügeln aufgetürmt.

»Das gibt es ja nicht, wie hübsch, handliche Portionen, zwei Pfund vielleicht, aber so sorgfältig jede einzelne Zwiebel ausgestellt, das müßten unsere mal machen ...«

Erika kaufte Lebensmittel ein. Sie zeigte so deutlich wie möglich auf ein Häufchen Äpfel, die Alte hob ein paar Finger, Erika rechnete und bewegte dabei still die Lippen. Erika blätterte andächtig Rubelscheine hin. Sie schritt energisch die Reihen ab und verglich die Qualität der Produkte. Erika war dankbar und leicht zu unterhalten, Magnitogorsk langweilte sie nicht, wahrscheinlich war sie von uns allen die einzige, die sich hier nicht langweilte, es war anders als zu Hause und doch so ähnlich, sie war zufrieden, sie war hier in ihrem Element. Sie würde sich auch ohne Russisch durchschlagen.

Erika zog aus ihrer Handtasche zwei Plastiktüten und füllte sie nach und nach mit Gemüsezwiebeln, Schmorgurken, Lauch. Dann drehte sie sich nach mir um, bereit, zurückzukehren, die Tüten auszupacken, den Tisch in ihrer Küche zu decken und für Theo ein Abendbrot zuzubereiten.

Ich hätte das an ihrer Stelle auch getan, es wurde bereits dunkel, wozu sollte sie im Dunkeln mit schweren Taschen weiter durch eine kalte Stadt ziehen, wenn sie genausogut in einer warmen Küche sitzen konnte. Erika sah mich erwartungsvoll an, für sie war der Ausflug beendet. Ich biß mir auf die Lippe und schlug meinen Kragen hoch.

»Lassen Sie uns noch einen Kaffee trinken gehen«, schlug ich vor.

Erika wollte nicht ins Café. Unnötige Ausgaben, fand sie. Die Reise war ohnehin teuer genug gewesen, und Kaffee kochen konnte sie auch zu Hause.

»Ich lade Sie ein«, sagte ich bestimmt.

Ich schob Erika durch eine Tür, der man nicht ansah, daß sich dahinter eine öffentliche Restauration befand. Wir tranken Kaffee aus Gläsern, in denen man beobachten konnte, wie sich das Kaffeepulver absetzte und auf den Grund sank. Ich schüttete einen Löffel Zucker dazu, rührte um, der Kaffeesatz verteilte sich wieder und sank von neuem. Wir aßen kleine übersüße Törtchen mit himmelblauem Guß und kandierten Kirschen. Das Café hatte Spitzengardinen vor den Fenstern, man spielte im Hintergrund russische Schlager, und ich betrachtete das gestanzte Papier, in dem die Törtchen serviert worden waren, ich vertiefte mich in seine Rauten und Ovale und stilisierten Blumenmuster, die sich duftig und wellig den Rand entlangwanden, weiß und winzig wie eine Miniatur des Frühlingswindes.

Erika schlang den Kuchen in sich hinein und blies auf den Kaffee, damit er schneller kalt wurde. Die Silberfäden in ihrem Pullover glitzerten. Ihre Mütze hatte sie aufbehalten.

Es war ein Ort, an dem man sich mit einem Mann verabredete. Einer der wenigen öffentlichen Orte dieser Stadt, wenn ich mich nicht täuschte, überhaupt das einzige Café. Mit einem Mann hätte ich zweifellos anders hier gesessen, die Gabel auf unmißverständliche Weise in die kandierte Kirsche gebohrt, mit dem Zuckerguß meine Lippen glänzen lassen, die schmalzigen Schlager als Hinweis auf etwas Abgründiges empfunden.

So aber stocherte ich in meinem Törtchen, arbeitete mich durch den dicken Guß voran, rührte erneut in meinem Kaffee, um Erika darauf aufmerksam zu machen, wie man hier darauf verzichtete, ihn zu filtern, und wieder mußte ich eine Weile warten, ehe ich einen Schluck trinken konnte.

Erika, vor ihrem leeren Teller und ihrem geleerten Glas, kaute an ein paar Kaffeekörnern und rutschte unruhig hin und her.

»Haben Sie Ihre Mütze selbst gestrickt?« fragte ich, um sie ein wenig abzulenken.

»Selbstgehäkelt«, stellte Erika klar. »Sie machen wohl keine Handarbeiten? Ich häkele viel, als die Kinder klein waren, habe ich ihnen das meiste selbst gehäkelt, Pullöverchen und Handschuhe und Schals, Kleidchen mit Rosen drauf, auch gestreifte lange Hosen, niedlich sah das aus, aber als die Kinder größer waren, wollten sie solche Sachen nicht mehr tragen, meine Tochter weigerte sich, in ihrem Häkelröckchen zur Schule zu gehen, sie hat sich immer schon nach den anderen gerichtet, nach den Mitschülern, was die anzogen, wollte sie auch haben, sie konnte nicht zu sich stehen, bis heute nicht. Und man sieht ja, was daraus geworden ist. Jetzt sitzt sie mit dem Kleinen alleine da, plötzlich sind die alten Sachen wieder gut genug, ich habe nichts weggetan, ich habe alles aufgehoben, ich kann das nicht, sowas in die Sammlung geben, irgendwann tut es einem leid, jetzt bin ich froh, daß ich alles noch habe. Stofftiere habe ich gehäkelt, solche langen Dackel, Wursti haben die Kinder sie genannt, Wursti eins und zwei, bis fünf ist das gegangen, meiner Tochter habe ich Gardinen gemacht, Gardinen aus solch feinem Baumwollgarn, mit Kranichen. Kraniche hat sie sich gewünscht, und Theo habe ich für Rußland eine Garnitur Angoraunterwäsche mitgegeben, heute lohnt es sich kaum noch dafür die Zeit zu opfern, das Material kommt teurer, als wenn man was fertig kauft, aber ich finde selbstgemacht schöner, ich sage immer, gekauft ist nur halb soviel wert.«

Ich nickte bedächtig und betrachtete den zerstückelten Kuchen auf meinem Teller.

»Handarbeiten sind mir immer ein Greuel gewesen«, sagte ich. »In der Schule mußten wir ein Taschentuch besticken. Ich habe ein fädendurchsetztes Stoffknäuel fabriziert und es der Lehrerin mit hochgerecktem Arm in die Hand fallen lassen. Seitdem habe ich nie wieder eine Nadel angerührt. Wenn mir ein Knopf abreißt, gehe ich damit zur Schneiderin. Oder ich kaufe neu. Meistens kaufe ich gleich etwas Neues.«

Erika sah mich an, mit einem beinah interessierten und zugleich neutralen Blick. Meine Fähigkeiten zur Textilverarbeitung waren ihr gleichgültig. Sie registrierte aus den Augenwinkeln das Dunkel jenseits der Fensterscheiben. Es machte sie nervös.

Ich bezahlte notgedrungen, und wir traten vor die Tür. Verstohlen sah ich auf die Uhr.

»Ich zeige Ihnen jetzt noch etwas«, verkündete ich betont munter. »Typisch für diese Region. Wenn Sie im Ural waren, müssen Sie das gesehen haben.«

Ich verfiel in einen penetranten Reiseleiterton, Erika nickte ergeben. Ich nahm ihr eine ihrer Tüten ab.

Armbänder aus runden Silberplättchen, Ohrgehänge mit eingesetztem Topas, Diamantringe, ziselierte Bestecke und Pokale demonstrierten die Ausbeute an Bodenschätzen aus den Tiefen des Uralgesteins. In einem Schaukasten häufte sich Kohle, in einem anderen Eisenerz, dazwischen auf dunkelroten Samtkissen Platin und Alexandrit. Erika begutachtete mit Touristenblick die Schmuckstücke in den Vitrinen, sie musterte die Perlenketten und die feinen Goldschmiedearbeiten mit hochgerecktem Kopf.

»Einmal waren wir in Idar-Oberstein«, erklärte sie kennerisch. »Dort mußte man auch von einem Schmuckladen in den nächsten, der ganze Reisebus hier raus, da wieder rein, stundenlang, man konnte überall nur einen Blick erhaschen, aber sie hatten auch überall dasselbe, es kam nicht so drauf an. Die anderen fingen in jedem neuen Geschäft wieder an zu kaufen wie die Verrückten, wir nicht, wir haben nur geguckt. Man konnte sehen, wie sie die Steine in einer Trommel schleifen, das fand ich am interessantesten, graue Brocken im Grunde, man denkt, die gehen kaputt, wenn sie so gegeneinander reiben, man denkt, die werden zu Staub zermahlen, und erst später bemerkt man die Stellen, die schon glänzen ...«

Der Juwelier zog Schubladen auf und breitete Broschen vor uns aus. Altertümliches Obst aus Halbedelsteinen, silberne Zweige. Er zeigte uns eine gelblich schimmernde Birne, wies uns nachdrücklich auf helle Weintrauben an einem ornamentalen Weinstock hin, wir nickten. Er legte einen Kettenanhänger auf das Samtkissen, rote Johannisbeeren, in deren Innerem man die Kerne sah, von einem pompösen goldenen Blatt umschlungen. Erika klatschte entzückt in die Hände. Ich knöpfte meinen Mantel ein Stück auf. Vera hätten diese Sachen auch gefallen. Abgehalfterte Schönheit, Luxus, aus der Mode gekommen, nostalgische Neuauflage der Zarenzeit.

Der Juwelier bewegte sich mit zurückhaltender Eleganz, er klappte Kästchen auf und führte seine versteckten Schätze vor. Für Erika schien ihm eine Garnitur Malachitschmuck das Passendste zu sein. Er schob die schweren Ohrgehänge, die aufgefädelten Kugeln schweigend über den Tisch, wir hörten dem Klacken der Steine zu, Erika, verlegen, äußerte sich nicht. Der Juwelier wandte sich halb ab, über die Schulter hatte er unsere Hände im Blick, ich spielte mit den Malachitkugeln, fuhr die Maserung mit dem Finger nach.

Erika gab mir heimlich einen Wink. Als ich nicht reagierte, stellte sie sich dicht neben mich und begann, mich mit winzigen Schritten zum Ausgang zu drängen.

Dann wurde uns eine große Blumenvase aus glänzendem hellgrauen Stein präsentiert, asymmetrisch, stromlinienförmig, an einen Taubenflügel erinnernd, in sich gekehrt und ausschweifend zugleich, von einer sanft zurückgenommenen Heroik. Der Juwelier strich stolz über die glatte Oberfläche.

»Jaschma«, sagte er, »ein Stein aus dem Ural, geschliffen, poliert, garantiert wasserdicht.«

Ich setzte Erikas Drängeln jetzt einen entschiedenen Widerstand entgegen. Erika runzelte leicht die Stirn.

»Wie ein Grabstein«, flüsterte sie mir ins Ohr. Ich zuckte mit der Schulter, ich hob die rechte Schulter unwillkürlich gegen sie an und wehrte ihre Bemerkung ab. Ich streichelte beschwichtigend die Vase, der Juwelier streichelte von der anderen Seite.

»Es ist wertvolle Handarbeit«, bemerkte der Juwelier.

»Ja, natürlich«, erwiderte ich und wagte nicht, mit dem Streicheln aufzuhören.

»Viele berühmte Steinmetze kommen aus dieser Gegend«, fügte der Juwelier hinzu. Erika starrte versunken auf die Obstbroschen, der Juwelier nahm die Hand von der Vase und verschränkte die Arme entschlossen vor der Brust.

Ich hielt die graue Vase fest wie einen Donnerkeil.

Etwas war hier Form geworden, das ich gern besessen hätte. Über irgend etwas tröstete mich diese Vase, vielleicht über die Vergänglichkeit, vielleicht über den vergeudeten Nachmittag, vielleicht über mein bisheriges Leben, das mir bläßlich und substanzlos schien.

»Ich habe nicht genug Geld bei mir«, sagte ich entschuldigend. »Bitte reservieren Sie mir diese Vase. Ich komme morgen wieder.«

»Aber gern.« Er stellte die Vase im Hintergrund des Ladens auf ein Sideboard und verbeugte sich. Dann blickte er hoch, und wir wußten beide, daß ich nicht noch einmal kommen würde.

Draußen beschleunigte Erika ihre Schritte und strebte auf die Haltestelle zu. »Es ist noch gar nicht so spät«, beruhigte ich sie. »Wir gehen von hier aus ein Stück zu Fuß, im Dunkeln sieht man, wie das Stahlwerk leuchtet.«

Erika warf mir unter dem Rand ihrer weißen Mütze einen mißtrauischen Blick zu und fügte sich.

Ich betrachtete die leichten Flocken, die sich bauschten, die umeinandertanzten, beinah ohne an Höhe zu verlieren. Der Schnee hing schwerelos in der Luft, ruhig löste eine Flocke die nächste ab, und es sah aus, als ob nichts geschähe, als ob sich nichts veränderte.

»Und was macht der Sohn?« fragte ich. Ich wußte es bereits, aber ich fragte trotzdem.

»Er macht eine Lehre bei der Post«, antwortete Erika und ging nicht weiter darauf ein. Wir waren auf den Leninprospekt abgebogen, von hier aus sah man über den Fluß, und Erika konzentrierte sich auf das Werk, über dem eine fahle Glocke hing. Die Dunstglocke leuchtete und pumpte, weiße Flammen brannten in ihrem Innern, freche Irrlichter flogen über den Himmel und trieben ihren Spott mit uns.

»Direkt schön ist es ja nicht«, fand Erika. »Wenn ich ehrlich bin, nicht anders wie bei uns in Oberhausen.«

Damit war das Thema für sie abgehakt. Stahlwerke hatte sie selbst genug.

10 Ammoniak

Eine Frau in geblümtem Kittel und Plüschpantoffeln verbarg sich in der dunkelsten Ecke des Rezeptionsraums hinter dem Fernseher und strickte an einem Jäckchen. Als wir in die Eingangshalle traten, hob sie den Kopf, legte ihr Strickzeug weg und schlurfte eilig heran. Sie riß die Pforte zu ihrem Raum von innen auf, nahm Erika am Arm und zog sie zu sich herein. Ich folgte ihnen und sah, wie sie Erika energisch in den Fernsehsessel drückte, ihr einen Tee eingoß und den Fernseher leiser stellte. Ich griff hinter mich und schloß die Tür. Sie war aus Glas und mit einem Vorhang abgeschirmt. Ich drehte mich um und rückte den Vorhang zurecht.

Die Pförtnerin stützte beide Hände auf den Tisch und sah Erika bedeutungsvoll an. Erika musterte ebenso bedeutungsvoll die orange gefärbte, herausgewachsene Dauerwelle und nahm gehorsam den Tee entgegen. »Ich möchte Ihnen etwas schenken«, erklärte die Frau wichtig und stieß sich vom Tisch ab. Erika öffnete den Reißverschluß ihres Anoraks. Ich lehnte mich vorsichtig an die Tür. Der Vorhang rutschte zwischen meinem Rücken und dem Glas, ich bewegte mich nicht mehr. Die Pförtnerin kramte aus einer Schublade ein Mäppchen mit Postkarten und legte die Bildseiten vor Erika auf dem verkrümelten Tischtuch aus.

Sowjetische Kunstpostkarten, Malerei.

Hochstrebende Wälder mit filigranem Blattwerk, lieblich geschwungene Ranken, in der Mitte einer Lichtung zwei

Schwäne, dünnhalsig, flügelschlagend, zerbrechlich. Eine blonde Frau mit langen Zöpfen, Andachtshaltung.

Eine Bergkuppe mit weiter Aussicht über froststarren Wald. Brennende altkirchenslawische Pergamente, aus deren Rauchfaden ein grüner Zweig erwuchs. Ein langbärtiger bepelzter Weiser hielt eine Kerze und einen Falken, er sah mit scharfem Blick in die Unendlichkeit.

Adler auf Felshängen, Feuersbrünste die Ebenen. Marschall Shukow vor dem Flammenmeer, zu seinen Füßen gestürzte Standarten mit dem Hakenkreuz. Düster bewölkter Himmel, graues Gegenlicht, orthodoxe Kirchen in Trümmern. Deutsche Soldaten ziehen im Gleichschritt wie eine Maschine dem sicheren Tod entgegen.

Abendrot. Gefallen von der Hand des ritterlichen Helden: der Maler, er selbst nebst seiner Frau Gemahlin, einer jungen Kämpferin in Helm und Kettenhemd. Die Schwäne der Legende breiten ihre Schwingen über das tragische Paar, die Sonne sinkt schneller.

Eine Walküre, Flügelhelm, Waffen, hypnotischer Blick auf den jungen Wikinger, der im Schnee verblutet. Dräuende Bewölkung, schräges Licht. Dramatischer Wind weht wallendes Walkürenhaar nach links, wogenden Schimmelschweif, flatternde Schimmelmähne nach rechts. Unergründlicher Sturm des Nordens, darniederliegende Schönheit des Jünglings, aufrecht steht eisbehangener Bärlapp, immerhin er.

Ein Fensterrahmen, Eisblumen, Schnee auf dem Sims. Im steilen Kerzenschein glänzen die großen Augen der Schönheit, melancholisch, wissend, man wartet.

Holzhaus mit Vogelschnitzereien, Eiszapfen, ordentlich abgedichteten Ritzen. Ein wildäugiger Bauer konspiriert mit einem hingebungsvollen Mädchen, ihr lila Kopftuch deutet auf eine gewisse Passion, die silbernen Stickereien desselben auf Edelmut, des Bauern knochige, schwarzgeränderte Finger halten eine Mistgabel wie eine Trophäe.

Der russische Waldsee mit Steinen, Moosen, Tannen. Die Pförtnerin zeigte stolz auf geschuppte Drachenschwänze und vollbusige, enggegürtete Flehende, sie lobte hängende Birkenrispen und Seerosenblätter auf dem Teich aller Teiche: »Die Harmonie«, betonte sie, »die Naturschönheit, der russische Heldenmut!«

Erika schob die Karten vorsichtig zusammen. »Das kann ich nicht annehmen«, wagte sie verlegen zu sagen, aber die Pförtnerin warf ihr einen vorwurfsvollen Blick zu und verstaute das Päckchen in Erikas Einkaufsbeutel.

Erika trank den Tee aus und zog ihren Reißverschluß wieder hoch. Sie schwitzte. Ich lehnte reglos mit dem Rücken an der Tür und sah zu, wie sie sich aus dem Sessel stemmte, ihre Mütze zurechtrückte und eine Faust um die Henkel ihres Einkaufsbeutels schloß.

»Wir müssen«, sagte sie mit nachbarschaftlicher Routine. »Schon viel zu lange aufgehalten. Vielen Dank auch. So ein nettes Geschenk. Werde es in Ehren halten. Also dann.«

Die Pförtnerin nickte langsam, sie nickte und nickte, als sei ihr schwerer Kopf an einer Spiralfeder befestigt.

Erika nickte kräftig und abschließend zurück. Die Pförtnerin nickte weiter.

Erika wandte sich ab. Ich stand mit dem Rücken zur Tür und sah auf sie herunter. Sie hatte sich brüsk und hilflos umgedreht, sie starrte mich an, ich rührte mich nicht.

»Sollen wir nicht gehen«, sagte Erika mit piepsender Stimme. Sie tat mir leid. Im Schneckentempo löste ich meinen Rücken von der Tür, im Schneckentempo rollte ich einen Wirbel nach dem anderen ab, drehte mich und faßte die Klinke. »Ihr Mann wartet auf sie«, erklärte ich gedehnt. Im Schneckentempo bewegte ich die Glastür aus der Wand. Dann war Erika durch den Spalt geschlüpft und drückte den Fahrstuhlknopf.

Die Kabine öffnete sich, Erika trat einen Schritt zurück. Eine Dame auf hohen Pfennigabsätzen warf sich das Ende einer Kunstpelzstola über die Schulter, tat, als fröstele sie im zugigen Eingangsbereich, rieb sich über die bloßen Unterarme und schenkte Erika ein Lächeln von unglaublich roten, unglaublich glänzenden Lippen. Ihr Gesicht kreidebleich, das dunkle Haar umgab den Schädel wie ein Helm, wie ein anhängliches Felltier, eine Perücke. Weiß wie Schnee, rot wie Blut, schwarz wie Ebenholz. Ihr Spitzenkragen, ihr Romantikbedürfnis. Straßsteinchen glitzerten aus ihrer Bluse, sie lächelte weiter. Das Lächeln stand für einen Moment im Raum und fiel zusammen wie ein Kartenhaus. Erika war schon im Fahrstuhl und preßte den Daumen auf Etage 8. Vera verschwand im Glaskasten der Rezeption, ich hielt den Fuß auf die Kabinenschwelle, ließ noch einmal öffnen und huschte zu Erika hinein.

»Das war aber eine nette Frau«, verkündete Erika. Ich wollte nicken, ich verbat es mir. »Und wunderschön zurechtgemacht! So müßte man sich geben können, vornehm! Unsereins hat davon nichts weg, Theo legt da auch nicht viel Wert drauf, es kommt aufs Innere an, sagt er immer, das zählt.« Jetzt nickte ich doch, ich nickte mechanisch vor mich hin, während der Fahrstuhl anzog und die Kabine in die Höhe hob, ich nickte stumpfsinnig und pausenlos, als wollte ich den Fahrstuhl dazu bringen, sich ununterbrochen nach oben zu bewegen, immer weiter nach oben, bis uns Wolken einhüllten und die Welt verschleierten.

Aber die Kabine hielt rumpelnd an und ließ einen Korridor erscheinen. Erika stieg aus. Ich folgte ihr bis zu ihrer Wohnung. Sie klopfte. Theo machte nicht auf. Sie stand arglos da, geduldig, ein Stofftier, das man fallengelassen hatte und das sich freudig im Schmutz wälzte, fest im Glauben, das gehöre zum Spiel dazu. Dann machte Theo doch auf. Sein Gesicht wechselte geisterhaft rasch die Farbe. Schwärzung, Weißung, Rötung. Wut, Angst, Scham flackerten über seine Züge, es sah aus wie schlechte Beleuchtung, Schattenwurf, Kunstlicht, ein Reflex des roten Läufers im Gang.

Ich gab Erika ab und fuhr mit dem Fahrstuhl zurück ins Erdgeschoß.

Eingeschlossen in einer Eisenkammer, die gemessenen Tempos herabfällt: ein Psychotest. Wie deuten Sie diese Situation? Ägyptische Nekropole im Zeitraffer, versinkend in der Vergangenheit. Medizinisches Experiment zur Erforschung des Innenohrs. Schnelle Fahrt von einem Höllenkreis zum nächsten, stockwerkweise. Ein Psychotest. Angehörige sozialistischer Systeme haben den Vorteil, daß es bei ihnen die Psyche nicht gibt.

Vera thronte in der Rezeption hinter der Scheibe, zerbrechlich wie eine Chinavase. Blutleer, mit porzellanweißer Haut, auf der die Adern blaßblaue Drachen malten, asiatische Blütenornamente, Kraniche. Ein dünnwandiges Gefäß, das bei jedem lauten Geräusch vibrierte, das den hohen Ton ihrer Emotionen zitternd umschloß. Den anderen zeigte sie ihre glatte Oberfläche, sie trumpfte mit ihrem eleganten Blumendekor auf, ich wartete immer auf die eine heftige Erschütterung, die sie ruinieren würde. Erika ließ sich knautschen und pressen, zur Not ließ sie sich auf den Boden werfen, Vera aber konnte man nur abstauben.

Sie hatte Theo Szenen gemacht, sie hatte Geschirr zerschmissen, sie drohte damit, selber zu zerspringen. Ich hielt es für Kitsch, für die typische Sentimentalität einer Frau, die sich gern damenhaft geben wollte. Automatisch sprang die Gefühlsmaschinerie an, und der Ablauf war vorhersehbar. Theo wußte nicht mehr ein noch aus, Theo war kurz davor, seiner Erika den Laufpaß zu geben. Vera, porzellanen, sensibel, zart, hing in Theos Räumen als dunkelrote Donnerwolke, drohende Gedankenform.

Als ich eintrat und mich in den Fernsehsessel fallen ließ, kippte sie ein schiefes Lächeln über mir aus, das ich nicht verdient hatte. Sie saß mit verschlossenen Schultern da, sie hatte sich ihren Mantel übergelegt, aber ich konnte sehen, daß sie trotzdem fror. Ihre Finger wanderten die Tischkante entlang, lugten über den Rand, tauchten wieder ab. Ein Puppentheater, der Zeigefinger mußte die Prinzessin sein, er spreizte sich und kippte vornüber. Der Mittelfinger, die böse Stiefmutter, tauchte auf und pochte drohend, irgendwann erschien der Prinz, dazwischen wimmelten sieben Zwerge, schürften Metalle, gruben nach Kohle, häuften Schätze an, und ich wußte nicht genau, war Vera lieber Prinzessin oder lieber Stiefmutter, sicher nur, wir saßen zusammen in diesem Kämmerchen mit seinen gläsernen Scheiben, draußen gingen Menschen vorbei, hier drinnen nahm man einen prinzessinnenhaften Sonderstatus ein, unberührbar, oszillierend, entrückt.

Vera putzte sich die Nase. Sie produzierte einen unangenehmen Schatten, er stieg nach oben und hing über uns, ein spinnwebartiges Gebilde, kurz davor, Materialität anzunehmen. Die Pförtnerin holte einen Wedel und wischte nervös durch die Ecken, sie zog ihren Kittel aus und schüttelte ihn, dann packte sie ihr Strickzeug weg und verließ uns. Der Schatten wuchs sich aus, er klebte unter der Decke und war im Begriff herunterzukommen.

Ludmilla stieß die Tür auf und hängte ihren Schal über einen Stuhl.

Vera zuckte zusammen, sie rückte ein Stück von dem Schal ab, als handele es sich um eine Schlange. Ludmilla zwinkerte mir zu. Ich verschob unauffällig den Fernsehsessel, um aus Veras Einzugsbereich zu gelangen. Vera wickelte ihren Mantel fester um die Schultern, sie spiegelte sich in der Scheibe, starrte sich an und sah zugleich durch sich hindurch auf etwas Fernes, Unerreichbares.

»Reg dich nicht auf, Kindchen«, befahl Ludmilla, »ihr nehmt diese Dinge zu ernst, das bringt nichts. Was soll er machen, es ist seine Frau. Du darfst es ihm nicht übelnehmen.«

Vera schwieg verbissen.

»Ich werde nicht noch einmal mit ihr losziehen«, verkündete ich entschieden. »Mir ist das zu anstrengend. Sie fühlt sich unwohl, ich kann sie nicht beschäftigen, sie langweilt sich mit mir. Theo muß sich selber um sie kümmern.«

Ludmilla nahm ihren Platz am Empfangstisch ein. Sie setzte Wasser auf, breitete Kekse auf ein Tellerchen, fischte aus ihrer Handtasche eine Tüte mit Sonnenblumenkernen. Ich nahm eine Handvoll davon, ich stellte den Fernseher lauter und spuckte die Schalen auf den Boden.

Vera hatte nach dem ersten Treffen ihre Pantoffeln und ihre Küchenschürze in Theos Wohnung mitgebracht. Ihr eigener Alkoholikermann stellte für eine neue familiäre Bindung kein Hindernis dar. Vera wollte keine flüchtige Affäre, Vera wollte Heim und Halt, sie nahm Theos Videothek ebenso in Kauf wie seine Pullunder, und Theos Familienfotos waren ihr anfangs sogar vielversprechend erschienen. Sie schwärmte von den deutschen Kleinstädten, den tschechischen Bädern, den schweizer Kurorten aus russischen Romanen. Sie konnte ohne weiteres ein schwarzes Cocktailkleid tragen und Kartoffeln braten, sie konnte gleichzeitig zaristischer Vergangenheit huldigen und deutscher Gemütlichkeit. Im Traum von einem besseren Leben gab es für sie keine Widersprüche.

»Willst du nicht nach Hause, Kindchen«, sagte Ludmilla streng, »du idealisierst dieses Verhältnis, es führt zu nichts.« Sie stellte einen Becher Tee vor Vera auf, löffelte Zucker hinein und drückte ihn Vera in die Hand. »Mach dem Mann keine Schwierigkeiten«, sagte sie, »nimm Vernunft an.«

Ludmilla wandte sich an mich.

»Willst du nicht nach Hause, Kindchen, habe ich zu ihr gesagt, aber sie will nicht nach Hause, sie möchte die Nacht hier bei mir im Sessel verbringen. Den Flur belauern, ein paar Stunden im Sitzen schlafen, bis ihr Unterricht beginnt, wir können es ihr nicht ausreden.«

Der Schatten unter der Decke löste sich an einem Ende ab. Ich stand auf und stellte mich mit verschränkten Armen an die Glastür. Hier befand ich mich am äußersten Rand des Schattens. Wenn er herunterkam, rechnete ich mir aus, befand ich mich nicht mehr in seinem Radius, denn die eine Seite lappte und würde genau an mir vorbeiziehen.

Jenseits der Scheibe betrat jemand den Eingangsbereich. Ich zog den Vorhang an der Tür ein Stück zurück und winkte. Mein Vater wies mit dem Zeigefinger nach oben und sagte etwas, das ich nicht verstand. Ich zeigte auf meinen roten Mantel, den ich noch anhatte, und sagte etwas, das wiederum er nicht verstehen konnte. Die Fahrstuhltür öffnete sich, er drückte die Handfläche mehrmals beschwichtigend nach unten und stieg ein. Er winkte. In der anderen Hand trug er die Aktentasche. Ich verstand nicht, warum er erst lange nach den anderen Feierabend hatte, warum es Theodor Cziczinski beispielsweise gelang, schon kurz nach dem Mittagessen ins Hotel zurückzukehren, warum mein Vater hingegen auch noch blieb, wenn die anderen schon mit dem Werksbus nach Hause gefahren waren, und später alleine die Straßenbahn nahm.

Plötzlich sah ich aus den Augenwinkeln den Schattenfleck, er kam aus Veras Richtung, schlappte in ganzer Größe auf mich zu und warf sich über mich. Ein Eimer rollte durch den Raum. Die Glastür öffnete und schloß sich klickend. Auf der Eingangstreppe hämmerten spitze Absätze. Veras schwarze Gestalt verlor sich in der Dunkelheit.

Ich fuhr mir durch das nasse Gesicht, das nasse Haar. Ich triefte. An meiner Hand klebten Flusen, aufgeweichte Krümel, Bindfadenstücke, ich stand in einer schmierigen Pfütze, die nach Putzmittel roch.

Ludmilla tupfte mit einer Papierserviette an mir herum. Ich mochte das nicht.

»Diese Hyäne«, sagte sie, »diese hysterische, eifersüchtige Frau! Sie weiß nicht, was sie tut, die Arme, sie hat schwache Nerven, du darfst es nicht persönlich nehmen, es ist ja nicht deine Schuld, ganz und gar nicht . . .«

»Psst!« machte ich. Ich wollte den Finger an die Lippen heben, um diesem »Psst« mehr Nachdruck zu verleihen, aber der Finger hob sich nicht recht. Ich wollte eine lackierte

Tischplatte sein, ein Resopaltisch, an dem alles abglitt, den man nur abzuwischen brauchte, aber die Flüssigkeit glitt nicht ab, sie sickerte in mich ein, ich fühlte einen schaumigen Geschmack im Mund, ich fühlte meine Unterwäsche kalt und schwer werden, ich fühlte, wie etwas auf den Boden tropfte und dort liegenblieb.

»Geh nach Hause, Kindchen«, sagte Ludmilla. Sie schob mich in die Fahrstuhlkabine und preßte meine Etagennummer. Die Tür schloß sich selbsttätig.

11 Personenschaden

Ein roter Mantel wanderte durch den Schnee. Er wanderte die Magistrale entlang, er bewegte sich vorwärts wie ein Blutstropfen.

Die Sonne schien und löste die Dinge voneinander. Ein Stück Himmel brach vom Dach eines mehrstöckigen Hauses und fiel auf den roten Fleck zu. Eine Eisscholle von der Fläche einer Schreibtischplatte, dick wie ein Kinderkopf. Als sie aufkrachte, war der rote Mantel schon einen Schritt weiter. Sie erwischte nur eine leere Milchflasche, die im zusammengeschaufelten Schnee am Wegrand steckengeblieben war. Die Milchflasche splitterte nach allen Seiten auseinander. Ein Teil rutschte über die verharschte Straße, ein gezackter Flaschenrumpf, der sich in einen Gummireifen bohrte. Der Personenkraftwagen sackte schnell tiefer und blieb an der nächsten Kreuzung liegen. Ein bulliger Mann stieg aus, er schob den Wagen von den Schienen. Rechts näherte sich eine Straßenbahn. Der rote Mantel überholte den Personenwagen. Überquerte unerlaubt die Kreuzung auf dem Weg zur Straßenbahnhaltestelle, rannte um die Wette mit einem Holztransporter, beide bewegten sich auf denselben Punkt zu und bildeten dabei einen rechten Winkel, es schien, als ob der rote Mantel, wenn auch sehr knapp, gewann. Der Transporter fuhr mit großer Geschwindigkeit weiter, mit einer Geschwindigkeit, die man erst aus der Nähe wirklich einschätzen konnte, der rote Mantel legte sich über die Bordsteinkante, er blähte sich im Fahrtwind des Transporters und fiel wieder flach. Einer der Passanten an der Haltestelle klopfte den Mantel ab, zog ihn hoch, stellte ihn ordentlich auf. Dann bestieg er mit den anderen die Straßenbahn, die Türen schlossen sich, der Mantel blieb übrig. Er stand eine Weile an dem Platz, den man ihm angewiesen hatte. Die Haltestelle füllte sich wieder, die nächste Straßenbahn fuhr ein, später eine weitere. Der Mantel ging das Trottoir entlang. Dann hielt ein silbergraues Automobil neben ihm, schwang die Beifahrertür auf, der Mantel zögerte und glitt hinein.

»Bist du betrunken?« fragte Wolfgang amüsiert.

»Ich wurde angefahren«, sagte ich müde. »Aber mir ist nichts passiert.«

Er stellte das Radio lauter und trat aufs Gaspedal. Wir fuhren eine Weile kreuz und quer in hohem Tempo durch die Stadt. Ich nahm an, es sollte mich beruhigen, und es beruhigte mich tatsächlich. Ich begann mich mit der Geschwindigkeit zu identifizieren, mit dem gefräßigen Metall, ich hätte Lust gehabt, einen Fußgänger nach dem anderen plattzuwalzen.

Mir dröhnte alles in den Ohren. Das Radio überschrie den Motor nur knapp. Jedes Gesicht, an dem wir vorbeirauschten, gab einen langgezogenen hohen Ton von sich, Phantombilder, ihre Lautstärke die Ausdrucksform von Macht. Das scharfkantige Gesicht von Wolfgang ein scharfkantiges Geräusch, das sich in meinen Schädel bohrte, ohne nachzulassen, ohne Gnade.

An einem Kiosk hielt er an und kaufte uns Schweizer Schokolade. Die Tafeln lagen in einer Reihe mit russischen Kugelschreibern, französischen Illustrierten, deutschen Halsbonbons. Ich war im Auto sitzengeblieben und sah die Kugelschreiber durch zwei Scheiben hindurch. Dennoch hörte ich ihr fortwährendes Pochen, zwar gedämpft, wie das Aufsetzen einer Ballerina, aber penetrant. Die Halsbonbons raschelten, auch sie waren real.

Auf einem Parkplatz drängten sich die Leute um einen Laster, von dessen Ladefläche Weißkohl, Sellerieknollen, Rüben verkauft wurden. Man ließ sich Säcke füllen, fuhr die Säcke im Kofferraum nach Hause, auf kleinen Handkarren, auf Schlitten.

Ein weißbunter Reisebus kam von der anderen Seite. Gurken, Tomaten, Paprika rollten sauber und gesund durch die schneeverspritzten Straßen. »Mit Maggi macht das Essen Spaß!« Eine deutsche Bildunterschrift kurvte durch die Stadt, ihr Echo hallte in mir nach, es hallte und überlagerte sich, wir fuhren weiter, Leninprospekt, Karl-Marx-Prospekt, Leninprospekt, mehrfach raste Wolfgang die Hauptstraßen hinauf und hinunter, dann verloren wir uns in einer Siedlung am Bahnhof, die nur aus Einbahnstraßen bestand. Wir kreuzten darin herum, ich biß große Stücke von meiner Schokoladentafel ab, ich drehte das Radio bis zum Anschlag auf.

Dann plötzlich freies Feld, eine leere Landschaft, kein Baum, kein Strauch, nur unübersichtliche Hügel, die Schuttberge sein konnten, Müllhalden, Natur, ich wußte es nicht.

»Wo fahren wir hin?« Meine Stimme klang scharf, trotz der Schokolade.

»An einen ... Ort«, sagte Wolfgang, er nahm meine Gereiztheit auf und gab sich aggressiv.

Hinter der Hügelkuppe tauchten Baracken auf, mannshohe Hütten mit Wellblechdächern und unmäßig neuwertigen Vorhängeschlössern. Garagen, ausgelagert. Um hier sein

Auto abzuholen, fuhr man vom Zentrum eine halbe Stunde mit der Straßenbahn.

Wolfgang schloß ein Tor auf, trug etwas aus dem Wagen ins Innere, kam mit einer Holzkiste zurück, stapelte etwas, lud etwas um. Mich ging das nichts an. Ich fühlte mich krank. Seine Körperhaltung, sein schneidender Gesichtsausdruck machte deutlich, daß mich das nichts anging. Ich wanderte ein wenig um die Baracken. Das Radio jetzt stumm. Ein Kofferraumdeckel schlug zu. Dann hörte ich meinen Namen rufen.

Wie eine Glaskugel saß ich am Tisch, durchsichtig und zerbrechlich, leicht zu durchschauen. Der Tisch bestand aus vier Ziegeln und einer alten Kiste. Wolfgang hatte mir mit einem Tauchsieder Tee gekocht. Ein Elektroofen tuckerte. Leere Flaschen und Schachteln in den Ecken, Staub und Farbreste, ein Eierkarton. Durch die Ritzen der Doppeltür sah ich tief eingefahrene Reifenspuren, Schlaglöcher, eine schrottreife Karosserie ohne Räder, ohne Sitze, ohne alles. Auf den ausgebauten Sitzen saßen wir, an der Wand lag eine Matratze, Trümmerflora die Tapetenreste, sogar ein Stück Gardine, direkt auf der Wand. Als Garage war diese Baracke lange nicht benutzt worden.

War es sein Geschmack am Abenteuer, der ihn dazu gebracht hatte, sich für irgendwelche Zwecke dieses Verschlags zu bedienen? Ich war mir sicher, es gab dafür keinen zwingenden Grund, keine Notwendigkeit. Vielleicht hielt er es für schick, sich eine Untergrundumgebung zu schaffen. Es mußte einem Jugendlichkeitswunsch oder seinem Freiheitsgefühl entsprechen, in diesem Land über einen zusätzlichen Raum zu verfügen, einen Raum wie aus dem Kleinkriminellenmilieu, einen Raum, der ihm nicht offiziell zugeteilt worden war und niemals zugeteilt worden wäre, es mußte ihm Spaß machen, diesen Raum, den er nicht brauchte, einfach anzumieten, als könne er dem Kapitalismus damit eine Bresche schlagen.

Immobilien, vollgesogen mit Rauch und Abgasen. Heimliche Hütten aus Fertigteilen, aus Altmaterial. Bannwald jenseits des Platzes, graue Kiefern, rauschende Abhöranlagen, das Knacken und Prasseln von Tonbändern, Sicherung geistiger Energie. Die Kiefern bogen sich nieder und pfiffen im Wind, ein mechanisches Piepen, Rückspulfunktion. Wie eine Glaskugel saß ich am Tisch und fühlte mich beobachtet. Kein Platz für die Hände, Staub überall wie eine Falle, eine Schicht, auf der ich Spuren hinterließ, Hinweise auf den Tathergang, die Motive, die Beteiligten.

Eine Testsituation. Man wird in einen leeren Raum gesetzt, es gibt ein Bett und einen Tisch und zwei Stühle, es gibt eine Tür, aber der Schein trügt, es gibt eine Art Bett, eine Art Tisch, eine Annäherung an den Gedanken von »Stuhl«, man findet Ein- und Ausgang vor, draußen das Licht, innen die Schatten von Dingen. Man wird ein Gefühl von Argwohn nicht los. Man hat Betten und Tische zu sicher vorausgesetzt. Man will von dieser Voraussetzung nicht abrücken. Wie verhält sich also die Versuchsperson? Stürzt sie hinaus? Nimmt sie alles hin? Hält sie lange durch? Fällt ihr etwas auf? Meint sie, der Normalfall sei eingetreten?

Wolfgang lockerte seine Krawatte, er stand von dem Autositz auf und kramte irgendwo eine dreckige Plastiktüte hervor. Darin: eine Flasche Wodka, Gläser, Orangensaft. Draußen fuhr ein Wagen auf den Platz und versuchte zu parken. Draußen heulten die Kiefern, der Wagen hupte, ein Mann schrie, eine Autotür fiel zu.

Ich zerknüllte meinen Mantelaufschlag in der Faust, zupfte Flusen ab, rote Flusen, die eine Weile in der Luft schwebten und dann kampflos auf den Boden sanken. Wolfgang holte von draußen eine Handvoll Schnee. Er begann damit die Plastiktüte abzureiben, er wollte allen Ernstes die Plastiktüte waschen, als ließe sich damit die ganze Garage in etwas Wohnliches verwandeln, in etwas Behagliches. Der Schnee wischte Striemen in den Überzug aus Ruß, Lehm, Motoröl, was auch immer. Darunter kam ein Stück Weiß zum Vorschein, er scheuerte weiter. Ich hatte das Bedürfnis, ihm etwas zu schenken, eine Gewebeprobe von meinem Mantel, etwas Substantielles, das ich mir ausreißen mußte, Haut und Haar, die Hälfte meines Kleides, ich zwirbelte Flusen in der Hand und ließ sie fallen.

Wolfgang strich sich eine Strähne aus der Stirn. Der Schnee tropfte von der Tüte auf den Tisch und floß in einem Rinnsal über die Kante. Er klemmte die Tüte irgendwo zum Trocknen fest und rieb sich an einem Taschentuch die Hände ab. Er verstopfte ein paar Ritzen an der Tür mit alten Lappen, ausrangierten T-Shirts, verschossenen Unterhemden. Er beugte sich mit breitem Rücken vor und goß uns ein.

Er nahm sein Glas, wir tranken auf die Gesundheit, auf das Leben, auf die Eltern und Großeltern, uns fielen, einmal Blut geleckt, endlos Trinksprüche ein, ich fühlte mich flüchtig und leicht entzündlich wie Terpentin, ich bemühte mich, es zu verbergen. Wolfgang hob mitten in der Rede manchmal den Kopf, lauschend, behutsam, todernst. Wir waren beide völlig nüchtern. Im Raum breitete sich etwas aus, was Umwege machte, beim Gehen wankte, die Ruhe störte. Es formte Höhlen in den dunklen Ecken, Verschläge, Schließfächer, es verzeichnete Wildheit und Ordnung der Geländeformen, kartographierte geheimes Gebiet.

Später, als wir auf der Matratze lagen, überkam mich eine tiefe Kindermüdigkeit, als hätten wir diesen Raum mit eigenen Händen aufgekratzt.

Wolfgang sah zu, wie ich mich wieder anzog. Er musterte mich streng wie ein Militärarzt, als prüfe er Haarfarbe, Größe, Gewicht in Übereinstimmung mit der Kartei.

»Ein Mädchen ging in einem roten Mantel über die Straße«, fing er an.

»Ich bin übrigens erwachsen«, sagte ich.

»Ein kleines Mädchen also«, betonte Wolfgang, »es überquerte eine Straße. Erst stand es an der Fußgängerampel und wartete auf Grün, dann ging es ordentlich über den Zebrastreifen. Es hatte nach links und rechts gesehen, es hatte sein Täschchen besonders fest gehalten, damit es ihm nicht im Verkehr abhanden kam, es war zügig vorangeschritten und auf der anderen Straßenseite angekommen. Darüber war es alt geworden. Seine Haut war verrunzelt und pergamenten, das Herz war geschwächt, die Knochen brüchig, es sah sich in einer Schaufensterscheibe und erkannte sich nicht. Ängstlich rannte es nach Hause. Seine Eltern bemerkten von Ferne schon den roten Mantel, sie öffneten die Haustür, dann erst erblickten sie das Greisengesicht.«

»Was hat das mit mir zu tun«, sagte ich.

»Nichts.« Wolfgang beobachtete, wie ich die Knöpfe meines Mantels schloß. »Ich erzähle nur. Derlei kommt vor.«

Ich antwortete nicht und nahm meinen Schal. »Können wir gehen?«

Ich hatte selbst davon gehört. Ein Chemieunfall in einer Kleinstadt. Ein jahrelanger Chemieunfall. Die Kinder alterten im Mutterleib und kamen zur Welt wie Kobolde oder Gnome, überaus betagt. Sie lebten im Höchstfall noch zehn Jahre, dann hatte sich der Körper aufgebraucht. Die Zeit extrem gerafft, das Leben war dahingerast, bevor es begonnen hatte. Ich wollte mir nicht vorstellen, so ein Kind zu haben: nach der Geburt schon reif für die Geriatrie, ein Kind, das der eigene Vorfahre sein könnte, welk und gebrechlich, wie ein Ungeheuer beladen mit Vergangenheit.

Wolfgang verschloß das Garagentor mit einer Eisenkette. Er legte mir den Arm um die Schulter und führte mich zu seinem Wagen. Behutsam, wie er seine Großmutter geleiten würde, dachte ich.

Das Klicken von Metall auf Metall setzte sich in mir fest. Es verhakte sich in meiner Brust, es blieb darin wie ein kalter Fremdkörper, der nach und nach die Temperatur der Umgebung annahm und dann nicht mehr zu spüren war. Man konnte sein Vorhandensein nur noch wissen. Ich aber wußte nichts. Wir fuhren etwa hundert Meter. Es dämmerte schon. Wolfgang parkte an einem Waldweg und klappte den Beifahrersitz zurück.

Er ließ mich an der Bahnhofstraße aussteigen, ich ging das letzte Stück zum Hotel zu Fuß. Auf der Vortreppe stand Erika, neben ihr ein Koffer. Rosige Erika, rosig und weiß, der Eiswind färbte ihr die Wangen, die Wollmütze saß ihr wattig auf der Frisur, ihre Augen waren naiv aufgerissen, sie wirkte überrascht, als wüßte sie nicht ganz genau, wie sie auf diese Vortreppe geraten war. Sie hielt sich am Griff des Koffers fest, sie stand stoisch im Wind, man hatte sie hier hingestellt, und sie würde warten, bis man sie abholte. Erika, rosig und spielzeughaft, Erika, dicklich, zart, zerblasen, hielt Ausschau von einem erhöhten Punkt, aber mich sah sie nicht. Erika machte jetzt winzige Trippelschritte nach vorn, nach hinten, der Kälte wegen, der Unruhe wegen, den Koffer ließ sie nicht los, er lastete neben ihr, rettender Anker und Klotz am Bein, Erika, sah ich beim Näherkommen, Erika weinte, sie weinte erbärmlich und kindlich. Sie trug ein Altfrauenkostüm.

»Wohin des Wegs«, hätte ich fragen müssen, »wohin zu so später Stunde«, es war noch Nachmittag, aber schon stockdunkel, »Sie sind noch für zwei Wochen Aufenthalt vorgesehen, aus welchem Grunde transportieren Sie den Koffer?« Mir lag auf der Zunge »Nein« zu sagen, »Nein, was soll das«, wollte ich sagen, »gehen Sie rein, Sie erkälten sich«, aber als ich auf die Treppe trat, hörte Erika auf, in die Weite zu blicken, sie zog die Nase hoch und wischte sich mit dem Handschuh über die Augen.

»Wie schön, daß ich Sie noch sehe!« sagte sie eifrig, »ich habe schon oben geklopft, aber Sie waren ja nicht da. Theo holt gerade den Wagen, wissen Sie, es ist hier zu langweilig für mich, findet er, auch zu anstrengend, immer das Einkaufen im Schnee, die nassen Schuhe, jetzt habe ich doch alles gesehen, was soll ich mich abquälen, und er hat soviel zu tun, er kann sich nicht um mich kümmern, man muß flexibel sein, ganz einfach. Hauptsache, ich weiß jetzt Bescheid, ich wollte mir genau vorstellen können, wie es hier ist: und wenn ich wieder zu Hause bin, ist die Baustelle nicht mehr ganz so weit weg ...«

Theo hielt vor dem Treppenabsatz und hupte. Erika brach ihren Satz ab und schüttelte mir die Hand. Sie schleifte den Koffer die Treppenstufen herab, bevor Theo ihr entgegenkommen konnte. Ich blieb auf der Treppe stehen und winkte. Ich nahm meinen Schal ab und wedelte damit. Im Wageninneren erkannte man nur die weiße Wollmütze. Erika würde in Moskau übernachten müssen.

Im Eingangsbereich hing Albrecht auf einem Stuhl mitten im Weg und sah nicht auf. Er verbreitete den Gestank von Alkohol und ungewaschenen Kleidern.

»Guten Abend, Herr Pogoda«, rief ich gewollt munter.

Albrecht zuckte zusammen, er veränderte seine Stellung nicht, aber er drehte sich auf dem Stuhl ein wenig zu mir herum. Zu beiden Seiten flankierten ihn zwei russische Kollegen, sie trugen Fellmützen, und einer hatte eine Aktentasche, die am Bein des Stuhles lehnte.

Albrecht lief Blut aus der Unterlippe, es versickerte im Bart. Sein linkes Auge war zugeschwollen, das rechte Lid flatterte.

»Was ist passiert«, fragte ich, obwohl man es sich denken konnte. Albrecht, der Jammerlappen, sollte wenigstens Rede und Antwort stehen.

»Schlägerei«, preßte er schließlich zwischen den Zähnen hervor. Dann schloß er das rechte Auge, ließ den Kopf nach vorn fallen und wartete im Halbschlaf, daß Ludmilla mit dem Verbandszeug kam.

»Wir waren in einer Bar«, sagte einer der Kollegen.

»Er hat sich mit dem falschen Mädchen unterhalten«, ergänzte der andere.

»Er hat sich mit dem Freund des Mädchens angelegt«, sagte der erste.

»Mit ihrem Zuhälter«, korrigierte der zweite.

»Er hatte schon einiges getrunken.«

»Es hat Streit gegeben.«

»Man hat nicht bemerkt, daß er Ausländer ist.«

»Man hat es zu genau gemerkt.«

Ich nickte verständnisvoll zu allen diesen Äußerungen. Albrecht fügte ein kontrapunktisches Brummen hinzu, aus dem nicht hervorging, ob er zustimmen oder widersprechen wollte. Wahrscheinlich wußte er es selber nicht. Er versuchte sich in den Alltag der Bevölkerung einzugliedern. Er ging ungeschickt vor. Er wollte nicht auffallen, oder wenn, dann als toller Hecht, nach den hier geltenden Kriterien. Diese Kriterien waren widersprüchlich und rätselhaft. Man trank zum Beispiel uferlos und erzählte schmutzige Witze, man grabschte die Frauen an und taxierte sie, aber man tat es auf eine bestimmte Art, die sich nach unerklärlichen Regeln richtete, auf eine Art, die im jeweiligen Kontext tadellos den Anstand wahrte.

Albrecht fand sich nicht zurecht. Er machte begeistert mit, er übertrieb es. Er wollte dazugehören, um jeden Preis. Er erregte oft Anstoß.

Albrecht sprach Russisch fast ohne Akzent. Er hatte Volkshochschulkurse besucht, er hatte in der Firmenfortbildung gelernt, er hatte sich um jeden Aufenthalt in der UdSSR gerissen. Er kannte die Witze, die Flüche, die Schmeicheleien, aber er traf nicht den richtigen Ton. Er wollte etwas, er wollte anerkannt werden, er ertrotzte, erzwang es, das nahm jedem Gespräch die Selbstverständlichkeit. Er erzählte einen Witz, er erzählte ihn selbstgefällig, demonstrativ, der Witz war in Ordnung, niemand lachte.

Albrecht war Halbrusse, ein Vergewaltigungskind aus den letzten Kriegstagen, immer kränklich, ein Kind, vor dem sich die eigene Mutter ekelte.

Jetzt tropfte ihm Blut aus der Nase zwischen den Beinen

hindurch auf den Boden, er starrte auf die Flecken, sah zu, wie sie sich vermehrten, schloß die Augen wieder, als wäre er sehr erschöpft. Ich kramte in meiner Manteltasche und drückte ihm ein paar Papiertaschentücher in die Hand. Albrecht starrte auf die Taschentücher, als hätte er so etwas noch nie gesehen. Er hielt sie vor sich hin, ein roter Tropfen fiel darauf und wuchs. Das Papier saugte ihn nach allen Seiten, Albrecht drehte sich weg.

»Mir ist übel«, stöhnte er.

Die russischen Kollegen sahen betreten zur Seite. Sie standen neben Albrecht stramm, sie hatten ihn hierher transportiert und darauf geachtet, daß sie ihre Kleidung nicht beschmutzten. Jetzt war ihre Aufgabe fast beendet, aber man hatte sich noch nicht bei ihnen bedankt.

Albrecht faltete plötzlich eins der Taschentücher auseinander, legte den Kopf nach hinten und bedeckte sein Gesicht damit.

»Er war groß«, stieß er unter dem Tuch hervor. »Er hatte so eine Visage mit einem Zinken. Scheußlich. Schiefe Lippen. Hasenscharte. Narbe auf der Stirn. Böse kleine Äuglein...«

Die beiden Kollegen warteten mit unbewegtem Gesicht. Sie machten den Eindruck, als könnten sie Albrechts Angaben nicht verifizieren.

Albrecht begann Physiognomien zu entwerfen, Physiognomien von großer Widerwärtigkeit. Bei jedem Wort hob sich das Papiertaschentuch ein wenig und senkte sich auf das nächste Schreckbild.

»Ein giftiger Blick«, flüsterte Albrecht, »ein Schlagring, mit dem er mich niedergemacht hat. Unfaire Spiele.«

Albrecht berichtete stockend von unter dem Taschentuch. Ein übermannshoher Mann war ihm in den Weg getreten und hatte ihn grundlos angeblickt. Aus seinen Augen waren gefährliche laserartige Strahlen getreten und hatten sich in Albrechts unvorbereiteten Körper gebohrt. Es war ein Typ, der Stromstöße, Blitze und immaterielle Lavaströme durch das Ausstrecken seiner Finger produzierte, und Albrecht, unschuldig, unbeleckt, hatte es versäumt, rechtzeitig die Flucht zu ergreifen, hatte ihm im Weg gestanden und auch zur Flucht gar keine Gelegenheit gehabt, war er doch beim Anblick dieses schwarzledernen, fledermausflügligen, spinnenbeinigen Etwas so gut wie sofort bewußtlos geworden.

Schließlich näherte sich aus der Tiefe eines Ganges Ludmilla mit einer Waschschüssel, sauberen Lappen, einem Fläschchen Jod.

»Um Gottes willen«, rief sie theatralisch. »Um Gottes willen.«

Die Männer lüpften befriedigt ihre Fellmützen, ich nickte noch einmal verständnisvoll, und wir entfernten uns in verschiedene Richtungen.

Feier, Feier, Feier. Warmes Dosenbier. Wodka in Wassergläsern. Theodor Cziczinski stand in seinem guten Anzug in dem Kellerlokal nicht weit von unserem Hotel. Er hatte einen Nebenraum für die Belegschaft reservieren lassen, er stand vor uns allen, die wir uns um die Tafel quetschten, und versuchte, eine Rede zu halten. Theo wurde fünfzig.

Wie schön, daß wir hier, sagte er, und sah Vera in die Augen, ich freue mich, sagte er, mein Leben, fünfzig Jahre, eine lange Zeit.

Fünfzig Jahre ich sein, sagte er, das muß man erst mal nachmachen, und jetzt ein runder Geburtstag hier im Osten, sagte er, auch das: allerhand.

Theodor Cziczinski, strahlend in unserer Mitte. Theodor Cziczinski, thronend am Kopf der Tafel. Sein Gesicht glänzte feucht, sein Brillengestell glitzerte, seine Armbanduhr, seine Krawattennadel warfen Funken in den Raum. Die Haut sehr weiß. Weißglühendes Fleisch, träge sich selbst verzehrend, herrschaftlich. Alles an ihm hatte plötzlich einen großen Maßstab. Er war nicht besonders beleibt, aber an diesem Abend wirkte er fett, behäbig, er quoll über vor Glück, sein Hemd warf Falten über den Speckrollen, sein Doppelkinn quietschte, es konnte an der Beleuchtung liegen, es konnte sein, daß Theo sich zur Zeit auf sein leibliches Dasein viel einbildete. Theodor Cziczinski, Sonnenkönig in einem blauen bravourösen Universum. Wir die kreisenden Planeten, zuprostend, gratulierend, Beifall spendend dem entscheidenden Protagonisten des großen Welttheaters, der die schwierige Rolle Theo so einwandfrei ausfüllte, daß er darüber hinauswuchs.

Wir anderen warfen lange Schatten an den Wänden. Ich saß zwischen Vera und meinem Vater eingeklemmt, ich fühlte mich beengt. Ich betrank mich besinnungslos, um einem unbeweglichen, falsch gekleideten, elenden Körper zu entfliehen, ich sah, wie die anderen es ebenso machten. Nur Theo pflegte ein Gefühl von Freiheit und Autonomie, er hockte in einem goldenen Tabernakel aus Selbstgefälligkeit und Exzeß.

Theo legte sein Jackett ab. Sein weißes Hemd, frischgebügelt, schweißnaß, begann durchscheinend zu werden.

Theo wuchs in der Arbeitersiedlung neben der Zeche auf. Am Hang gelegen, steil abfallende Gärten. Emailliertes Blechgeschirr, Hühner ums Haus, ein Taubenschlag. Immer roch es nach Eintopf, die Wäsche auf der Leine schwarz vom Kohlenstaub. Es war die Zeit der Persilwerbung, eine Kindheit, von Kohle und Persil geprägt.

Theo fütterte die Kaninchen mit Gras und Löwenzahn. Um die Hühner kümmerte sich die Mutter, der Vater war versessen auf die Tauben. Selber gezüchtet, an Wettfliegen teilgenommen. Im Wohnzimmer standen die Pokale neben dem guten Porzellan, die Wände voll mit gerahmten Siegerurkunden, dazwischen hing nur noch das Hochzeitsfoto.

»So eine preisgekrönte Taube, die war dem Vater das wichtigste, da hat der sogar auf seine Zigaretten für verzichtet. Hat ja alles auch gekostet, allein das Futter, und was verdienst du schon als Bergmann.«

Theo wurde kurz vor Kriegsende geboren. Der Zweite

Weltkrieg: goldene Zeit für Bergarbeiter. Überstunden, Zusatzlieferungen, harte Maloche, der Kumpel stand sich gut. Auch vom Wiederaufbau profitierte man. Dann kam die Kohlenkrise.

Als Junge besonders pfiffig. Er war gut in Mathematik, er hatte zum Geld ein gutes Verhältnis, er fand Groschen auf der Straße, er war es, der eine vergessene Pfandflasche sah und sie einsammelte, er suchte Fossilien in den Schieferhängen rund um die Zeche und verkaufte sie an ein Heimatmuseum, er war womöglich gar nicht sehr viel begabter als seine Geschwister, aber er wußte aus allem etwas zu machen. Fleißiger Meßdiener, legte für die polnischen Vorfahren Ehre ein. Er hatte sehr gerne vor den Augen aller anderen gekniet und das Weihrauchfaß getragen, es im richtigen Moment geschwenkt, die Schellen lautlos angehoben und präzise damit geklingelt, sie lautlos wieder auf ihrem Filzpolster abgestellt. Der Pastor verschaffte ihm seine Ausbildung, er förderte ihn, er sprach mit den Eltern, ohne seinen Einsatz wäre der Junge nicht so weit gekommen, man verdankte einiges der Kirche, er vergaß es nicht.

Mit seiner Erika ging er am Wochenende auf die Kirmes, er verdiente damals schon ganz ordentlich, wenig Freizeit, man mußte sich hocharbeiten, Überstunden, Abendschule, er sparte für später, gab zu Hause Kostgeld ab. Das Familienleben beengt, zwei Zimmer mit Küche, fünf Kinder, er war das pfiffigste, er brachte es von allen am weitesten.

Erika war stolz auf ihn. Erika kochte Kartoffeln, Erika war sparsam wie er. Erika arbeitete auf ein Eigenheim hin, Erika in Kittelschürze, Erika war stolz auf ihn.

Dem Besuch präsentierten sie das Wohnzimmer, alle Lampen, alle Steckdosen von Theo selbst installiert, die

Maurerarbeiten von ihrem Schwager gemacht, die Tapeten hatte Erika geklebt, ganz allein an einem Vormittag, gemütliche Tapeten, lindgrün geblümt.

Aber das Licht in der Waschküche, das durch die Glasbausteine drang, der frische, kühle Geruch, das Surren der Maschinen, der Waschtrommel, der Gefriertruhe, das war für Theo ohne Vergleich.

Er mochte es, wenn er seine Gartenhosen und die Arbeitsjacke an einem Nagel in der Kellerwand aufhängte, während Erika nebenan ihre Hände in den Plastikwäschekorb tauchte und die vollgesogenen Wäschestücke aufnahm, er mochte das Geräusch ihrer Schritte, das an den kahlen Wänden widerhallte.

Er führte ein ganz unauffälliges, vollkommen durchschnittliches Leben, er kaufte einen Wohnzimmertisch und eine Sitzgruppe, die Studentenrevolte ging spurlos an ihm vorüber, er blendete vieles aus, er glaubte an sich.

Es hatte alles gut angefangen, sie hatten für das Haus gespart, sie hatten für die Kinder gespart, sie hatten beide die Sparsamkeit des Krieges im Blut, wenn es auch für Gäste nicht so aussah, wenn auch für die Gäste nur das Beste auf den Tisch kam: für sich selber verlangten sie nicht viel, sie waren nicht vornehm, sie aßen Kartoffelsuppe und normale Butterbrote. Erika kaufte günstiges Brot und die billigsten Kartoffeln, es war die Zeit von Persil und Margarine, Erika wusch nicht mit Persil.

Erika machte Preisausschreiben mit, Erika gewann einmal eine Geschirrspülmaschine, sie gewann sie zum richtigen Zeitpunkt, als ihre alte gerade drohte endgültig den Geist aufzugeben. Erika wäre es vor Gästen peinlich gewesen, ohne Geschirrspülmaschine dazustehen.

Erika hatte gern Gäste. Erika mochte es, Salzstangen in Gläser zu füllen, Servietten zu falten, Kuchen aufzuschneiden, Erika sorgte gern für andere, er fand das richtig so.

Nur wenn sie mit ihrer Schwester auf Butterfahrt ging, hatte sie ihm, ohne mit der Wimper zu zucken, eine Dose Ravioli hingestellt, die er sich aufwärmen mußte. Er konnte sich auch ein Ei braten oder ein Schnitzel, er konnte einiges am Herd, er war immerhin der Pfiffige, worum es ihm ging, war das Gefühl, daß sich jemand um ihn kümmerte. Erika hatte ihn manchmal, wenn sie zum Kaffeeklatsch ging, dazu gebracht, den Kindern das Abendbrot zuzubereiten, und er hatte sich Mühe gegeben, kleine Häschen aus Radieschen und Mohrrüben geschnitzt, die Tomatenviertel mit Petersilie verziert, auf die Wurstscheiben eine Dekoration aus Mayonnaise und Tomatenmark getupft. Er tat es durchaus für die Kinder, aber er tat es auch für sich selbst.

Höhepunkt des Jahres: Österreich. Erika, die Kinder und er selbst in Kniebundhosen, roten Strümpfen, Wanderschuhen. Diese Ausrüstung: praktische Geburtstags- und Weihnachtsgeschenke. Kinderfüße wuchsen so schnell. Jedes Jahr neue Wanderschuhe, jedes Jahr wieder Blasen an den Füßen und Geschrei. Jedes Jahr Gipfelblicke, kreisende Adler, dünne reine Luft. Brotzeit am Wegesrand.

Theo war nicht gerne nach Rußland gekommen. Dann aber hatte er Vera kennengelernt. »Wie neugeboren«, sagte er, »in Rußland bin ich wie neugeboren. Das ist mal ein richtiger runder Geburtstag!«

Zufrieden blickte er von oben in sein Glas, als studiere er ein Eisloch. Ein Eisloch, in dem plötzlich etwas auftauchen, vorüberschwimmen konnte, was er nicht verpassen wollte, etwas, das ihm selbstverständlich zustand. Er sah von oben in das Loch, aus der Sonnenposition.

Theodor Cziczinski an seinem fünfzigsten Geburtstag: er saß harmlos vor seinem Glas und wußte sich umringt von Netzstrümpfen, Häuchen von Blusen, winzigen Röcken. Leichtbekleidete Frauen stießen mit ihm an, große rote Münder lachten, schwarze Augen jubelten, weil es ihn gab, ihn, Theodor, Spender einer weiteren Runde, Ursache nicht mehr versiegender Freude, Spender von Tanzmusik.

Begeisterte Frauengesichter, die vor Farbe krachten. Ich sah Veras Bartschatten, den schwarzen Flaum auf der Oberlippe, ich nahm einen Schönheitsfleck am linken Nasenflügel wahr. Als sie den Arm mit der Wodkaflasche hob, rann ein Schweißtropfen aus ihrem Achselhaar in die ärmellose Bluse und färbte den roten Stoff einen Ton dunkler.

Ein locker gehäkeltes Oberteil mit schwarzem Büstenhalter darunter. Ein Kleid, dem die Brust aus dem Ausschnitt quoll. Ein schwerer klirrender Ohrring, der das Ohrläppchen nach unten zog. Ein Clip, der sich fest ums Fleisch klemmte und dem man den Schmerz, den er verursachte, nicht ansah. Das alles gehörte dazu. Es gehörte zu einer Orgie zweifellos dazu. Nacktheit, die vorpreschte, sich herauswölbte, wackelte. Körper wie Puddinge, zugänglich, weich, mit einer Oberfläche, die sich leicht durchstoßen ließ.

Daneben bleiche speckige Männergesichter, mit Wachs überzogen, Figuren, die leise tropften, die vor sich hinschmolzen an diesem Abend, die heimlich, an verdeckter Stelle, brannten. Der Docht nicht wie üblich sichtbar auf dem Kopf, der Docht anderswo, so zergingen sie, von innen nach außen, ohne es zu merken.

Ich selbst fühlte mich unwohl auf dieser Party, ich langweilte mich. Wolfgang beugte sich am anderen Ende des Tisches zu einer Dolmetscherin, mein Vater unterhielt sich mit Ludmilla über Möglichkeiten des Energiesparens, Vera war auf Theo fixiert. Sie zupfte an seinem Hemd, strich ihm übers Haar, putzte seine Brille, während Theo immer mehr Licht abstrahlte. Leichter Nebel umgab ihn und verdeckte ihn teilweise, der Nebel verdichtete sich zu Wolkenfetzen, mir schwante, daß Theo seine Apotheose plante und daß nur eine gewisse Höflichkeit uns gegenüber, vielleicht auch das leise Bedauern, diesen gelungenen Abend zu schnell zu beenden, ihn daran hinderte, huldvoll zu winken und sich in einer Wolke zu entfernen.

Die Körper der Männer in meinem Arm waren schneeartig feucht, sie sonderten Schmelzwasser ab, deuteten die Bereitschaft an, sich bei größerer Hitze völlig aufzulösen. Die Männerkörper, mit denen ich tanzte, hatten etwas Immaterielles. Als bestünden hier, im Ural, für die Körperlichkeit besondere, extreme Bedingungen, die einem jeden die Fleischwerdung schwer machten. Ich sah Behaarungen, ich nahm Schweißgeruch wahr, Duft von Tabak, Knoblauch, Alkohol, der diese Körper verfestigte, ihr Dasein ermöglichte, ihren Standort markierte. Eine ungreifbare breite Wärme bewegte sich unter durchfeuchteten Stoffen, wich aus. Dann wieder Erstarrung, Schroffheit, Widerstand.

Ich preßte mich an den Rhythmus der Musik, an den Rhythmus fremder Schritte, ich ließ mich in unterschiedliche Bewegungsweisen gleiten, hautüberzogene Volumina hielten sich im Raum, und ich paßte mich ihrem Schwenken und Schwingen an.

Die Stimme von Albrecht dirigierte mich rückwärts zur Bar, sie flößte mir Sekt ein, dann drängte sie mich wieder in die Menge. Ich spürte seine Art, sich aufrechtzuhalten, seine Art, sich anzustrengen für die Gewißheit, jemand zu sein. Seine Stimme umzingelte mich, zwang mich immer weiter in dieses Gehäuse, in dem er selber gefangen war. Pflichten, die von außen kamen, und die ständige Rebellion dagegen: Albrecht hielt das Kinn zu hoch, er wollte über alles, was ihm nicht paßte, hinwegsehen, er drückte die Brust durch, die Ellenbogen hatten keinen Spielraum, man steckte bei ihm immer in der Klemme.

Mein Vater nahm mich von ihm weg, er schob mich zweimal quer über die Tanzfläche, rational und zügig erledigte er das und wandte sich wieder seinem Gespräch mit Ludmilla zu. Ludmilla, stutenbeinig, schnaubend, schüttelte den Kopf und stakste, meinen Vater an der Hand, übers Parkett.

Ein russischer Kollege hüllte mich zärtlich ein, er war von hinten an mich herangetreten, kreuzte die Handgelenke über meiner Brust, preßte seine Wange an meine und wiegte uns im Takt. Ich mußte an fettarme Milch denken, pasteurisierte beruhigende Milch und wie sie beim Einfrieren unregelmäßig kristallisiert. In meiner Kindheit hatten wir Speiseeis selbst gemacht, eine Milchcreme in Plastikförmchen gefüllt, einen Plastikstiel konnte man einstecken, später das Ganze am Stiel aus dem Förmchen ziehen, ungeahnt glatt war die äußere Schicht, ungewohnt brüchig das Eis, es schmolz nicht, es wechselte von einer Sekunde auf die andere den Aggregatzustand. Hatte man eben noch harte Kanten im Mund, war es plötzlich die dünne, mit Zucker versetzte Milch, die jetzt nach Gefrierfach schmeckte.

»Ich heiße Boris«, sagte der, der in meinem Rücken von

einem Bein aufs andere wankte. »Sehr angenehm«, sagte ich, »hallo Boris«, und versuchte, das linke Schlüsselbein an seinen graumelierten Bart zu schmiegen.

Theo ließ einige Sekunden von Vera ab, er riß meinen Arm in die Höhe und hebelte mich in eine Drehung, warf abwechselnd die Füße vor und hebelte mich zu seiner einen, zu seiner anderen Seite.

Ich selbst war unsichtbar. Man plante mich zwar ein, man behandelte mich und bewegte mich durch den Raum, aber mir schien, als habe das mit mir nichts zu tun. Ich befand mich unter einer Tarnkappe, ich sah von unbekannter Warte aus zu, wie der Abend verlief, wie man mit einer Person umging, die sich gemeinhin als ich bezeichnete. Man wirbelte sie umher, zwängte sie durch Trommelwirbel, führte sie am kratzigen Sopran einer russischen Schlagersängerin entlang, es kam mir ein wenig ermüdend vor.

Dann drängte sich Wolfgang durch die Geburtstagsgäste auf mich zu.

Die Tarnkappe stellte automatisch ihre Funktion ein. Es war nicht möglich, den Vorgang zu beeinflussen. Ich trat in Erscheinung.

Plötzlich verstand ich die Körper der Russinnen, das Berührungswillige, Unverhüllte an ihnen, das es erlaubte, sich auf die bevorstehenden Abläufe ganz einzulassen. Die glänzende Schminke verdeckte nichts, sie unterstrich die Sichtbarkeit. Ich begriff das Ungehemmte der Fältchen in den Lippen, der feinen Behaarung auf den Unterarmen, es war die Kraft, den Körper ganz auszufüllen und an den Rändern leuchten zu lassen.

Ich aber fühlte mich beklommen. Vielleicht eine Sache der Gewohnheit, der Abgebrühtheit. Wolfgang tanzte mit mir. Ich spürte meine Beine schwer werden, meine Bewegungen schleppten sich unbeholfen den seinen nach, am liebsten wäre ich ohnmächtig geworden, aber ich wurde es nicht. Eine enorme, eine grundlose Unruhe hatte sich meiner bemächtigt, mein Körper wußte ihrer nicht Herr zu werden, er schaltete auf Sparflamme und wartete ab.

Wolfgang atmete leicht gegen meine Schläfe, er blies in meinen Haaransatz. Seine Hand rutschte in den Rückenausschnitt meines Kleides, ein rotes Seidenkleid, das mir Ludmilla für diesen Abend geliehen hatte. Eine Art aufgemotzter Unterrock. Ich schlängelte darin. Gleichzeitig verrunzelte mein Gesicht. Die Furchen vertieften sich, Hautpartien trockneten in einem rasenden Alterungsprozeß aus, die Augenlider erschlafften und hingen herab, Tränensäcke, die die Augäpfel nach hinten schoben, eine Nase, die sich spitz verlängerte.

Wolfgang betrachtete mich mit unergründlichem Blick. Etwas Herrisches lag darin und gleichzeitig etwas von einem Staubsaugervertreter, zweifelhafte Erbschaften, die er nicht ablegen konnte oder wollte.

Seine Macht beruhte auf einem ständigen Changieren, auf einer systematischen Uneindeutigkeit, so daß niemand seine Handlungen einschätzen konnte. Man wußte nicht, war er für, war er gegen eine Person, für oder gegen das, was er gerade tat, er erlaubte sich ein schneidendes Interesse, schneidende Ironie, und er erlaubte sich, sein Interesse im nächsten Augenblick wieder vollständig zurückzunehmen. Wolfgang mit seiner kriminellen Energie, Wolfgang, der Biedermann, imstande zum Tango mit einer Alten, zum Mitleidstango, Sadistentango, Wolfgang, der immer noch ganz andere Pläne verfolgte als die, die er für seine offiziellen ausgab. Sein Vater verschollen beim Vormarsch auf Stalingrad. Seine Mutter im

Heim, Altersdemenz, nicht ansprechbar. Geschwister: keine. Man wußte nicht, konnte er es sich leisten, sich über uns alle lustig zu machen, oder pflegte er vielmehr den Vorsatz, sich bescheiden in die Niederungen des Schicksals zu begeben.

Über Wolfgangs Schulter sah ich, wie Theo uns neugierig beobachtete. Wie Theo sich fragte, ob Wolfgang Grave dabei war, sich einen Vorteil zu verschaffen.

Theo bewunderte Wolfgang Grave, ohne sich selbst in Frage zu stellen. Wolfgang Grave mit der Verworfenheit des Bosses, Theo mit seinem Hang zu Bratkartoffeln, mit seiner Altmännerfrisur, mit seiner Schwärmerei für Volksmusik. Wolfgang Grave spielte Golf. Theo spielte Tischtennis. Ihm wäre nicht in den Sinn gekommen, Wolfgang Grave nachzueifern, er interessierte sich nicht für Verworfenheit und würde von sich aus keinen Golfschläger in die Hand nehmen, aber er sah zu Wolfgang Grave auf, mit dem dankbaren Wedeln des Hundes, der weiß, wo sein Platz ist. Die Kollegen führten kleine Kämpfe um die Rangordnung, sie knurrten sich gegenseitig ins Gesicht und rivalisierten versuchsweise auch mit dem Chef, sie zeigten ihm gelegentlich die Zähne, zweifelten seine Entscheidungen an, hoben hinter seinem Rücken die Schwänze und formierten sich zu einer demonstrativ auftrumpfenden, demonstrativ unabhängigen Gang. Sie kopierten seine Lockerheit, seine Witze, sie ahmten seine Art nach, lässig abzuwinken und sofort ein neues Thema anzuschneiden, um Widerspruch nicht aufkommen zu lassen. Theo tat nichts dergleichen, er kritisierte seinen Vorgesetzten nicht, er vertraute ihm völlig, er vertraute auf Wolfgang Graves Wissen, Wolfgang Graves Welterfahrung, Wolfgang Graves Selbstsicherheit. Theo hatte keine Einwände, im Gegenteil, in diesem chaotischen, undurchsichtigen Rußland fand er es besonders nützlich, daß es jemanden gab, der durchblickte und die Aufgaben verteilte.

Einzig in einem Punkt fühlte er sich Wolfgang Grave überlegen. Was die Frauen anging, ihr Aussehen, ihren Charakter, ihre Intelligenz und Zärtlichkeit, war er überzeugt, daß er mit Vera den besten Fang aller Zeiten gemacht hatte. Er sprach nicht darüber, daß er in der Frauenfrage am besten abgeschnitten hatte, er erwähnte es mit keinem Wort, weil er es für selbstverständlich hielt, aber er trug heimlich den Kopf höher, und es unterlief ihm manchmal, stumm neben den anderen zu sitzen, die ihre Männergespräche führten, und gönnerisch zu nicken.

Jetzt sah Theo zu, wie Wolfgang mit mir tanzte, vielleicht dachte er sich etwas dabei, vielleicht begriff er, daß hier etwas ablief, was er nicht einschätzen konnte. Er wirkte für einen Moment irritiert. Zeigte das Tanzen mit einem runzligen Gnom eine besondere Überlegenheit an? Entwickelte sich die Beziehung zu einer Greisin zu einem neuen Statussymbol? War es möglich, daß er, Theodor Cziczinski, Geburtstagskind, wieder einmal nicht mitbekommen hatte, was jetzt als der letzte Schrei galt?

Mein Gesicht glättete sich, ich lächelte im Vorbeidrehen über Wolfgangs Schulter, harmlos, beruhigend. Erst jetzt schien er mich zu erkennen, er grinste erleichtert und wandte sich wieder Vera zu.

Nacht aus Pappe. Eine Nacht, die unter dem Schneegeriesel aufweichte. Hauswände wellten sich, verloren die Form. Ich zog meinen Vater die Treppe aus dem Untergeschoß hoch, in diese Nacht hinein.

Hinter uns, im Lokal, hatte sich Albrecht mit jemandem angelegt. Man hörte, wie Stühle verschoben wurden, wie Albrecht russische Verwünschungen ausstieß, wie Theo versuchte, Beschwichtigungsworte zu bilden. Albrecht hatte sich wegen irgend etwas beschwert, er hatte begonnen, mit der Schuhspitze penetrant gegen den Tresen zu treten, er rempelte die Gäste an.

»Wir gehen jetzt nach Hause«, hatte ich zu meinem Vater gesagt und ihn am Ärmel gezerrt. Mein Vater kicherte und zeigte mit dem Finger auf Albrecht. »Wir gehen jetzt«, wiederholte ich, »wir gehen an diesen prächtigen Männern vorbei.« Mein Vater begutachtete die Personen, die sich in Albrechts Nähe bereitgestellt hatten und nun langsam die Füße vorschoben, zögernd, drohend. Jeansjacken, Lederjacken, Augen, die wie betäubt flackerten. Mein Vater kicherte erneut und folgte mir. Er ließ sich ein Stück ziehen, er machte sich schwer, wand sich los und trat auf die Männer zu. Er tippte dem ersten auf die Gürtelschnalle, er tippte auf die glänzenden Nieten, bedächtig und akkurat wie auf die Tasten eines Fahrkartenautomaten. Dann krümmte er sich vor Lachen. Er sah beifallheischend in den Raum, niemand beachtete uns. Die Männer standen versteinert, bereit zu einer Tat, schon auf dem Sprung in das aufgeregte Knäuel der Streitenden, aber nun abgelenkt. »Papa, komm jetzt«, quengelte ich. Die Männer starrten ihn unschlüssig an. Mein Vater, enttäuscht vom Publikum, an seine Vaterpflichten erinnert, kam.

Auf der Straße begann er wieder zu kichern. »Also Ludmilla«, prustete er, »Ludmilla läßt im Sommer, wenn es ihr zu heiß ist, die Kühlschranktür offenstehen. Klimaanlage! sagt sie, Klimaanlage, nicht zu fassen. Sie öffnet die Kühlschranktür und setzt sich mit einem Stuhl davor, bis sie aufhört zu schwitzen.« Mein Vater schüttelte so sehr den Kopf, daß er nicht mehr weitergehen konnte. »Der Luftzug vom Kühlschrank! Klimaanlage, also wirklich.«

Er atmete heftig aus, eine kleine Eiswolke schwebte vor seinem Kopf. Nacht aus Pappe. Die Hauswände um uns standen schief. Gelbliche Plattenbauten, gefalzt, schlecht aufgeklebt. Aus der Bar hörte man anschwellenden Lärm. Glas schepperte, Holz krachte. Stimmengewirr.

»Laß uns nach Hause gehen«, sagte ich. Mein Vater legte den Kopf schief und rieb sich die Nase. Er lauschte. Dann nickte er.

Pappwände, aufgeklebtes Licht. Papierschnitzel trudelten vorbei. Eine Tür war am Rand aufgeschnitten. Ich klappte den Flügel zurück. Mein Vater wollte nicht hinein. Er betrachtete die Luft. Wolkenformationen, schimmernd vor der Dunkelheit, voluminös und wirklicher als wir. Zwei winzige, blitzende Löcher im tiefen Blauviolett. Man stach mit der Scherenspitze durch den Pappkarton. Besser mit der Zirkelspitze. Man stach sich den Gürtel des Orion, die Kassiopeia, die beiden Bären. In Rußland unbedingt die beiden Bären. Straßenlaternen aus gelbem Pergament. Schwarze Silhouetten von sich selbst.

»Komm jetzt, Papa!«

Mein Vater hielt den Finger ins Leere und lockte ein helles Flöckchen an. Es setzte sich verschämt hin und wartete ab. Mein Vater gluckste.

»Und weißt du, was Vera macht? Sie hat es mir selbst erzählt, sie föhnt ihre Unterwäsche. Drei Garnituren besitzt sie, und wenn es schnell gehen muß, zieht sie sie durch die Seifenlauge und hält den Föhn drauf. Ebenso die Blusen. Die

Strümpfe. Immer muß es schnell gehen. Wenn die Energie nichts kostet ...«

»Wir gehen jetzt auch schnell!« Ich hakte meinen Vater unter. Das gefiel ihm. Er versuchte, mit mir in Gleichschritt zu kommen.

Der Fahrstuhl lenkte mit roten Lämpchen von seiner Pappsubstanz ab. Er schaukelte, faltete sich in jedem Stockwerk auf und zu. Mein Vater steckte den Kopf in die Korridore.

»Huhu! Ist hier niemand?«

»Psst!« machte ich schwach.

In der dritten Etage hatte jemand den Umriß eines schwarzen Reisekoffers aus der Wand geschnitten.

War es eine Nacht zum Fürchten? Mein Vater zog sich singend im Bad den Schlafanzug an. Mit der Zahnbürste im Mund hopste er von Zimmer zu Zimmer und gab melodiöse Kehllaute von sich. Mit der Zahnbürste im Mund stellte er eine zahncremespritzende Frage. »Hat dir die Feier gefallen?« sollte es heißen.

»Sehr«, sagte ich zahm.

Er verschwand in seinem Schlafzimmer. Ich bereitete im Nachthemd das Sofa vor. Mein Vater preschte wieder herein.

»Hat dir die Feier gefallen? Sollen wir noch etwas trinken?«

»Nein«, sagte ich.

Mein Vater rumorte in der Küche. Dann hängte er sich an die Türklinke und schwang sich mit der Tür zu mir ins Zimmer. »Hallo, da bin ich wieder.«

»Schluß jetzt«, sagte ich.

Er drehte sich enttäuscht um und machte sich auf den Weg zu seinem Bett. Zwei Schritte vorwärts, drei zurück. Er hakte mich unter und versuchte ein kleines Tänzchen. Als er umfiel, fing ich ihn auf und bugsierte ihn ins Schlafzimmer. Er legte mir die Arme um den Hals und gab mir einen Gutenachtkuß. Ich drückte ihn weg.

Ich drückte die Tür zu und hörte drinnen die Sprungfedern knarren.

Im Wohnzimmer gab es keinen Schlüssel. Ich rückte einen Sessel vor die Tür. Die Lehne reichte nicht hoch genug, um die Klinke zu blockieren. Ich quetschte ein Sofakissen in den Zwischenraum, es fiel herunter. Ich stapelte Bücher und Aktenordner auf dem Sessel, stellte den Beistelltisch quer.

Im Traum lief ich auf Strümpfen zum Bahnhof, wo mein Vater auf mich warten sollte. Ich irrte auf Strümpfen durch gekachelte Gänge, durch Unterführungen, in denen sich der Schmutz mit dem Schmelzwasser vermischte. Der Schlamm zog meine Beine hoch, ein Passant sprach mich an, ich beantwortete keine Fragen. Eine junge Frau kam mir entgegen, sie trug meine Kleider, sie sah aus wie ich, und mein Vater ging wie selbstverständlich neben ihr. Dann hielt ich ein Messer in der Hand und stach auf eine weiche Masse ein.

War es eine Nacht zum Fürchten? Pappkameraden stürzten der Reihe nach rücklings in den Schnee, hinterließen Schatten, Scherenschnitte. Spielfiguren, die aus Kopf und Rumpf bestanden, Feld für Feld vorrückten und dann geschlagen wurden. Schießbudenfiguren, die ein rundes Maul zeigten, die große Töne spuckten, aber nicht fortkonnten von ihrem Fleck, die sich stocksteif aufrecht hielten, nur das Mundwerk in Bewegung, bis es sie umsäbelte.

13 Titan

War es eine Nacht zum Fürchten? Drähte spannten sich über der Stadt, sie spannten sich von dieser Stadt zur nächsten, quer durchs Land, bis in die entlegensten Winkel. Lichtpunkte gingen auf, Fensterquadrate wurden gelb und schwarz und gelb. Straßenzüge voll riesenhafter Leuchtkäfer schlängelten sich warnend voran, zogen die Küsten entlang in dünner Spur, zerstreuten sich in den weiten Flächen, ballten sich zu wimmelnden Massen, wo Moskau sein mußte, Nowosibirsk, Wladiwostok. Lichtinseln bebten leicht, zogen sich etwas zusammen und dehnten sich wieder aus, bebten im Rhythmus der Luft, die aufstieg, bebten wie Froschkehlen, weiche Sternhaufen. Erde bei Nacht.

Elektrifikazija. Turbinen wälzten sich wolkenhaft, ließen blitzen und donnern. Sonnenräder hakten sich in Felder ein, pflügten den Boden um, droschen das Stroh. Gigantische Sonnenräder fuhren in ihren klobigen Wagen das Getreide fort, führten es den Horizont entlang. Der Sonnenwagen zu beladen, um den normalen Stand am Himmel zu erreichen, der Sonnenwagen beschäftigt, den Menschen zu Diensten zu sein. Elektrifikazija plus Sowjetmacht.

Rauschende Leitungen verbanden die Büroräume miteinander. Man schickte Stimmen durchs Telefon, körnig und undeutlich wie Sand. Sandladungen rieselten von einem Ende des Landes zum anderen, sonderbare Zeitmesser, die den Staub alter Dokumente bargen, das Rascheln von Verwaltungsakten, von billigen Listen und Vordrucken, Sandstimmen, rauh dahingleitend im eintönigen Surren des Fernmeldewesens, dazwischen blakten metallisch einzelne Worte, kleine Reihen kyrillischer Buchstaben, als würden sie einer nach dem anderen auf einer mechanischen Schreibmaschine mit eingetrocknetem Farbband getippt.

Herden schrumpften ein. Aufgeregte Herden verloren immer mehr Stücke, das verbleibende Vieh wurde mager, klapprig. Das Ganze schrumpfte, das Einzelne schrumpfte, ein Wenigeres aufgeteilt in größere Planquadrate konnte eventuell mehr werden, mußte es nicht. Aufgeregte Herden fraßen die Größe des Landes, mehr Platz gleich weniger Inhalt. Mengenlehre der Landwirtschaft.

Die Massen begaben sich zurück zum Start. Gaspipelines legten ihre Schlingen. Bohrtürme stachen ins ewige Eis. Kraftwerke wuchsen über Nacht heran. Sümpfe blieben stecken. Städte verschwanden unter Stauseen. Chemiebetriebe, Bahnlinien, Hafenanlagen, von Zwangsarbeitern erbaut. Herden von Zwangsarbeitern, geheime Mengenlehre. Trocknungsvorgänge. Durchnässungsvorgänge. Das Umleiten von Wärmeströmen. Flüssen. Flüsse auf der Landkarte neu eingezeichnet, Flüsse neu ins Land gekratzt wie Ackerfurchen. Flüsse veränderten ihren Verlauf, kehrten ihn um. Endlose Reihen von Dominosteinen wurden angestoßen und begannen zu kippen. Große Maßstäbe. Lächerlichkeiten. Landesteile wanderten von Ost nach West, von Norden nach Süden, vertauschten sich wie Puzzlestücke. Kaltfronten überzogen das Reich mit Schneemännern, mit Gestalten der Utopie.

1. Fünfjahresplan:
Zwangskollektivierung der Landwirtschaft
Weißmeer-Ostsee-Kanal

Eisenhütten- und Kohlekombinat Kusnezkbecken
Autofabrik Nishnij Nowgorod
Traktorenwerk Tscheljabinsk
Magnitogorsker Metallurgisches Kombinat

Das größte Stahlwerk der Welt, starrsinnig mit nackten Fußsohlen aus dem Boden gestampft. Zehntausende von Arbeitern hausten in Zelten, primitiven Erdhütten, Baracken. Bedeckten ein Stück Erde mit dem Werk, bedeckten die blanke Erde, um nicht selber von Erde bedeckt zu werden. Die Einsatzfreude. Die Beliebigkeit der Einsatzfreude. Die Einsatzfreude. Vom Volkskommissar belohnt mit drei Tonnen Äpfeln. Drei Tonnen Äpfel, im Winter. Macht ein Viertel Apfel pro Person. Tradition der Mengenlehre.

War es eine Nacht zum Fürchten? In Magnitogorsk erwachte das Werk. In Essen saß Krupp von Bohlen und Halbach in seinem Büro. Saß in der Villa Hügel. Was die Familie Krupp über mehrere Generationen aufgebaut hatte, erschuf das gigantomanische Rußland in wenigen Jahren. Sinteranlagen. Hochöfen. Konverter. Siemens-Martin-Öfen. Walzwerke. Drahtziehereien. Stahlstraßen. Gießereien. Oberflächenveredelung.

Allgemeiner Baustahl. Qualitätsbaustahl. Kaltzäher Stahl. Schienen, Formstahl, Profile. Bleche und Bänder, warm- und kaltgewalzt. Normteile, Unterlegscheiben, Bolzen, Schrauben, Muttern. Betonstahlmatten. Bewehrungsdraht.

Zu Kriegsbeginn stellten die Nägelautomaten ihre Arbeit ein. Magnitogorsk lieferte Stahl nach Tscheljabinsk, in die Traktorenfabrik. Magnitogorsk produzierte Panzerstahl. Krupp modernisierte die Dicke Berta. Krupp baute Flugzeuge. Personen verhärteten sich zu Kruppstahl. Wurden Handgranaten. Gewehrpatronen. Panzerfaust.

Die Kriegskunst im Verhältnis zur Kochkunst. Alteisen wird eingezogen. Keine Töpfe mehr, keine Kasserollen, kein Besteck. Keine Schürhaken, kein Tranchiermesser, keine Bratpfanne. Wo kochen die Kartoffeln, wo der Kohl, die roten Rüben? Kascha brodelt in der Luft, die Rüben röten den Wolkenrand, Kohlköpfe kollern nutzlos über die Felder. Kartoffeln werden abgeschafft, wozu Kartoffeln, rohe Kartoffeln, man kann Birkenblätter essen, die ersten Knospen, Triebspitzen. Die Bäume schlagen nicht mehr aus, man kann den Winter so verlängern, Feind verwirren. Die Grasnarbe mit den Zähnen abraspeln, Erdboden freilegen, vorbereiten.

Die Weite des Landes als Verblüffung im Fall des Falles. Panzerkolonnen geraten in allesfressende Wälder. Truppen gefrieren in Schneewüsten zu Notrationen, ganze Kompanien sind von der gierigen Steppe zermahlen, vom Schlamm verschlungen. Die Weite des Landes ein einziger großer Kessel. Ein schwarzes Loch, das ins Nichts führt. Nichtigkeiten.

Die Umerziehung zum neuen Menschen wird auf diese Weise abgeschlossen. Ein Arbeiter von MMK steht Modell für die Soldatengestalt des Sowjetischen Ehrenmals im Treptower Park, Berlin. Miniaturausgaben von Magnitogorsk entstehen in Stalinvaros, Ungarn. Nowa Huta, Polen. Eisenhüttenstadt, DDR.

Städte benennen sich nach ihrem Hauptproblem.

Asbest. Plast. Nickel. Engels. Marx.

Verbotene Orte hinter Warnschildern, hinter Stacheldraht. Orte, die nirgends auftauchen. Etwas Grün und Blau auf der Landkarte, etwas Sumpfgebiet. Niemand wohnt dort, niemand würde hingehen, wozu. Dort ist nichts, heißt es. Man weiß nicht genau, was dieses Nichts besagt. Manchmal bedeutet es einen See, halb mit Wasser, halb mit Öl gefüllt. Manchmal eine bizarre Salzwüste, ehemals See. Gegenden, die von geheimnisvollen Erdstößen erschüttert werden. Wo man gelegentlich ein Donnern tief im Innern des Gesteins vernimmt. Hier und da treten Lichterscheinungen auf, merkwürdige Illuminierungen des Nachthimmels in unbekannter Färbung. In Tscheljabinsk sei, selten für diese Breitengrade, Polarlicht beobachtet worden, schreibt die Prawda. Seitdem liegt, auf der Karte nicht sichtbar, ein dunkler Fleck über diesem Landstrich. Dreihundert Kilometer lang, geformt wie eine Schuhsohle. Die Dunkelheit ist mit bloßem Auge nicht zu erkennen. Sie wird von Bächen und Flüssen weitertransportiert, sie verzweigt sich, breitet sich aus. Ein Geheimnis, eine negative Tuschezeichnung. Ausdruck eines Gedankens, wessen. Plätze voll dunkler Kräfte. Alle Beitragszahler sind verantwortlich für die Totenbewältigung. Käfigkeit.

Der Wald holte sich zurück, was seins war. Die Wildnis drang in die Vorgärten und auf die Dorfplätze vor. Bäume wuchsen aus Dächern, kräftige Wurzeln sprengten den Asphalt der Durchgangsstraße. Efeu umschlang das Heldendenkmal, kein Durchkommen mehr. Über achthundert Jahre hatten Menschen hier gelebt. Ein guter Ort, gerodet, friedlich. Die nächsten fünf Jahrhunderte tabu. Wölfe mit sechs Beinen streiften durch die Wälder, zwei Meter lange Barsche lagen im Fluß, die Pilze mit radgroßen Schirmen warteten auf einen Gnom, der sich bei Regen unterstellte. Die Gnome robbten kreischend durchs Unterholz, schwangen überlange rote Tannennadeln über dem Kopf. Monströse Mutationen, ausgerüstet mit Mißgeschick und Mißtrauen. Eichhörnchen kamen ohne Zähne zur Welt. Siamesische

Rehkitze fraßen die grünen Lappen nicht, die von den Eichbäumen herunterhingen, sie fraßen nicht den violetten Klee, nicht haushohe Farne, sie starben. Wald voller Mißgeburten. Deklariert als: Naturschutzgebiet. Aber was wissen wir schon.

War es eine Nacht zum Fürchten? War es zum Fürchten? War es eine Nacht?

Einige Kilometer südwestlich vom Picknickpavillon am Waldesrand ragten Pappeln in den Himmel, ragten in einer langen Reihe hoch. Aus der Ferne hielt man sie für Pappeln an einer Landstraße, man sollte sie für Pappeln halten, nicht für das, was sie waren: Dipole, gedacht zur Erzeugung eines gewaltigen Plasmastrahls. Geplant waren zehn solcher Reihen, die Energie des Strahls hätte mit hoher Genauigkeit auf jeden Punkt der Erde gerichtet werden können, hätte Energieversorgung und elektronische Kommunikation zusammenbrechen lassen, anfliegende Raketen abgewehrt. Jetzt führte man Journalisten und Fachtouristen in den Picknickpavillon, servierte Obst und Gemüse der Region, testete, ob der Gast ohne Widerstand die Speisen zu sich nahm, ob er skeptisch das Wasser beäugte, die Luft. Gelegentlich diagnostizierte man Radiophobie. Panikmache.

In Tscheljabinsk wurde die Herstellung von T-72-Panzern um 99 Prozent reduziert. Statt dessen fabrizierte man Hydraulikbagger, Brauereianlagen, Gabelstapler, auch Baugruppen für Moskwitsch-Autos.

Magnitka, der Magnetberg, an dem Äxte und Hufeisen klebenblieben, war längst weg. An seiner Stelle ein Krater. An seiner Stelle ein Ausstoß von 850 000 Tonnen Schadstoffen pro Jahr. Magnitogorsk, zweitschmutzigste Stadt in ganz Rußland, produzierte jährlich 20 Millionen Tonnen

Roheisen und 16 Millionen Tonnen Stahl. Magnitogorsk, umringt von schwarzen, roten, gelben Schneeflocken im Winter, von Staubwolken im Sommer. Kein Pflanzenwuchs mehr in der Umgebung, der Boden lag frei, flog fort. Der Uralfluß rückte zum Werksteich auf, durfte Abwässer aufnehmen, sie weiterspülen. Hohe Kindersterblichkeit, Krebserkrankungen. Keine Ursachen.

Aufgabe der dritten Generation, sagte der Bürgermeister. Aufgabe der dritten Generation: die Fehler der Väter und Großväter wenigstens zum Teil wiedergutzumachen.

Wiedergutmacher also. Theodor Cziczinski, Albrecht Pogoda, Wiedergutmacher waren sie, Wiedergutmacher, wie sie da saßen am Tisch, am Schreibtisch von Anton Wermut, der sich anderswo aufhielt, wie sie da saßen und Karten spielten, Wiedergutmacher.

14 Rost

»Besprechung«, befahl Wolfgang mürrisch, »sofort! Hol die anderen!«

Albrecht und Theo sahen sich an. »Meint er mich?« fragte Albrecht unschuldig.

»Mich nicht«, behauptete Theo, schob die Karten zur Seite und rückte seine Krawatte zurecht.

Otto Wallaschkowski und Claus-Dieter Gehrke beugten sich mit einer Tasse Kaffee über zerzauste Papiere. »Schalke – Borussia 2:0«, notierte Wallaschkowski ächzend und streckte seinen Bauch vor. »Ich habe richtig gelegen, Albrecht auch, der alte Fuchs, Silonka total daneben, 0:2, Grave 1:0, immerhin, das zweite Tor hätte auch nicht sein brauchen, war ja mehr Zufall als Können, aber hier, guck dir das an, Biallas, das Schätzchen, 11:4, keine Ahnung, wie wir das auswerten sollen, mit Quersumme oder was, wie kommt er auf solche Zahlen, frage ich mich . . .«

»Er nimmt das nicht ernst«, erklärte Kollege Gehrke und ließ die Mine seines Kugelschreibers vor- und zurückschnellen. »Er nennt irgendwelche Zahlen, versteht null von Fußball, er hält das für sowas wie Lotto, da gibst du auch beliebige Zahlen an, und am Ende ist es reine Glückssache, wer gewinnt.«

»Nichts anzufangen heutzutage mit den jungen Leuten«, brummte Wallaschkowski. »Lotto und Toto verwechseln, ich halt's nicht aus!«

»Besprechung!« schrie Albrecht.

Biallas spitzte seine Bleistifte und trank mit wichtiger Miene kleine Schlucke aus einer Dose Cola. Er tippte Zahlen in seinen Taschenrechner, löschte sie wieder, erhöhte die Geschwindigkeit, ein Geschicklichkeitsspiel.

Silonka, Altekrüger und Schmidt lösten ein Kreuzworträtsel.

»Mach mal das Feuerzeug an, man sieht gar nichts«, forderte einer der drei.

»Ruhe jetzt, Fluß mit zwei Buchstaben.«

»Fluß mit zwei Buchstaben gibt's gar nicht.«

»Ob«, sagte Biallas.

»Ob was?«

»Ob, der Fluß. Russischer Fluß mit zwei Buchstaben.«

»Russische Flüsse kommen in deutschen Kreuzworträtseln nicht vor.«

»Warum nicht?«

»Es muß Po sein, es ist immer Po, wollen wir wetten?«

»Um was willst du denn wetten, einmal Fensterputzen? Firma Krupp macht sich stark für den Umweltschutz.«

»Besprechung!« schrie Albrecht.

Mein Vater öffnete Schubladen, hob Heftmappen an und blätterte einen Stapel loser Zettel durch. »Wo hat der bloß die Unterlagen hingetan. Von mir ausgeliehen und weg sind sie. Der Mann kostet mich den letzten Nerv. Sein Lebenswandel, gut, das ist seine Sache, auch die Arbeitsmoral, das muß er mit dir abklären, du bist der Chef. Aber diese Schlamperei kann einen fertigmachen, zumal ich das alles wieder ausbügeln muß. Ich gehe sämtliche Aufzeichnungen von ihm noch mal durch, das meiste ist kaum zu entziffern bei seiner Sauklaue, ich korrigiere die Fehler und übertrage den Text in leserliche Schrift, bevor ich die Sachen aus der Hand gebe. Jetzt hat er auch noch die Unterlagen irgendwo versteckt, es ist zum Heulen, man findet nichts wieder in dem Saftladen.«

»Ich würde gleich ganz unten gucken«, riet Wolfgang und pochte mit dem Bleistift auf den Tisch. Spielkarten rutschten auf den Boden, der Chef pochte.

»Hör mit dem Gepoche auf!« maulte mein Vater. »Ja, ganz unten stecken sie. Dieses Schlitzohr, ich glaube, der macht das extra.«

Die Belegschaft schlurfte mit Stühlen heran und versuchte, sie um die beiden Tische zu verteilen. Ich stand etwas verloren an der Wand und spielte die brave Tochter. Wer an mir vorbei mußte, schüttelte mir die Hand, in der anderen einen Stuhl. Gehrke lächelte süßlich. Wallaschkowski wandte den Kopf ab und starrte neben mir auf das Tapetenmuster. Biallas und Silonka kamen im Gedränge nicht durch. Sie nickten mir über die Tische hinweg zu und zwinkerten verschwörerisch, sie zwinkerten auch einander zu, halb anerkennend, halb mitleidig, zwei junge Burschen, die die Welt kannten und sich jedes Urteil erlauben durften. Dann zog der eine den anderen am Arm hinter den Stühlen durch, sie stellten sich nebeneinander vor mir auf und reichten mir schwammige Hände.

»Einen wunderschönen guten Tag.« Sagten sie gleichzeitig, als hätten sie es einstudiert. Sagten sie in einem Ton, als würden sie mir kondolieren.

»Übrigens brauche ich die Unterlagen nicht«, verkündete der Chef. Mein Vater zuckte zusammen und wurde blaß vor Wut.

Keine Kabel seien geliefert worden, so Wolfgang Grave mit monotoner Stimme, keine Buchsen, keine Profile, nach wie vor fehlten die entscheidenden Montageteile, seien nicht aufzufinden, angeblich geliefert worden, nicht eingetroffen, heute wieder nicht eingetroffen, auf der Strecke geblieben, verrotteten irgendwo im Schnee, lägen andererseits womöglich bereits auf dem Werksgelände, aber niemand wüßte, wo, auch dann könne man davon ausgehen, daß die Teile schon nicht mehr zu gebrauchen seien, der Witterung ausgesetzt, dem Dreck, dem Schlendrian.

Albrecht kippelte rittlings auf seinem Stuhl, klopfte mit der Kante einer Spielkarte auf die Lehne. »Also Urlaub machen.«

»Urlaub!« schnaubte Wolfgang. »Wir sind in Verzug. Die Teile sollen jederzeit eintreffen, es muß weitergehen. Ich will nicht mein Leben auf dieser Baustelle verbringen.«

Theo nickte. Er entfernte ein Stückchen gekringeltes, am Rand rot lackiertes Bleistiftholz von seiner Krawatte und lächelte versonnen. »Wir sitzen hier fest«, befand er und wiegte seine Krawatte von einer Seite auf die andere.

»Bis die Kabel da sind, habe ich nichts mehr zu tun«, bellte mein Vater zähneknirschend. »Ich werde nicht im Büro hocken und Däumchen drehen.«

»Der russische Partner hat sich wortreich entschuldigt«, befand Wolfgang müde. »Wir können nichts tun. So ist es eben.«

»Also Urlaub«, zischte Albrecht giftig. »Ich hab's doch gleich gesagt.«

Die Belegschaft dämmerte tagelang vor sich hin. Jemand hob in Zeitlupe die Hand und ließ sie kraftlos auf den Tisch fallen. Jemand kippte ein Kaffeerinnsal aus seiner Tasse auf den Tisch und leitete es mit der Spitze seines Druckbleistifts um ein Schriftstück herum. Mein Vater, Fingerspitzen auf einem Lineal längs der Tischkante, ließ die Handgelenke hängen und studierte Albrechts Aufzeichnungen. Hier und da machte er mit Rotstift eine Verbesserung, hier und da strich er mit dem Lineal etwas durch.

Man wußte nicht, woran es lag. Es war ein Stillstand eingetreten, man wußte scheinbar die Gründe, man wußte sie in Wirklichkeit nicht.

Dicke Schichten Feuchtigkeit schoben sich voran, brachten Müdigkeit mit sich, schoben etwas Träges, Trauriges wie Heimweh über den Einzelnen, Wolken, in denen das Individuum verschwand. War es letztlich eine Folge der Wetterlage, das natürliche Ergebnis von Tiefausläufern, Minusgraden, die bewirkten, daß hier, in Magnitogorsk, etwas stockte. Überpersönliche Kräfte glitten hier und dort umher, bunte Waren strömten aus dem Westen herein, Wirtschaftszweige entstanden, blühten auf, verdorrten, bevor etwas ausgereift war. Krankheiten breiteten sich aus, neue Fernsehsendungen, neue Reinigungsmittel setzten die neue Armut in eine Verhältnismäßigkeit, Unverhältnismäßigkeit. Stimmungen kamen von weit her, Ereignisse formierten sich, die der einzelne nicht tragen, nicht verarbeiten, nicht verdauen konnte. Fremde Bewegungen, sie ließen sich nicht berechnen, nicht ändern. Kraftfelder, magnetische Felder, die nachließen, an Stärke zunahmen, sich verschoben. Vage und ungewiß blieben sie und doch machtvoll, ein Quasigott, der die Geschicke bestimmte.

Theodor Cziczinski lockerte die Krawatte. Theodor Cziczinski knöpfte sein Hemd auf. Theodor Cziczinski hütete im Leibchen seinen Schreibtisch und malte auf seinem Block jedes zweite Rechenkästchen aus. Leibchen, österreichischer Begriff für Theos geripptes Unterhemd, Leibchen, beschönigender Ausdruck für den weißen Stoff, der über seinem Gürtel auf einer kleinen Kugel spannte. Theo seinerseits sehr rosig unter dem Leibchen, warme Schultern und Arme, rosa Halspartie, Theodor von Rosenrot war er in diesem Leibchen, war er in einem Büroraum, dessen Heizung man nicht drosseln, dessen Fenster man nicht öffnen konnte. Direkt vor der Scheibe quoll schwefelgelber Qualm und suchte Einlaß, Theo ließ ihn nicht herein. Theo starrte ihn an, beobachtete eine Weile, wie er quoll und sich ausdehnte und marmorierte. Theo, der seit Jahren nicht mehr geraucht hatte, steckte sich eine Zigarette an. Theo, es war ihm zuzutrauen, wollte damit vor den Russen den Anschein von Arbeit erwecken.

Alle rauchten. Ich saß auf der Fensterbank und verfolgte gelangweilt, wie sich der Raum vernebelte, wie er sich mit dichten Schwaden füllte, mit Frustration, Apathie, ich mußte mitansehen, wie wir in der Langeweile verschwanden.

Als Kind wurde ich zur Atemwegskur ins Heilbad geschickt. Man kauerte auf Bänken an den Wänden, eine Krankenschwester schloß die Tür. Der Boden des Raumes war ein Gitterrost, durch den weiße Dämpfe aufstiegen, sie umhüllten die Füße, verschluckten Waden und Knie. Sie schwebten wie Gespenster im Raum, nahmen an Größe zu, an Substanz, während die Umsitzenden fadenscheiniger wurden. Personen, gelöscht. Das Bodengitter verschwand, ich blickte an mir herab und fand mich nicht mehr, ich konnte meine eigene Hand nicht mehr sehen, nur eine fahle Farbe, die noch ein wenig waberte, dann wie eine feste Masse stand. Sie roch nach Kampfer, Menthol, sie zog mit jedem Atemzug scharf in mich ein, sie kleidete mich auch von innen aus, ich hatte Angst, daß nichts mehr von mir übrigblieb.

Auch jetzt nahm die Umnebelung zu. Die Männer duckten die Köpfe.

Als ob sich etwas Inneres, das besser verborgen geblieben wäre, jetzt nach außen kehrte, gegen sie. Es gab kein Entkommen. Warum war ich dabei, fragte ich mich, warum war ich nicht zu Hause geblieben, warum war ich eigentlich dabei? Die Ingenieure unscharf, es lag an den verschmierten Scheiben, es lag am ungeheuren Ausstoß des Werks, es lag an den Ausdünstungen der Körper, ihrem rauchigen Atem, der nicht mehr verflog. Die Ingenieure Schemen, die ich keinem der Männer mehr zuordnen konnte. Irgendwo im Raum hielten sich Menschen auf. Manchmal klappte die Tür, jemand kam hinzu, jemand ging fort. Kam zurück. Jemand kam zurück, ein anderer.

Die Ränder der Dinge verwahrlosten. Rußland ein riesiges Laboratorium, wir saßen im Kolben, wurden gesotten, gefiltert, destilliert. Solutio – Lösung, Schmelzung. Fixatio – Verfestigung. Separatio – Scheidung, Trennung. Fermentatio – Gärung. Congelatio – Kristallisation. Homunkulus. Weiße Leibchen an Schreibtischen, im Korridor, an der Kaffeemaschine. Leibchen tasteten sich vor zum Klo.

Die Ränder der Dinge verwahrlosten. Die Orte der Dinge hatten sich aufgelöst. Personen gingen ein und aus, über die man keine Kontrolle mehr hatte. Gespräche wurden geführt wie Echos aus weiter Ferne, niemandem zuzuordnen.

»Kawenzmann, sage ich dir.«

»Volle Kanne!«

»Man läßt sich verleiten.«

»Läßt sich gehen.«

»Es sind schwere Übungen, sehr schwere.«

»Schwere Übungen, die ihre Leichtigkeit nur vortäuschen.«

»Es handelt sich um Wärmebilder.«

»Kawenzmann.«

Die Ränder der Dinge verwahrlosten. Personen gingen ein und aus, über die man keine Kontrolle mehr hatte. Jemand kam im Nebel auf mich zu, ich war nicht da. Jemand kam nachlässig auf mich zu, packte mich am Arm und führte mich in eine undeutliche Nische. Ich lächelte ertappt, niemand bemerkte es.

Ich sah die Leuchtstofflampe im Gang verschwommen durch den Dunst, ich wandte den Kopf ab, schob meinen Rock etwas höher und lehnte mich gegen die Wand. Etwas starrte mich an, ohne Erkenntnis, drängte sich gegen mich, ein seltsames Zittern ließ uns eng zusammenrücken, schweißte uns zu einem unförmigen, heißen Metallstück, grau in grau, mit einer glühend hellen Stelle da, wo unsere Körper aufeinandertrafen. Ich rutschte an der Wand nach unten, ich rutschte den Putz entlang und breitete die Arme gegen den Betonboden aus. Etwas beugte sich über mich, als vollführte es Liegestütze, die grauen Schöße eines Jacketts klappten vor und zurück wie ein Höhenruder, rasselnd und knatternd durchzogen wir als streng geheimes Flugobjekt den Raum. Es malte Bögen und Endlosschleifen in ein albernes blasses All, es ruckte, brannte und zischte, dann stürzte es ab.

Ich strich meinen Rock glatt, knöpfte meine Bluse zu, nichts war passiert.

Gespräche wurden geführt, Echos aus weiter Ferne, niemandem zuzuordnen. Gespräche, gegen die man sich nicht wehren konnte. Weitere Gespräche.

»Man rostet glatt ein, sage ich dir.«

»Volle Kanne.«

»Setzt Rost an wie ein Stück Alteisen.«

»Wie die Teile, auf die wir seit Wochen warten.«

»Liegen draußen im Schnee und verrotten.«

»Wie wir, ich sag's ja.«

»Unsere eigenen Grabkreuze.«

»Oll geworden.«

»Wie wir.«

Die Ränder der Dinge verwahrlosten. Große Dinge bereiteten sich vor, bereiteten sich ununterbrochen vor und ereigneten sich nicht. Vielleicht war es ihrer Größe angemessen, daß man ewig auf sie warten mußte, in bleiche Schichten starrend, die sich überlagerten, große Dinge bereiteten sich darin vor, sie ließen uns vibrieren in Erwartung, nichts geschah.

15 Gips

Kristallglas die Luft, klirrend und widerständig. Wir schmolzen hindurch, schmolzen uns Meter für Meter voran, sausten wie Wolken, leicht und schnell, ohne jede wolkige Behäbigkeit. Ich blickte in die Tiefe: meine Fußspitzen ungewohnt verlängert. Sie hatten mich überholt und bogen sich orientalisch auf. Goldene Zwiebeltürme blinkten hinter der Hügelkuppe. Ich stieß die spitzen Armprothesen in den Schnee, immer abwechselnd, immer geschickter. Wir schmolzen den Waldweg entlang, flitzender Dampf, es war Sport.

Vor mir die langgezogenen Fersen Konstantins. Ein ganzes Stück Ferse, die sich flach an den Boden schmiegte, dann erst ging es in die Senkrechte mit seinem Bein. Ich folgte dem Rhythmus seiner Bewegungen, ich schob den Fuß vor, ohne ihn von der Schneedecke abzuheben, es war ein geliehener Fuß, und ich hatte etwas Angst, ihn zu beschädigen.

Es war einmal ein Mädchen, das rutschte auf Skiern einen Weg entlang. War es ein Weg? Es war kein richtiger Weg, es waren die Abstände zwischen den Fichten. Der Weg war überall, er war nirgends, das Mädchen folgte ihm zuversichtlich, es war nicht allein. Der Wald klingelte mit seinen Glöckchen, er schlug fröhliche Eiszapfen aneinander, der schöngeschmückte, der russische Wald. Der blitzende Winterwald, der weißgoldene, prachtvolle, prunkende Wald, eine leicht verhangene Sonne schob gelegentlich den Schleier fort und spiegelte sich in ihm. Sonnen- und Mondspiegel dieser Wald, wattiger Abglanz, Bühne der Schneeballerinen in ihren gespreizten Tutus.

Eine sehr kleine Tänzerin wirbelte vor dem Mädchen und lenkte es ab. Sie drehte sich um sich selbst, überschlug sich elegant, zeigte einige Salti, dann setzte sie auf der Spitze des weißen Seidenschuhs auf. Das Mädchen applaudierte nicht, es war nicht allein, es mußte Anschluß halten.

Konstantin war schon nicht mehr zu sehen. Bizarr bemooste Felsen, von einem gefrorenen Wasserfall überzogen. »So so«, murmelte das Moos, »so so«, murmelte es unaufhörlich. Funkelnd gegeneinander geschobenes Eis, ein erstarrter Bachlauf, glasklare, harte Rinden um die Fichtenstämme. Ich folgte den Spuren im Pulverschnee, gleichmäßig zogen die beiden Linien durch irisierende Plastikblättchen, durch Konfetti aus feiner Folie, Synthetikstaub.

Nadelflor stak auf morschen Ästen. Bläuliche Abdrücke von Paarhufern verloren sich im Unterholz. Langbärtige Tannen, beladen mit Gram. Baumlöcher boten kleinen Wesen Unterschlupf. Ich schob mich gleichmäßig voran, ein altertümlicher Schreittanz, schob mich vorüber an beinern glänzenden Felswänden, an Schluchten, gefüllt mit unbeweglich durcheinanderliegenden Gliedmaßen unter einem Tuch. Der Wald hatte seine Schwingen angelegt und wartete. Blaue Schatten huschten durch die Schlucht, Phantome, die ein fühlloses und farbloses Leben führten, auf dem Schneefeld stöberten. Ich stieß mich ab und folgte der Spur. Dick eingeseifte, aufgeschäumte Welt. Tonnenweise Reinigungsmittel auf Fauna und Flora ausgekippt, die schwarzgewordenen Fichten, die verdorrten Farne, die Pilze und Flechten gründlich zu schrubben, ihnen die Launen auszutreiben, den Beelzebub. Konstantin hatte uns einen Wald ausgeliehen, in den auch wir nun den Aufruhr der Gefühle hineinkippen konnten, in dem wir unser Verhältnis zu dem einen oder anderen Ende bringen konnten, ohne daß es auffiel, auch nicht uns selbst. Wir wußten nicht, was wir voneinander wollten. Etwas Geschwisterliches lag in unserer Beziehung, über das man gern hinausgekommen wäre und auch wieder nicht. Etwas Gefälliges und Ungefälliges, stumm und wunderbar erstarrt wie der Wald, angenehm und unangenehm zugleich. Man wußte nicht, wie es weitergehen sollte, es mußte auch nicht weitergehen, aber eine gemeinsame Skitour war eine Unternehmung, die die Teilnehmer zusammenschweißte.

Konstantin breitete in der Schutzhütte ein Tischtuch aus. Er packte ein Stück Brot aus seinem Rucksack, ein Salzbriefchen aus Zeitungspapier, zwei Thermoskannen. Ich hatte hartgekochte Eier mitgebracht, eine Dose Ölsardinen, Schokolade, Kekse. Konstantin goß Tee in die Becher der beiden Thermoskannen. Aus der zweiten angelte er schlaffe rote Blasen, nicht Fisch, nicht Fleisch: eingelegte Tomaten. Die Tomaten schmeckten wässrig und säuerlich, sie glitschten weich wie innere Organe. In Deutschland hätte man auf einer Kirmes Äpfel in roter Zuckerglasur gekauft, mit Mühe die Zähne in den karamelisierten Mantel geschlagen, sich mit klebrigen Lippen geküßt. Wir aßen schweigend Tomaten, wir bestreuten sie mit Salz, hielten eine Scheibe Brot darunter, die den Saft auffing, sogen schlürfend das Fruchtfleisch ein.

Ein Windstoß stäubte Schnee vom Hüttendach, er fiel als schimmernder Vorhang vor dem Eingang herab. Ich wippte auf einer gezimmerten Bank aus Fichtenbrettern, ich biß in eine Tomate und atmete heftig. Die Tomate wie ein großes freigelegtes Herz, das an der Luft weiterschlug. Ein rohes, transplantierbares Herz, das hörbar pochte.

Konstantin legte mir den Arm um die Schulter. Ein dick verpackter, mit mehreren Wollschichten gepolsterter Arm auf meinem Pelzkragen, man konnte nicht direkt von Berührung sprechen, dennoch spürte ich das Spiel von Muskeln, die Armbeuge, das Gewicht.

Konstantin hielt mir eine Tomate an die Lippen, er bewegte sie leicht, wie man ein Vogeljunges lockt und füttert, ich öffnete den Mund. Einen Moment bekam ich keine Luft mehr. Maulsperre, von einer runden Frucht ganz ausgefüllt. Dann zerdrückte ich sie mit dem Kiefer, der Saft rann mir in den Rachen, ich schluckte, vorbei. Konstantin, den Arm um meine Schulter, schälte mir vor der Nase ein Ei. Ich wußte nicht, was ich tun sollte. Er gab mir das Ei, er küßte mich nicht.

Die Sonne stand hoch über dem Wald. Wir nahmen die Skier, die wir an die Hüttenwand gelehnt hatten, und befestigten die Bindungen. Wir fuhren weiter, Schnee rieselte von den Zweigen auf unsere Rücken, wir verschmolzen mit der Abgeschiedenheit, zwei Gipsfiguren, steifbeinig, steifarmig, in der Mechanik der Bewegungen gefangen.

Ein Hase hoppelte über den Weg, ich hätte die Hände falten mögen, ich hielt die Skistöcke fest umklammert, ich stieß dem Hasen hinterher, er war schon fort. Ein Habicht kreiste hoch über den Wipfeln, er drehte Schleifen und Achten, Unendlichkeitszeichen. Wir hätten gern Tiergestalt angenommen, uns der einsamen Landschaft anheimgegeben.

Es war einmal eine Füchsin, leichtfüßig, spitznasig, mit gestrecktem Schwanz lief sie durch den Winterwald. Was suchte sie? Suchte sie etwas, lief sie einfach so, aus Langeweile?

Aus Lust? Sie folgte den Tritten eines Wildschweins, sie hielt sich immer hinter ihm, die Füchsin hielt den richtigen Abstand ein. Der schwere Keiler, schnaufend, breitbrüstig, drang tiefer in den Wald, tiefer und tiefer, so daß man nicht wußte, hatte er den Mittelpunkt schon überschritten, geriet man womöglich schon wieder hinaus? Der Keiler auf seinem Hinweg, Rückweg, Rundweg schnaubte aus beiden Nasenlöchern, er trabte mit rüttelndem Rücken, umhüllt von Borsten, wehrhaft bezahnt. Sterne schimmerten in den Büschen, sobald man herantrat, erloschen sie. Der Keiler schaufelte mit den Stoßzähnen im losen Holz, die Bäume sprachen von Ruhe und Glück, der Keiler fand nichts davon.

Die Füchsin durchstreifte am Wegrand die Rinnsale, Milch und Salbe im Bachbett, stockende Milch, geronnene Salbe, Mittel zur Behandlung einer unsichtbaren Übermacht.

»Was soll ich tun?« fragte die Füchsin das Eichhorn im Geäst. Es keckerte und warf eine Haselnuß herab. »Laß die Milch rinnen«, rief es frech von oben herab, »laß sie rinnen: wo Milch und Salbe fließen, ist nicht gut Wetter.«

Die Füchsin beschnüffelte die mächtige Wurzel einer gestürzten Kiefer. Der Keiler schnoberte unter dem Schnee nach Eicheln, er scheuchte ein Wiesel auf.

»Was soll ich tun mit der Salbe«, fragte die Füchsin das Wiesel. Das Wiesel wand sich scheu um die Baumstämme, es antwortete nicht. »Mit Salbe reibt man den kranken Geliebten ein«, schmatzte der Keiler und wühlte weiter.

Die Füchsin mußte niesen, sie schüttelte den Kopf und wälzte sich im Schnee.

Die Bäume sprachen von Ruhe und Glück, von tückischer Ruhe, von einem Glück wie Schüttelfrost. Am Pelz der Füchsin haftete pudriger Schnee. Der Keiler klirrte, an seinem Bauchfell hing Eis in Zapfen und Tropfen, schlug gegeneinander bei jedem Schritt.

Die Bäume sprachen von einem Glück wie Schüttelfrost. Die Kiefern hängten sich Spiegel zwischen die Stämme, die Füchsin lief sich erhobener Schnauze entgegen, sie traf sich am Bach, auf der Lichtung, sie sah sich durchs Unterholz stöbern, das Wildschwein vervielfacht auf allen Seiten, in Massen kamen sie, brachen durchs Holz mit zitternden Umrissen, Schüttelfrost.

Verseuchung. Was war das: Verseuchung. Wir stakten atemlos einen Hang hinauf, plötzlich hatte ich den Eindruck, wir flohen vor etwas, dem nicht zu entkommen war. Konstantin keuchte, ich hörte in der Stille des Waldes nur seinen schnarrenden Atem. Die Vögel schwiegen, hatten sich zurückgezogen in ihren Unterschlupf. Manchmal raschelte ein kleines Tier, raschelte zart, als wälze es sich im Schlaf.

Die rasselnde Luft störte mich. Sie vertrieb jedes Geheimnis, sie ließ die Baumstämme mathematisch dastehen, Vertikalen auf Millimeterpapier, es gab nichts zu entdecken, ich war Person Numero zwei, die sich den Hang hinaufquälte, mehr nicht. Verseuchung.

Seit ich mich in Rußland aufhielt, war ich praktisch nie allein gewesen. Immer umgaben mich Menschen, die für mich sorgten, mich unterhielten, sich um mich kümmerten. Ich versuchte, mich den Erwartungen zu fügen, aber ich erriet die an mich gestellten Erwartungen nicht. Ich stellte mit leiser Bestürzung fest, daß ich inmitten der vielen Gesellschaft vereinsamte, daß ich mich unwohl befand, vereiste. Vielleicht hätte ich von vornherein eigene Pläne verfolgen müssen, Absichten anmelden, vielleicht wäre dieses Vakuum, diese latente Sinnlosigkeit quer durch einen sonnigen Ausflugstag gar nicht erst eingetreten. So aber, schien es mir, konnte man keine rechte Verwendung finden für mich. So aber wußte ich mich in die Situation nicht einzugliedern.

Konstantin hatte die Hügelkuppe erreicht, er drehte sich um, stützte sich auf die Skistöcke und wartete auf mich. Er war kreidebleich, sein Gesicht multiplizierte sich mit dem Schnee und sah in alle Himmelsrichtungen zugleich. Es lag am Fuß der Büsche, es hing an den Zweigen und schaukelte, es klebte flach an den Felshängen und beachtete mich nicht. Es sinnierte, es war in sich selbst versunken, mit Dingen beschäftigt, die mich nichts angingen.

Talwärts fuhr er mir voran, eine schwarze, leicht bepuderte Kugel, sein abgeschabter Mantel fügte sich sanft in die Umgebung ein, seine von wem auch immer geerbte Herrenhose paßte zu den einzeln stehenden Pflöcken ehemaliger Zäune, die wir passierten. Ein morscher Pflock mit einer Pulverhaube, kein Draht, der Draht anderweitig wiederverwendet, der Draht durchgerostet bis zur Auflösung, Metall hielt sich in diesem Klima nicht lange, Holz blieb übrig. Konstantin, rundlich und sanft, fuhr im Schwung seines Gewichtes viel schneller als ich. Mit einer unerträglichen, unverständlichen Sanftheit raste er mir voraus, er ruderte nicht mit den Stöcken, er wedelte nicht, er fuhr wie von selbst, fast ohne sein Zutun, nur daß er das Gleichgewicht hielt.

Ich stach die Stöcke in den Schnee. Zusammengekauerte Büsche glitten vorbei, die dünnen Stämmchen einer Schonung, Losung von Hasen am Wegrand, der ganze Wegesrand sauste vorüber und verschwand im Arsenal der Erinnerungen. Wie auf einem Laufband fuhr ich in der Bewegung fort, die Zeit formierte sich horizontal, sie bildete unterhaltsame Strecken, gab vor, eine Vergnügungsreise zu sein.

An der nächsten Steigung überholte ich meinen Begleiter. Oben wartete ich auf ihn. Er spreizte die Skier, hob sie abwechselnd an, arbeitete sich seitlich hoch, um nicht rückwärts nach unten zu rutschen. Schweißperlen auf seiner Stirn. Immer noch war er sehr blaß. Verschleuderte sich an die Landschaft.

Sein Leib eigenartig klar. Ich sah die Büsche, die schattigen Tannen und Fichten durch seinen Körper hindurch, sie standen eingeschlossen wie hinter Glas und doch distanzlos, nahgerückt, als sähe ich sie an dem Ort, an dem sie wirklich in Erscheinung traten.

Dämmerung: Unsere Spielzeughaftigkeit, unsere Winzigkeit. Wuselige Männchen huschten auf und ab, auch ich so ein Männchen, dunkel und unkenntlich gegen den Horizont, senkrecht zur Linie des Berges, immer senkrecht zum Hang, zur Kuppe, wie Bäume auf einem Kinderbild immer rund um den Hügel, den Erdball wachsen, da als Zentrum der Schwerkraft die Bildmitte gilt – so kam ich mir vor, ich stand steif vom Weg ab wie ein störrisches, kindliches Gewächs, mal hierhin gesetzt, mal dorthin, wackelnd im Zickzack, Trickfilmfigur.

Dämmerung: Unsere Atemlosigkeit, unsere Angst. Wir pausierten auf einer Bank, etwas oberhalb der Kleinstadt, von der in einer Stunde unser Zug zurückfahren würde. Man hatte einen weiten Blick von hier, konnte das überschwappende Licht beobachten, die Rötung, Rosifizierung der Hänge und Senken, man wartete ab, ob sich die Landschaft vom Grund löste wie ein Stück verkohlender Karton, sich an der Ecke aufrollte, uns einwickelte.

Etwas kristallisierte sich heraus, unsere Angst, unsere Verspätung, unsere Versäumnisse. Unsere Verseuchung mit Skepsis, mit Mißtrauen, Furcht. Die Verseuchung von Wasser und Luft, von Grund und Boden. Nutzholz. Natur. Russische Schönheit, russische Unschönheit. Es war soweit, daß das Unsichtbare eine Form annahm und an uns herantrat. Konstantin beugte sich zur Seite und spuckte. Er würgte und wischte sich mit dem Taschentuch über den Mund. Ein großer verschmierter Clownsmund. Ein blutroter, surrealer Fleck im Schnee. Eine rote Lache, die es eigentlich nicht geben durfte. Sie dampfte wie eine tierische Entleerung, sie war warm und verfänglich, sie war Wirklichkeit.

Er zitterte nicht. Er atmete nicht schwerer als zuvor. Es war ihm peinlich, er wollte die Sache vertuschen. Er brach ein Gespräch vom Zaun, wie nebenbei schob er mit der Schuhspitze Schnee über die Sache. Die Angelegenheit. Ein unerledigtes Geschäft, mit dem er sich jetzt nicht aufhalten wollte.

Wir fuhren vom Bahnhof mit der Straßenbahn in die Kosmonautensiedlung. Ich durfte ihn nach Hause begleiten, aber er ließ nicht zu, daß ich seine Skier trug, seinen Rucksack, seine Stöcke. Im Zimmer stand das Schrankbett noch vom Morgen ausgeklappt. Er legte sich hin, wie er war, im Mantel. Ich ging in die Küche, kochte Tee. Vor dem Fenster hing ein Netz mit Milchschläuchen, hartgefroren. Als ich mit dem Tee zurückkam, war er schon eingeschlafen.

16 Magnete

Ein Tier lag unter einer Decke am Straßenrand, beim ersten Blick kam es mir so vor, als ob es atmete. Dann war ich mir nicht mehr sicher. Vielleicht ein Lumpensack, vielleicht eine Ware.

Gesichter alter Puppen starrten von innen aufs Fensterglas. An einer Leine, nur mit einem Ende an einem Haken der Hauswand befestigt, trockneten hautfarbene Dessous. Ich fragte mich, welche Chance sie hatten, ernstlich zu trocknen bei diesem Frost. Vielleicht sollten sie auch nur aus dem Blickfeld des Zimmers heraus.

Ein Schneeball steckte tief in einem Auspuffrohr. In den Hauseingängen lauerten zwielichtige Gestalten, sie zogen sich, sobald ich näher kam, zurück.

Ich umklammerte die Nelkenstiele in meiner Hand. Sie waren dick in Zeitungspapier eingeschlagen, damit sie nicht erfroren. So ging ich in der Stille des Samstagnachmittags mit einem billigen Blumenstrauß auf Besuch. Ich mußte an meine Mutter denken, sie trug bei solchen Anlässen ihre cremefarbenen Schuhe, sie stieg in cremefarbener Strickjacke und mit großer Handtasche in die Straßenbahn, das Seidenpapier mit den Gladiolen auf den Schoß gebettet. Sie trank Kaffee und süßen Likör, aß Kuchen und Pralinen, sprach inmitten einer großen, fast greifbaren Ruhe über die Kinder, die Nachbarn, die Krankheiten, dann kam sie nach Hause mit dem Geruch fremder Seife an den Händen, dem Duft ihres Parfüms im Schal.

Mein Besuch hatte nichts Heimeliges. Ich quetschte die Nelkenstiele, ich verglich die Hausnummern mit der Adresse, die Albrecht mir gegeben hatte. Kaffeeklatsch bei Ludmilla, hatte Albrecht gesagt, Damenrunde, ich hatte nicht gefragt, warum Ludmilla mich nicht selbst einlud, ich hatte Albrecht nicht gefragt, was er damit zu tun hatte, wahrscheinlich ahnte ich es. Vor der Nummer 17 blieb ich unschlüssig stehen. Es gab keine Klingelknöpfe. Die Haustür stand offen. Ludmillas Name war auf dem Mieterverzeichnis im Hausflur nicht angegeben. Ich spazierte den Bürgersteig auf und ab, als ob ich auf jemanden wartete. Die Puppengesichter verzogen sich zu Grimassen und drückten sich näher an die Scheibe. Ich hängte mir den Bügel meiner Handtasche besser über die Schulter, ich trug den Blumenstrauß betont behutsam, kurz darauf parkte Albrecht auf der anderen Straßenseite und winkte mich heran.

Mit vorgerecktem Kopf stiefelte ich auf ihn zu. »Was soll das«, fauchte ich, »wozu hast du mich hierhergelockt?«

»Reg dich nicht auf«, Albrecht grinste beunruhigt, »ein Spiel, ein kleines Spielchen.«

»Nicht mit mir! Fahr mich nach Hause!« Ich schleuderte den Blumenstrauß auf seine Kühlerhaube.

»Aber, aber.« Albrecht reckte sich nach dem Strauß und drückte ihn mir wieder in die Hand. »Den brauchen wir noch. Hör zu, du machst mit mir eine Runde um den Block, wir geben den Strauß ab, und dann fahre ich dich sofort zurück.«

»Und dürfte man erfahren, wo dieser Strauß landen soll? Bei Ludmilla wohl kaum.«

»Ganz richtig«, nickte er, »völlig richtig, meine Süße, nicht bei Ludmilla«, er schloß die Wagentür ab, »und jetzt gehen wir los, darf ich Sie bitten, mir den Arm zu reichen.«

Er hakte sich bei mir ein, ich preßte grob den Ellbogen an und wedelte wütend mit den Nelken. Ein paar Blütenblätter fielen aus dem Papier. Albrecht bückte sich und hob sie einzeln vom Boden auf. Er bückte sich, ohne mich loszulassen, er zerrte mich am Arm nach unten, steckte sich die Blätter andächtig in die Hosentasche. Ich wurde immer wütender.

»Du gibst mir jetzt eine Erklärung!« schrie ich, ich wollte noch weiterschreien, er legte mir die Hand auf den Mund, auf eine Art, die nach außen hin sanft, ja zärtlich aussehen mußte, die niemanden vermuten ließ, daß sein Griff eisenhart war, brutal. Ich schnappte nach Luft und verstummte.

»Nun tu mir den Gefallen und verhalte dich unauffällig«, seufzte er, »ich erkläre dir alles, du sollst nur mitkommen, ich brauche eine Begleitung.«

»Wozu?« preßte ich zwischen zusammengebissenen Zähnen heraus.

»Reg dich nicht auf, reg dich bloß nicht auf«, leierte Albrecht litaneiartig, es klang nicht beschwichtigend. »Ich will eine Schußwaffe kaufen, die Sache ist für mich einfacher, wenn eine Frau dabei ist. Dann machen sie keine Schwierigkeiten, in fünf Minuten sind wir zurück, komm einfach mit, sag nichts Falsches, am besten, du sagst gar nichts, es ist hier gleich um die Ecke.«

»Ich will vorher gefragt werden«, zischte ich, »warum lockst du mich mit diesem Theater hierher, warum fragst du mich nicht.«

»Du hättest abgelehnt«, befand er, »es ist aber wichtig.«

Ich spitzte die Lippen und hob das Kinn zu seinem Gesicht. Im letzten Moment drehte ich mich weg, spuckte zur anderen Seite. Ich schlug die Fingernägel in den Blumenstrauß, das Zeitungspapier bekam Löcher.

»Die Blumen sind wunderbar«, Albrecht tätschelte lobend die Zeitung, »wir sehen aus wie ein Ehepaar auf Sonntagsspaziergang.«

»Ich bezweifle, daß man einem solchen Ehepaar eine Waffe auch nur von weitem zeigt«, schäumte ich. »Im übrigen bist du für deine Rolle nicht geeignet.«

»Wieso, stehst du auf Anzugträger?« Albrecht sah herausfordernd an seiner Jeanskluft hinab.

»Du könntest mal duschen«, sagte ich giftig.

»Psst«, machte er und zog mich in einen Hinterhof. Wir gingen eine Treppe hinunter, Albrecht klopfte.

Wohnzimmer in einer Kellerwohnung, einziges Zimmer einer Wohnung ohne Tageslicht. Plüschsofa, Stehlampe, Werkzeugschrank. Zimmer eines Automechanikers, Zimmer eines Tagediebes, Zimmer, das genausogut das von Albrecht hätte sein können. Fehl am Platze war nur ich. Ich legte die Nelken in ihrem Papier auf der Sofalehne ab. Zwei Männer in grauen Wollmützen beäugten uns. Der eine fuhr sich mit dem Unterarm übers Gesicht, immer wieder, als wolle er sich Haare aus der Stirn streichen, als klebe Motoröl an seinen Fingern, aber seine Finger waren sauber, und aus der Mütze ragte kein einziges Haar. Der andere kramte, Hände hinter sich gereckt, im Werkzeugschrank, er wandte uns keine Sekunde den Rücken zu. Albrecht biß kleine Stücke von einer Zigarette und ließ die Stücke auf den abgewetzten Teppich fallen, er zernagte die Zigarette komplett, streute Tabakfusseln um sich, die beiden Männer beobachteten ihn, neidisch, bewundernd. Was ihnen an Albrecht imponierte, blieb mir rätselhaft. Mir kam er bis zum Erbrechen nervös vor, aber die Männer deuteten es anders, sie bewegten sich vorsichtig, mißtrauisch, ehrerbietig, sie hatten Angst vor ihm.

»Sie hatten Angst vor dir«, sagte Albrecht, als wir eilig über die Straße zu seinem Wagen gingen. »Daß du dabei warst, hat sie verwirrt, sie konnten mich nicht einschätzen.«

Wir stiegen ein, er nahm meine Handtasche, klappte sie auf, zog die Pistole aus der Jacke und ließ sie hineinfallen.

Albrecht fuhr mich nicht direkt zurück. Er machte einen großen Bogen durch die Stadt, um Spuren zu verwischen, mögliche Verfolger zu verwirren, um sich den Anstrich großer Wichtigkeit zu geben. Ich nahm die Handtasche wieder an mich und ließ ihn gewähren.

Eine breite Fahrbahn, die für sechs Spuren gereicht hätte. Es gab nur eine Art Mittelstreifen: hier und da ein Stück Leitplanke, verschneites Unkraut. Kaum Autos unterwegs, man fuhr auf dieser Strecke wie man wollte, den kürzesten Weg. Hochhäuser fluteten heran, einzeln stehende Klötze, mit geometrischen Mustern versehen, die sich im Vorüberfahren ergänzten. Rote, schwarze, weiße Bänder, die Streifen, die auf der Straße fehlten. »50 Jahre Sieg!« – in Leuchtbuchstaben an der Kante des Flachdachs befestigt, 50 Jahre Sieg zur Erwärmung kalter Herzen, so angebracht, daß man nur erhobenen Hauptes hinsehen konnte. So angebracht, daß dieser Schriftzug eine stolze Haltung regelrecht erzwang. In Verbindung mit diesem Satz wurde den Einwohnern der Stadt ein Pawlowscher Reflex antrainiert, »50 Jahre Sieg«, und automatisch straffte sich der Körper, erhob sich der Geist.

Wir entfernten uns von der Stadt, überquerten eine Brücke südlich des Stahlwerks, dann bog Albrecht in eine Nebenstraße ab.

»Dir ist klar, daß du auf dem schnellsten Weg zum Hotel fahren solltest?« beschwerte ich mich.

Albrecht nickte mechanisch, erzählte etwas von Entschädigung und tollem Aussichtspunkt, fuhr bergauf.

Ein geschotterter Weg, halbwegs freigeräumt, ein kleiner geschotterter Parkplatz, ein Fußweg, der weiter nach oben führte. Fußweg für einen genauestens festgelegten Spaziergang, einige hundert Meter zur Hügelkuppe und zurück.

Hinter uns erreichte eine Hochzeitsgesellschaft den Parkplatz. Zu leicht gekleidete Leute warfen Türen zu und machten sich gemessenen Schrittes an den Aufstieg. Wir standen am Rand und ließen sie an uns vorbeiziehen. Die Braut sehr blaß, unausgeschlafen. Fast barbusige Brautjungfern und Anverwandte schleppten sich flüsternd den Hang hinauf. Albrecht spuckte aus. »Mein lieber Scholli. Hochzeiten wie Trauerzüge.«

Wir schlossen uns der letzten, langsamsten Gruppe an. Albrecht versuchte, meine Handtasche zu tragen, ich gab sie ihm nicht. Er zerrte am Henkel, er zerrte permanent, ohne Aufsehen zu erregen. Er wandte in Gegenwart der Fremden keine Gewalt an.

Es waren Kleinigkeiten, die mich an ihm verrückt machten. Seine bis in die Vierziger durchgehaltene Pubertät, seine schlechten, am Kiosk gelernten Manieren, das düstere Sittengemälde, in das er uns alle hineinriß, nahm ich als eine nicht uninteressante Unberechenbarkeit wahr. Wir alle langweilten uns in Magnitogorsk, die Arbeit stockte, die Männer verbrachten ihre Tage im Bett, und auch ich war von einer allgemeinen Nervosität durchsetzt, die einen Kanal suchte, die in alle Richtungen aussickerte. Albrechts Unverschämtheit empfand ich als Unterhaltungsprogramm, spannend und folgenlos. Wider besseres Wissen störte mich einzig, daß er meine Gegenstände besetzte, ärgerte mich seine

Verflechtung von Dingen und Personen, die mich damit konfrontierte, daß ich, beispielsweise, mit einer Handtasche vergleichbar war. Bärbeißig hielt er die Tasche fest, wie mit Handschellen waren wir durch diese Tasche aneinandergekettet.

Wir erreichten die Aussichtsplattform. Die Hochzeitsgesellschaft machte Fotos. Die Sicht war schlecht, man fotografierte das Brautpaar vor einem nebeligen Hintergrund. Wir stellten uns auch an die Brüstung. Wir störten das Bild, jemand versuchte uns freundlich zur Seite zu winken. Albrecht wandte dem Fotografen den Rücken zu, hielt mich dicht neben sich. Wir wichen nicht von der Stelle. Der Fotograf dirigierte das Brautpaar um, machte schnell seine Aufnahmen, wir waren nicht drauf.

Die Braut raffte ihr Kleid, die Damen hielten ihre Mäntel am Hals zu, die Herren rauchten eine Zigarette, ließen den Damen beim Abstieg den Vortritt. Die Damen stöckelten auf hohen Absätzen über Schotter und Eis, kreischten, kicherten. Dann waren wir allein. Im Dunst, im fitzeligen Schnee erkannte man Ausläufer der Stadt, ein Stück Werksgelände.

Poröse, rieselnde Wände, hier und da
veränderliche Durchblicke auf eisverkrustete
Konstruktionen, auf Metallstreben, auf Kniestücke
gewaltiger Rohre, auf Hebel, auf Stützen.
Um diese Jahreszeit sind die Fabrikhallen ohne Dach.
Um diese Jahreszeit findest du einen festgefrorenen
Spaten vor, das Donnern der Eisenbahn
als regelmäßige Größe innerhalb einer Unschärfe,
einer verwischten Welt.

Du vermeidest es, Fragen zu stellen, es wäre nur
eine zusätzliche Anstrengung, eine zusätzliche Unruhe.
Es gibt vielleicht trübe Lampen,
unter den Füßen eine schwarze, feuchte Masse.
Es gibt vielleicht eine Trennlinie
zwischen hier und da, zwischen innen
und außen. Überall siehst du Rost,
siehst du Verbiegungen, Gekrümmtes,
Zusammengekrümmtes, eine schleichende Apathie.
Du scheinst müde zu werden, schwerer,
als starrtest du einen flimmernden Bildschirm an,
auf dem die Handlung nicht mehr zu erkennen ist.

Der Wind fuhr in meinen Rock und hob ihn an. Albrecht griff sofort darunter, ich riß ihm die Tasche aus der Hand. Er zuckte mit den Schultern, ließ gleichgültig von mir ab, spazierte schlurfend über den Platz, pflügte verharschte Steinchen durch, dann beugte er sich vor und zurück, schoß eine Kaskade von Schnee und Schutt in die Luft. Vorhang aus Eis und Stein, hinter den ich mich duckte. Ich öffnete meine Tasche, schaufelte Händevoll Neuschnee hinein. Albrecht sah mit schmalen Augen zu, er kam nicht näher. Er ließ sich auf den Rücken fallen, streckte die Beine gen Himmel, streifte die Arme über den Schotter, vergeblicher Flugversuch. Ich stieg über ihn hinweg, stellte mich an die Brüstung, konzentrierte mich.

Albrecht schlug sich hinter meinem Rücken den Schnee aus den Kleidern und stellte sich neben mir vor der niedrigen Mauer auf. Er pinkelte auf meinen linken Schuh.

Ich hätte ausweichen können, ich wollte natürlich ausweichen, was ist schon dabei, einem Strahl auszuweichen, überraschenderweise gelang es mir nicht. Das warme Wasser drang durch die Löcher für die Schnürsenkel und durchnäßte meinen Strumpf. Ich trug Strümpfe mit eingestrickten Schachfiguren, die sich verbreiterten, wenn man den Strumpf anzog und dabei den Strickstoff spannte. Die Schachfiguren, dachte ich mir, würden bestimmt trocken bleiben.

Ich verharrte, wo ich war, an den Boden geklebt. Die Zeit glitt mit erstaunlicher Geschwindigkeit vorbei, ich sah dem gelben Strahl zu, er floß unaufhörlich wie etwas Ewiges, stand eigentlich still. Aber die Zeit, die normale Zeit raste an mir vorüber, und ich spürte, wie ich schnell und immer schneller alterte.

17 Porno

Dampf über dem Wasser, Feuchtigkeit auf geröteten Frauenkörpern, schwitzende Fliesen. Weiche Hinterteile dicht an dicht wie Hühner auf der Stange, Harz- und Holzgeruch, Halbdunkel.

Hütte der Baba Jaga auf wankenden Beinen, man rutschte über den seifigen Boden, man ging schamhaft gebeugt, warf seitlich verstohlene Blicke auf Bäuche und Brüste, horchte dem Klatschen der Birkenruten nach. Bündel aus frischen Zweigen schnellten durch die Luft und peitschten schlaffe Waden, knochige Rücken, eine Alte schlug hart über die eigene Schulter zu. Eine andere wedelte sich sanft den Staub von den Knöcheln, entfernte die Spinnweben aus den Kniekehlen, pinselte die Oberschenkel hoch.

Ich stützte die Ellbogen auf die Knie und ließ den Kopf zwischen die Arme fallen. Ludmilla trieb mir mit wuchtigen Hieben den Teufel aus, mir brannte die Haut, Moment für Moment wuchsen mir lange Bärte, lange Schwänze, fielen wieder ab, Schlag auf Schlag ging es, Reinigung und Durchblutung, regelmäßige Vorsorge, Volksgesundheit.

»Jetzt du«, sagte Ludmilla und drückte mir den Birkenwisch in die Hand. Ich stellte mich hinter sie und holte aus.

»Fester«, sagte sie, »du mußt schon fester schlagen, sonst bringt es nichts.«

Ludmilla mit ihren langen, sorgfältig manikürten Fingern. Den schlanken Gliedern, der Spannkraft, gegen die man nichts ausrichtete. Die Fußnägel blitzten in blutigem Rot aus den Plastikschuhen mit der aufgesetzten Chrysantheme, das Haar verschwand in einem hoch geschlungenen Handtuchturban. Ohne Wimperntusche sah sie wunderlich aus.

Man trug den Geruch von Schnee herein, man verglich die eigenen Proportionen mit denen der Alten, der Jungen, dann ergriff die Hitze Besitz von den neuen Körpern, schleuderte sie durch, wrang sie aus, wies ihnen ihren Platz zu. Man atmete tief durch, man protestierte nicht, ließ Furchen und Falten, Speckwülste, pralle Popos an sich vorbeiziehen, man nahm es hin, wie es kam, erhitzte Leiber auf ihrem Weg durch die Zeit, Lebensläufe in diese Stückchen Fleisch verpackt, ein ruhiger, nackter Totentanz, ich tanzte mit.

An kniehohen Becken standen sie und seiften sich ein. Kernseife, die nicht schäumte, die sie eifersüchtig in der Hand behielten, wenn sie gingen, um sich abzuspülen. Diesmal spülten sie keine Teller, keine Töpfe, keine Wäschestücke, sondern sich selbst, sie übertrugen die sachliche Haltung, die gewohnten Handgriffe, es war eine Notwendigkeit, es war ein Fest.

Frauenkörper, geprägt von russischer Ernährung und Lebensweise, verformt von Sorge und Arbeit, durchdrungen von Nahrungsrückständen und Umweltgiften, Endlager für Schwermetalle, strahlende Zerfallsprodukte. Menschenkörper, Sondermüll. Man begrub einige in Bleisärgen, um die Erde zu schonen. Um den Mutterboden sauberzuhalten. Für alle würde das Blei nicht ausreichen.

Noch saßen wir aufrecht, schrubbten die Haut. Die Ecken zischelten. Kakerlaken steckten in den Ritzen, riesige Kakerlaken hockten schamlos neben uns auf den Bänken, von der Dauerwärme aufgebläht wie Luftballons.

»Ich wollte meinen neuen Büstenhalter mit grusinischem Tee färben, wie ich es immer tue, normalerweise wird er hautfarben und zeichnet sich nicht unter der Bluse ab, aber diesmal nahm ich den Stoff aus der Schüssel, und er war rot, krebsrot, ich dachte mir schon, daß da etwas nicht in Ordnung war, den Tee habe ich vorsichtshalber nicht mehr getrunken, ich bin sicher, er ist verseucht, ich kaufe jetzt eine andere Sorte, den indischen, er schmeckt scheußlich, aber was soll man tun.«

»Du darfst die Fußnägel keinen Millimeter zu lang haben bei diesen Strümpfen.«

»Mein Mann, mit Nastja? Wo denkst du hin, das war vor drei Monaten. Er hat jetzt eine kleine Krankenschwester, sie arbeitet Schichtdienst, er kommt oft morgens um vier nach Hause und weckt alles auf, also da ist mir die Nastja noch lieber gewesen.«

»Du mußt Vaseline benutzen, mit diesen rauhen Fingern kannst du deinem Mann nicht kommen, du mußt dich eincremen, mein Schätzchen, ein bißchen gepflegter, ein bißchen fröhlicher, dann wird das schon wieder.«

»Ich zähle den ganzen Tag Kalorien, ich fange an, auch alles andere zu zählen, erst Treppenstufen, eine Stufe wollte ich gegen eine Kalorie aufrechnen, inzwischen die Schritte auf der Straße, ich vergleiche meine Schrittzahlen mit denen schlanker Frauen, wenn das so weitergeht, drehe ich durch, ein halbes Pfund habe ich abgenommen, ist das die Mühe wert, frage ich mich.«

»Ich nehme drei Eier, schneide sie in kleine Würfel, gieße eine Dose Erbsen ab, dazu kommen einige gekochte Möhren und Kartoffeln, und dann, das ist das Entscheidende für den Geschmack, eine Dose Ölsardinen. Ein Glas Mayonnaise vorsichtig unterrühren: dafür halte ich den ganzen Tag Diät. Ich esse praktisch gar nichts, ein bißchen Kefir nehme ich zu mir, trinke Tee ohne Zucker, abends mache ich mir dann so einen Salat, ich stopfe mich voll mit diesem Salat, eine Katastrophe für die Figur, aber was für Freuden hat man sonst, ich verzichte auf alles andere, ich arbeite hart, ich bin alleinstehend, von etwas muß man leben.«

Heiße Dämpfe, Fettgehalte, Fleischpreise. Grobkörnige Gespräche zu einer Mahlzeit zusammengerührt. Gerüchteküche.

Er war Dozent am Metallurgischen Institut. Manchmal nahm er seine Studenten zu einer Werksbesichtigung mit, um ihnen eine konkrete Anschauung der Materie zu liefern. Während seiner Anwesenheit ereignete sich ein Betriebsunfall. Etwas ereignete sich, man wußte nicht was. Bei diesem Ereignis verlor er ein Bein, und die Institutsleitung stellte ihn nicht weiter ein. Man konnte den Studenten diesen Anblick nicht zumuten, sie sollten an der Technik der Zukunft arbeiten, der Anblick dieses Dozenten würde sie bedrücken, er würde einige verunsichern, bei einigen Zweifel schüren, unangebrachte Zweifel, aber bei sensibleren Naturen vorhersehbar.

»Du darfst nicht verzagen, ich halte zu dir«, hatte Ludmilla zu ihm gesagt, aber er wollte nichts mehr von ihr wissen, er fühlte sich entwürdigt und verbrachte seine Tage auf dem Sofa. Oh, er hätte noch einiges tun können, er vermochte sich durchaus zu bewegen, man hätte für eine Prothese sparen können, es wäre alles nicht so schlimm gewesen. Aber er lag nur noch auf dem Sofa, er rauchte ununterbrochen, so daß sie ihm sagte, Viktor, sagte sie, wenn du so weitermachst, nehmen sie dir das andere Bein auch noch ab – zwecklos, er starrte weiter an die Decke, er vegetierte dahin.

Früher waren sie oft zusammen tanzen gegangen. »Geh tanzen«, sagte er ihr jetzt, »amüsier dich, auf mich kannst du nicht mehr rechnen, man muß sich dem Schicksal beugen.«

Er beugte sich vor allem der Gewalt seiner Mutter. Ludmillas Schwiegermutter war zu ihnen gezogen, um ihren Sohn zu versorgen. Viktor verfiel mit erstaunlicher Geschwindigkeit. Er lag auf dem Sofa und onanierte, er ging nicht mehr allein auf die Toilette, innerhalb dreier Jahre hatte er das Greisenalter erreicht, und seine Mutter blühte auf. Die alte Frau entwickelte Kräfte, die man ihr nicht mehr zugetraut hätte, auf dem Balkon trocknete ständig Wäsche, auf dem Herd stand ständig ein Topf mit Suppe, in der Wohnung roch es nach Putzmittel und Medikamenten, sie hatte eine Aufgabe, die sie ganz in Anspruch nahm. Ludmilla ging in der Wohnung wie ein Gespenst ein und aus, sie hatte Schichtdienst, sie arbeitete verzweifelt, sie erkannte ihren Mann in dem, was von ihm übrig war, nicht mehr wieder.

»Er ist ein Krüppel«, sagte Ludmilla bitter. »Ein Krüppel.«

Ihr Mann war schön gewesen, charmant, aktiv, er galt als gute Partie, und Ludmilla, die daran gewöhnt war, zu bekommen, was sie wollte, es ohne Mühe zu bekommen, weil man es ihr anbot, weil sie eher das Problem hatte, aus einem Überangebot auszuwählen, weil die Männer ihr zu Füßen lagen, was sie langweilte, Ludmilla kaprizierte sich nicht und hielt ihn nicht hin.

Sie hatten eine Wohnung mit Balkon bekommen. Ludmilla war stolz gewesen auf diesen Balkon, im Sommer hatte sie sich darauf gesonnt, im Winter Lebensmittel eingefroren. Sie besaßen keine Datscha, Ludmilla verabscheute

Gartenarbeit, verabscheute Ernten und Einkochen, sie suchte nicht gern Pilze, sie fand sich modern, eine moderne Frau, für die westliche Fertiggerichte eher in Frage gekommen wären als die russische mühselige Ernährungsweise. Der Balkon war ihr Gartenersatz, ihr Naturersatz, ihr Raumschiff, ihr Himmelreich. Als die Schwiegermutter ihn beschlagnahmte, ihn mit Wäsche zuhängte und die Wäsche nie wieder abnahm, war das der Anfang vom Ende.

Ludmilla hatte nie Wäsche auf den Balkon gehängt. Sie gab ihre Sachen in die Hotelwäscherei, es war einfacher für sie, was sollte sie sich stundenlang über die Badewanne krümmen und scheuern und wringen – sie wollte eine zeitgemäße Frau sein, ihre Möglichkeiten in Anspruch nehmen.

»Ich habe in der Wohnung nur noch meinen Kleiderschrank«, sagte Ludmilla. »Ich rede meiner Schwiegermutter nicht herein, sie hat ihre Porzellanfiguren auf die Regale gestellt, sie hat meine Vasen mit Seidenblumen gefüllt, sie hat die Möbel anders angeordnet, weil sie fand, so sei es für die Krankenpflege praktischer.«

»Ich hätte das alles ertragen«, sagte Ludmilla. »Aber der Höhepunkt kam, als man uns eine neue Gasleitung legte. Die alte war marode und mußte ausgebessert werden, sinnvoll, daß man es überhaupt gemacht hat, nicht selbstverständlich in unserem Land, oft genug sieht man Leitungen mit Folie und alten Lappen umwickelt, notdürftig geflickt, ich war dankbar, daß es bei uns gemacht wurde, eine Arbeit von zwei Tagen, höchstens drei.

Die Schwiegermutter hatte die beste Zeit ihres Lebens, sie kochte Tag und Nacht, sie versorgte die Arbeiter mit Festessen, abends gingen sie nicht mehr nach Hause, sie quartierten sich in unserer Wohnung ein und übernachteten in der Küche. Wenn ich spät aus dem Hotel kam, lag ein Mann unter einer Wolldecke vor dem Kühlschrank, der andere quer vor dem Herd, auch nachts waren sie gut versorgt, meine Schwiegermutter himmelte sie an. Morgens war das Bad besetzt, ich fand keine Zeit, mich zurechtzumachen, bevor ich zur Arbeit ging, das war der Höhepunkt, von da an ist mir alles egal gewesen, ich habe eine Kammer im Hotel, dort ist ein Spiegel, dort kann ich übernachten, niemand bemerkt es.«

Ludmilla stolzierte königlich auf ihren Chrysanthemenplatschen in den Nebenraum. Sie ging in hochhackigen Plastikschuhen, sie warf die Hüften und kokettierte mit der Rutschgefahr. In ein Handtuch gehüllt, nach wie vor mit Turban, kramte sie in ihrer Tasche und winkte mir zu. Ich trocknete mich ab, schwang mir das nasse Handtuch um die Schultern und folgte ihr. Sie wickelte Wurstbrote aus Zeitungspapier, sie öffnete eine Tüte Bonbons, füllte Tee und Wodka in bereitgestellte Gläser. Sie förderte ein Gurkenglas zutage und bearbeitete eine Obstkonserve mit dem Taschenmesser, sie ließ sich nicht unterkriegen, sie wußte zu leben. Ein Wurstbrot in der einen, eine Zigarette in der anderen Hand, fischte sie eine Illustrierte aus den Tiefen der Tasche, schlug die Beine übereinander und zeigte mir die Bilder.

Eine Dame lagerte auf einem unerkennbaren Grund. Die Vertiefungen in der Leiste, an den Beckenknochen waren mit dunklem Samt ausgeschlagen. Um den Nabel kreisten Lichtreflexe, der Nabel hielt ihnen mit der Eleganz des Zentrums seine Tiefe, seine Unversehrtheit, seine Vollkommenheit entgegen. Ludmilla tippte auf eine flachgebügelte rosa Wäscheschleife, es war seltsam respektlos.

»So einen BH soll Wolfgang mir aus Europa mitbringen.«

Ich faltete peinlich berührt meine Hände über dem Bauch. Man befand sich also in einer aufgegebenen Position, dort, wo der äußerste Rand Europas schon nicht mehr Europa war. Ich faltete die Hände und faltete sie noch einmal, ich hätte mir gern etwas übergezogen. Dann biß ich in eine Salzgurke und wischte einen Tropfen Marinade von meinem Oberschenkel. Mir schien es zu intim, nur mit einem Handtuch bekleidet Wurstbrote und Gurken zu essen, mir schien, daß man den Weg der Gurke durch den Verdauungstrakt von außen verfolgen konnte, dennoch tat ich Ludmilla den Gefallen und biß noch einmal ab.

Ludmilla, wollte ich, sollte sich wohl fühlen, sie sollte angenehm mit mir über die Unterwäsche europäischer Frauen plaudern können, wozu war ich da. Ich bedauerte, daß ich keine feinen Dessous nach Rußland mitgenommen hatte. Mir war gleich aufgefallen, wie sie beim Auskleiden meine Schlüpfer begutachtet hatte, ich zog sie schnell aus und stopfte sie in die Tasche und streckte mich in eine Haltung der Selbstverständlichkeit.

Ich aß die Gurke auf, Ludmilla reichte mir ein Brot, sie blätterte um. Die Zeitschrift glänzte seidig in ihrem Schoß, ihre langen Fingernägel hielten eine Wurstscheibe, als äße sie mit Stäbchen. Ich breitete brav die flache Hand unter mein Brot, ich drehte artig den Kopf zu Ludmillas Zeitschrift, sie sollte sich wohl fühlen, wollte ich, sie sollte die Krümel nicht sehen, die mir in den Schoß gefallen waren, sie sollte nicht bemerken, daß mein Kinn fortwährend zitterte.

Dampfende Leiber quollen in den Raum, sie kamen aus der Hitze und brachten eine tierhafte Stille mit. Eine füllige

Dame mit schwarzer Hochfrisur beugte sich über Ludmillas Magazin. Sie trug eingewachsene Smaragdohrringe, die sie nicht mehr ablegen konnte. »Dieses Hemdchen«, sie wies mit dem Finger auf eine Papierpartie, »dieses Hemdchen würde dir gut stehen, meine Liebe, du hast den richtigen Hals dafür, die richtige Hautfarbe.« Die Dame schwappte und ließ sich drei Schritte weiter nieder.

»Welches ist Ihr Sternzeichen«, säuselte Ludmilla blätternd und fletschte eine Sekunde lang die Zähne, als rücke sie sich das Gebiß zurecht, »ich lese das Horoskop vor, hier: Schönheitshinweise: Halten Sie sich aufrecht, eine gute Haltung ist für den Löwen das Lebenselixier. Beziehungstips: Sie lieben die Männer im Allgemeinen, lernen Sie, auch das Besondere zu sehen. Erfolg: Ihre direkte Art läßt alle Herzen höher schlagen.« Die Dame wiegte sich todernst auf der Bank und begann zu nicken. Ludmilla fuhr suchend die Spalte entlang.

»Ich möchte meins nicht hören«, versuchte ich zu witzeln, aber niemand nahm davon Notiz. Die Dame wackelte wichtig mit ihrer Frisur, Ludmilla stach den Fingernagel mit Bestimmtheit zwischen die Buchstaben, wippte mit dem Chrysanthemenfuß.

»Männer«, verkündete die Dame schließlich, »Männer dürft ihr nicht zu wichtig nehmen.« Ich wartete noch auf eine Begründung, als sie schon aufgestanden und in den Dampf zurückgeflossen war.

Ludmilla begann aufzuräumen. Sie schüttelte etwas Unsichtbares von ihrer Zeitschrift, sie pickte mit spitzen Fingern die Bonbonpapiere von der Holzbank neben ihren Hinterbacken, sie suchte ihre Umgebung nach Brotkrümeln ab.

Ludmilla: langbeinig, leuchtend, unberührbar wie ein Stück Toilettenseife Weißer Flieder. Blütenstände ihres Körpers, Fliederblüten, die sachte an ihr wippten, Fliederblüten, die aus ihrer Haut schäumten, aufpoppten, duftige Wolken eines zweiten, dritten, vierten Frühlings. Warmer Regen schauerte über die Dolden, sie fielen in sich zusammen, inkonsequente Geschwüre jetzt, Auswüchse vergangener Perioden, denen neue Schauder, neue betäubende Pracht folgten, ein besessen vor sich hin blühender Busch, dem ich ganz egal geworden war.

Ich streckte die Beine und legte den Kopf in den Nacken. Fliederblüten trieben um meine Füße, sie rieben sich an den Knöcheln, ich wollte auf sie treten, erwischte sie nicht.

Das Wasser war eifrig, bewegt, als würde es alles wegwaschen. Das Wasser spritzte aus dem Duschkopf, es füllte den gekachelten Raum ganz aus. Es verschwand in einem modernden, abwechselnd modernden und dann wieder kräftig desinfizierten Gitter, es floß wie vorgesehen, aber es rann über meinen Körper wie über eine Plastikhülle, es spülte nichts ab.

In der Garderobe arbeitete sich Ludmilla mit Lockenstab und Kamm durch ihr dünnes Haar, sie bauschte es zu einer wallenden Mähne, sprühte dicke Wolken Festiger auf, sobald die Frisur saß, ließ sie ihr Gesicht in Windeseile hinter dicken Farbschichten verschwinden.

»Ich bin Make-up-süchtig«, stellte sie fröhlich fest, »ohne Schminke wage ich mich nicht mehr auf die Straße, niemand würde mich wiedererkennen, ich könnte es nicht.«

Aus einem Töpfchen trug sie Creme auf, hellbraun, beige,

chamois, cremefarbene Creme, mit Wangenrouge zu einem abstrakten Farbteppich verwischt. Ein winziges Drahtbürstchen brannte die Wimpern ölig schwarz. Sich selbst herstellen, ein Tuschestrich: Augenbraue. Karmesinrot. Kardinalsrot. Krapplack. Rubinrot. Äußerstrot. Russisch Rot. Hingezauberter Blütenmund, Mund als entblätternde Tulpe, Kamelienmund.

Ich stand an der Tür und wartete auf sie, ich stand wie ein Lippenstift, rot und verdreht.

18 Brennende Herzen

Helle des Tages. Höhenflug der Wolken. Sieg der Sonne. Macht und Herrlichkeit. Gewalt und Größe. Front und Hinterland.

Die Weite Asiens lag vor uns ausgebreitet, vom Hochufer des Flusses sah man theatralisch darüber hinweg. Grundsätze und Komplexe, Grausamkeit und Anstand. Die Dinge lagen nah beieinander, die Dinge ähnelten sich. Die Weite Asiens, die Enge des Herzens. Der Himmel und das moralische Gesetz. Wir schritten gemessen über das Betonfeld. Der Schnee lag hier nur dünn, verwehte auf dem ungeschützten Platz, fand keine Ruhe. Wir gingen Hand in Hand, zeremoniell wie Kindergartenkinder auf einem Ausflug hielten wir uns in der richtigen Spur, folgten wir einer Reihe von Besuchern, die vor uns dahingezogen waren. Wir hielten Abstand, großen Abstand, einen Abstand, wie er der Umgebung angemessen war, räumlich, zeitlich, er war groß genug, um von unseren Vorgängern nichts mehr zu bemerken. Wir fühlten uns allein.

Sommerliches Ausflugsziel im Winter. Auf ausgeblichenen Farbfotos sah man junge Frauen in kurzen Synthetikkleidern, Mädchen in weißen Kniestrümpfen, von einer geheimnisvollen Sauberkeit befallen, freundlich, geschäftig. Pionierhalstücher hingen in Schulterhöhe wie schlaffe rote Vögel, die Sonne lag in einer buttrigen Schicht auf dem Platz. Nachkriegszeit, 60er, 70er, 80er Jahre, Ewigkeit.

In einer übermannshohen Granitmonstranz brannte eine

Flamme, sie brannte dort, wo der Stein durchbrochen war, im Leeren. Am Fuß des Sockels rote Nelken, angefroren, verschneit. Ein künstlicher Efeukranz. Durch das Loch im Granit sah man das Monument, das Ziel in der Ferne, vom Tänzeln der Flamme umspielt. Front und Hinterland, zwei Giganten vor der asiatischen Steppe. Ein riesiger Arbeiter, der ideale Arbeiter aus der Stahlstadt, überreicht einem Soldaten die Waffe. Ein Schwert, geschmiedet im Metallurgischen Kombinat, das unverwüstliche Schwert, welches den Kampf geführt und die Stahlarbeiter zu Siegern gemacht hatte. Die Front in ihrer Größe, das Hinterland in seiner Größe, das gesamte Imperium in seiner Unermeßlichkeit, ausholend zum entscheidenden Schlag.

Durchblicke, Perspektive, Zentralmagie. Rote Sterne, hungrige Flammen, die das Monument befeuerten, in Brand setzten. Wir ließen die Granitmonstranz hinter uns, lauschten auf eine feierliche Musik, die der Wind vorantrug, schwere Blechbläsermusik bewegte uns in einem würdevollen Takt über den Platz, jeder Schritt hochoffiziell, jeder Gruß repräsentativ. Man gehörte zu den vielen Vertretern des Volkes, die über Jahrzehnte hin dieses Monument besucht hatten, die auf die gleiche Weise darauf zugegangen waren, pseudosakral und pseudoehrfürchtig, man bildete mit all den anderen eine Vergangenheit.

Wir umrundeten das Podest des Denkmals, wir fanden seitlich Treppenstufen und stiegen hinauf. Ein monströser Fuß, schon zuviel fürs Auge, Extremformat. Nach oben bogen sich übermäßig verkürzte Wülste, ringende Bewegungen, Teile eines zweiköpfigen Ungetüms.

Kußkulisse für Paare in Friedenszeiten, für Paare in aufrechter Haltung, für Paare wie uns. Konstantin in Wollmantel und Anzug, ich in Stiefeln, Pelzkragen, Winterkleid. Von der architektonischen Anlage beflügelt und gegängelt, sprangen wir Hand in Hand vom Sockel und liefen über den leeren Platz zurück.

Ich preßte seine Hand, ich verflocht meine Finger mit seinen. Er trug einen Ring mit auffälligem Stein, der sich schmerzhaft in mein Fleisch drückte, ich ließ nicht los. Er trottete mit auswärts gedrehten Füßen voran, sein Schal flatterte, er bückte sich, nahm etwas Schnee auf und blies ihn von der flachen Hand. Ich sah dem Staub nach, Konstantin wälzte sich weiter, nahm mich mit, gemütlich, als sei diese ganze Anlage eigens für ihn aufgebaut worden, errichtet als Ausstattung seines Privatlebens, in angemessener Größe, in ernster, pathetischer Pracht. Er schlug seinen Handschuh aus und schüttelte mir winzige Flocken ins Haar, er war hier der Hausherr, er konnte es schneien und stürmen lassen, er konnte dem Wetter Einhalt gebieten, einen staffagehaften Frieden ausschmücken.

Er ahmte die Stellung des Denkmals mit mir nach, er stellte mich in die Position des Soldaten, er übernahm den Part des Arbeiters und streckte mir statt des Schwertes seinen Schal hin, er spielte eine Schneekugel, die von Ernsthaftigkeit nichts wissen wollte, es gelang ihm nicht ganz.

Die unerbittliche Wiederholung von Betonplatten, bei deren Anblick man jede Hoffnung fahrenließ. Serien gleichformatiger Steine pflasterten diesen Platz wie Soldatengräber. Keine Personen mehr, keine Namen mehr, nur noch Kriegsmaterial.

Imposanter Donner in der Ferne, Geschütze, Granaten,

Panzer, Geschrei, vor allem Geschrei, ein endloser Schrei in der Ferne, der immer näher kam. Konstantin zog mich eng an sich, wir standen mitten auf dem leeren Platz und küßten uns. Der Platz verfiel in eine Art Totstellreflex. Dann kam er wieder hervor, von allen Seiten blies er mit dem Wind heran, er entfaltete ein drückendes Eigenleben und umzingelte uns. Wir standen verloren herum, eine verlassene Tankstelle in einem verlassenen Gebiet, der Wind zerrte an uns, ein hellsichtiger Organismus, er entnahm unseren Umrissen Merkmale und Spuren, er fertigte Verbrecherprofile von uns, bis zum Beweis des Gegenteils.

Die Straßenbahn schaukelte, und wir hielten uns aneinander fest. Die Fenster von innen beschlagen, verschwommene graue Blöcke und Linien, eine Biegung ließ uns schwanken, da war sie, die Außenwelt. Leute in feuchter Winterkleidung, alte Leute, unterwegs, um sich eine Salbe zu kaufen, eine einfache Mentholsalbe, die es gerade nirgendwo gab. Alte Leute, die von ihrem Vorhaben nicht abließen, die sich den ganzen Tag durch die Stadt schleppten, ihre Magengeschwüre, ihre Verwirrung von einem Ende zum anderen schleppten, die auf den Markt gingen, in Haushaltswarengeschäfte, alte Leute, die womöglich nur noch lebten, um sich mit dieser unauffindbaren Salbe einzureiben.

Drei Kinder teilten sich zwei Plätze und hielten Pakete auf dem Schoß. Ihre schmutzigen feinen Gesichter leuchteten unter den Wollmützen wie weißes Laub. Ich fühlte in meiner Manteltasche ein paar Bonbons, ich bot Konstantin eins an, die Kinder sahen ernst herüber, sie streckten ihre Fausthandschuhe vor.

Ich gab jedem zwei Bonbons, der ernste Ausdruck in

ihren Gesichtern verfestigte sich zu einer Art höflichem Allgemeinwissen, sie nickten würdevoll, und man ahnte hinter ihrer Stirn Gedanken, sinnlos und schwer wie Panzer.

Ich stellte mir vor, daß Konstantin einmal ein solches Kind gewesen war, altklug und trotz seiner Armut unbeirrbar. Jetzt stand er schwitzend in der Bahn, ungesund blaß, ich sah ihn mit leichtem Entsetzen an, ich sah ihn an, wie man einen Schneemann ansieht, der auftaut.

An der nächsten Haltestelle stiegen wir aus. Ein Betrunkener hing über einem Zaun. Ein Kind kam aus dem Gemüsegeschäft gegenüber und guckte sich den Betrunkenen an. Eine Hand grapschte nach dem Kind, zog es zurück, und ich sah durch die offene Tür, wie die Hand es in die Tiefen des Geschäftes schleifte.

Auf Decken und Leinensäcken lagen Altmetalle, rostige Nägel, Schlüsselbunde, Türbeschläge zum Verkauf. Gläser mit eingelegten Gurken und Pilzen, selbstgemachte Marmelade. Menschen schoben sich vorbei auf den Platz. Markt. Auf Holzbrettern erhoben sich weiße Berge, Frauen in Kopftüchern schaufelten mit großen Holzlöffeln Quark in Plastiktüten, die Bretter schwammen im Saft, die Berge leuchteten und türmten sich, bröckelten und verteilten ihr Weiß, das cremiger war als das Weiß des Schnees, ein Weiß, das appetitlich kompakt blieb, nahrhafte Kegel, die im Laufe der Stunden an Höhe verloren, sich wie die Schneewälle an den Bürgersteigen nach und nach verflüchtigten. Die Marktfrauen schoben die Reste von den Rändern her zusammen, stockten wieder auf.

Fleisch auf blutigen, wässrigen Tischen, rosa und rot marmoriertes, saftiges Muskelfleisch, in dem Knochen steckten,

Haken, Spieße. Enthäutete Kuh- und Pferdeschädel hingen in Kopfhöhe und konnten jeden Moment zu sprechen beginnen. Ich hätte mir gern die Ohren zugehalten, aber ich hatte keine Hand frei. Ich schüttelte den Kopf, als stünde mir Wasser im Ohr. Ich schüttelte den Kopf, ich schüttelte in winzigkleinen Bewegungen etwas ab, wie eine Katze, die ihrer Beute das Genick bricht.

Konstantin kaufte ein Pfund blanke kurze Stahlnägel. Die Nägel wurden in eine Tüte aus brüchigem Packpapier geschüttet, ausgewogen, der Händler warf noch eine Prise Nägel nach. Sie sollten Konstantin zu etwas Bestimmtem dienen, ich wußte nicht wozu. Ich drückte mich enger an ihn, als sei er die einzige Person, an die ich mich anlehnen konnte. Ich trug eine Tüte mit einem Ochsenschwanz. Der Schwanz wedelte bei jedem Schritt an der Außenseite meines Beins entlang.

Geteerte Garagendächer, Bretterverschläge, unverputzte Wände: kahle Flächen fielen in mich ein. Endstation der Straßenbahn. Vorbei an grüngestrichenen Holzhäusern mit Veranden, Gärten. Wir liefen neben den Schienen den Hügel hinab, denselben Weg zurück, den wir gekommen waren. Der Betrunkene hing noch immer über dem Zaun. Ein Wagen der Miliz war vorgefahren, Schaulustige versammelten sich, betasteten den steifen Körper, niemand hinderte sie.

Ein violetter Mond ging über dem Stahlwerk auf, hing schief über den Schornsteinen, fing sich dann und stieg höher. Erste Fensterquadrate sprangen gelb aus den Wänden, sie huschten die Straßen entlang, setzten sich anderswo ein, sie hefteten sich an Busse und Bahnen, klebten an schwarzen Ziegelmauern wie Zirkusplakate.

Auf der Ringstraße lagen Karosserien am Fahrbahnrand,

zerbeult und ausgeschlachtet, Kulissen ihrer selbst, und doch sahen sie in der Dämmerung aus, als hätte jemand eben seinen Wagen abgestellt und sei in Minutenschnelle zurück.

Die Krankenanstalt verschluckte uns. Mir kam es vor, als ob es plötzlich dunkel würde, dabei lag alles in beißendem Licht. Mäntel stellten sich in eine Reihe, bewegten die Ärmel, Röcke stülpten sich auf den nassen Fliesenboden, glitten vorwärts wie auf Rädern, ausgelatschte Stiefel schlurften murmelnd an der Fußleiste entlang.

Eine Krankenschwester nahm Konstantin am Arm, eine Tür fiel zu. Ich blieb mit den anderen im Flur. Ein rasselnder Husten setzte ein, hallte nach, ich wandte mich ab.

Verkehrserziehungsspiele, gehen und stoppen, in der Spur bleiben, an der Ampel halten. Männchen in gedeckten Farben bewegten sich über das Spielbrett, bogen, wenn sie an der Reihe waren, links ab. Männchen auf Krücken, mit Kopfverbänden, Männchen, die die Spielregeln nicht gekannt, falsch verstanden hatten. Personenschaden. Eine Schwester winkte sie herein, zog ihnen Punkte ab.

Ich lehnte mich an die Wand. Durch den Mantel hindurch spürte ich den undefinierbaren Farbton der abwaschbaren Oberfläche, er rutschte meinen Rücken entlang und verbreitete Angst. Ich starrte auf die Eisentür, hinter der Konstantin verschwunden war. Im Gang standen Menschen in der Schlange, niemand rührte sich, niemand sprach.

Draußen ließ ein Ambulanzfahrzeug die Sirene heulen. Die Schlange sah zu Boden, ab und zu klapperte jemand mit den Zähnen. Ich lehnte an der Lackwand, unsere Einkaufstüten zerrten an meinen Handgelenken, ich hielt sie ein Stück über dem nassen Boden, es strengte mich an.

Dann wurde es mir gleichgültig, ich stellte die Tüten ab, an meiner Stelle sackten sie in sich zusammen. Ich ließ sie in einer Pfütze stehen und schlenderte durch die Flure. Von weitem sah ich, daß die Schlange sich hinter den Tüten aufgereiht hielt.

Verkehrserziehungsspiele, Vorfahrt beachten. Niemals sind die Regeln außer Kraft gesetzt, falsches Parken wird geahndet, es gibt keine Ausrede. Fehler sind selbst zu verantworten. Was passiert, passiert.

Kahle Kinder traten an der Hand ihrer Großmütter von einem Fuß auf den anderen. »Mir tun die Füße weh!« – »Still doch!«

Eine Frau mit verrutschtem Lidschatten hetzte von ihrer Arbeitsstelle heran, zerrte ein Mädchen mit sich, drängte sich an den Anfang der Reihe durch, dort standen zwei Tüten und ließen niemanden vor. Ein Alter wagte sich nah heran und tippte seinen Stock in den Tütenbauch. Drinnen grummelten die Stahlnägel, drinnen sprach der Ochsenschwanz von Anstand und Geduld.

In den Korridoren raunten die Heizungen. Ich wäre gern so eine Heizung gewesen, ein gepanzerter Metallziegel, den Linien des Raumes in geschmeidiger Parallelstellung angepaßt, innen dunkel und heiß.

Hinter einem Plastikvorhang, der ein Duschvorhang hätte sein können, lag eine Person an Schläuche angeschlossen. Eine verdrahtete kleine Maschine, Teil einer größeren Apparatur, Luft und Wasser pumpend. Eine Person, die erstaunlich natürlich wirkte, als hätte sie hier, als Durchlauferhitzer, zu ihrer wahren Bestimmung gefunden.

Flüssigkeiten liefen ein und aus. Beißende Gerüche zogen durch die Gänge, zogen durch unsere Lungen, hinterließen ein desinfiziertes Gefühl. Schleim und Auswurf auf dem lackierten Betonboden, Tiefgaragenatmosphäre, jemand zog die Nase hoch und spuckte an die Wand. Eisentüren, geschlossen Seite an Seite, ließen uns vorüberschleichen und veränderten sich nicht.

»Gehn wir«, sagte Konstantin. Ich hob das Tütenhäuflein an. Der Alte stocherte sich mit dem Krückstock einen Weg zurecht, er hielt Kurs auf das helle Rechteck, das sich geöffnet hatte, hinter ihm knallte scheppernd die Eisentür zu.

19 Fallende Engel

Zimmer im Zimmer. Ein kleineres Zimmer, innen, in dem die Zeit noch schneller verging als außerhalb. Ein Schwarzweißzimmer voller Flachfiguren, leicht nach außen gewölbt. Figuren von erhöhtem Realitätsgrad, zappelnd, sprechend.

Usbekistan, sagte der Fernseher, Moldawien, sagte er, Rumänien, Afghanistan.

Ich schnitt mir die Fußnägel und lackierte sie rot. Der Lack verströmte seinen scharfen Duft. Ich hatte mir ein Zeitungsblatt untergelegt, damit ich die Polstermöbel nicht befleckte. Ich hielt die Zehen unbeweglich und sammelte die Nagelränder auf. Ich klemmte sie im Handteller mit dem Daumen fest und ließ sie ihre Spitzen ein wenig in die Haut bohren.

Im Fernseher hatte es zu schneien begonnen. Ein Flugplatz wurde gezeigt, der einschneite. Flocke auf Flocke durchquerte den Bildschirm und legte sich an ihren Platz. Auch auf dem Balkon schneite es wieder, Schnee außen und innen, nur der Zwischenraum, den ich Wohnzimmer nannte, war vorläufig unbetroffen geblieben. Schönheit und Häßlichkeit schneefreier Räume, Behaglichkeit.

Ich trug die Zeitung in die Küche und kehrte mit einem Glas Tee zurück. Die Zuckerkristalle wirbelten auf dem Glasboden umeinander, die Schneekristalle wirbelten in den dafür vorgesehenen Räumlichkeiten, nur ich blieb unberührt. Ich trank den Tee und zerbiß mit den Schneidezähnen ein Zuckerkorn.

Im Fernseher sah man jetzt Flugzeugtrümmer. Dunkle Sprenkel über ein verschneites Gelände verteilt, ein geheimnisvolles Muster bildend. Gekrümmte Figuren im Schnee, die sich abhoben, auf denen der Schnee nicht liegenblieb.

25 Jahre Flugzeugunglücke. Jubiläum eines Ausnahmefalls: abgestürzt aus 10 000 m Höhe. Ärzte und Wissenschaftler führten noch jetzt, 25 Jahre später, das Wort »Wunder« im Mund. Das Wort »Gott« fiel unvermittelt. »Schutzengel«, sagten sie mehrfach.

Terroristen hatten eine Bombe in den Passagierraum geschmuggelt. Die Bombe war mit einem Zeitzünder versehen, und das Flugzeug explodierte über der Tschechoslowakei. Bauern und Holzfäller sammelten die Knochen ein. Bergarbeiter und Tagelöhner klaubten die Wrackteile aus Wäldern und Schluchten. Eine junge Stewardeß, nur noch ein Bündel Bruchstücke, ohne Bewußtsein, hatte den Absturz lebend überstanden. Sie war nicht völlig zerplatzt, nicht vollständig zerschellt. Nun jährte sich zum 25. Mal der Weltrekord. Fall aus großer Höhe: das Fernsehen zeigte alte Zeitungsbilder. Man erkannte nicht viel. Gebrochene Wirbelsäule, hieß es. Schädeltrauma. Verschiedene weitere Brüche. Blutverlust. Auf den schwarzweißen Reproduktionen war das Blut von dunklen Kleiderfarben nicht zu unterscheiden.

Fall aus großer Höhe, eine Art Wetterfühligkeit, eine Folge von Fernsehtagen. Draußen verhängte der Schnee die Sicht, fiel schneller und langsamer, riß alles mit. Fallbewegungen, wieder und wieder. Ich saß im 6. Stockwerk in einem Zimmer in der Luft, ich konnte nicht ausschließen, daß ich mich wie in einem Fahrstuhl selber langsam nach unten bewegte.

Gruppen von Kreuzen bewegten sich den Himmel entlang, ein ohrenbetäubendes Rattern umgab sie. Die Kreuze stachen durch die Luft, ihre Bäuche öffneten sich, ließen Metallzylinder fallen. Gut verpackte Flammen. Auf kleinem Raum eingepferchter Druck. Man fand einen Pilotenhelm auf einem Stoppelfeld.

Schwer erträgliche Fernsehtage. Kaum Überlebende.

Abends dokumentierte mein Vater in seinem Taschenkalender, wie hoch die Außentemperatur gewesen war und wie das Wetter. Was wir gegessen hatten und ob er es gemocht hatte oder nicht. Er mochte Graupen nicht, Grießbrei nicht, Buchweizen auch nicht. Er aß gern Kartoffeln, Eintöpfe, Pommes Frites. Pilz- und Kohlpiroggen, Rote-Rüben-Suppe, Hackbraten: unproblematische Gerichte, definierbar, erinnerungsfrei.

Jurmala, sagte der Fernseher, Vilnius, Riga, Kaliningrad.

Rauschende Küsten. Kiefern, vom Wind bewegt. Kartoffelernte. Abgerissene Bilder.

Die Kartoffeln lagen ruhig in ihren Äckern. Sie betrachteten die Gänge der Regenwürmer, den Wurzelverlauf der Brombeer-, Holunder- und Weißdornhecken, der die Gevierte eingrenzte und abschirmte. Winde und Unwetter verfingen sich in diesen Hecken, unten im Wurzelgewühl gruben sich Mäuse ihre Gänge. Junge Füchse spielten auf dem Sandplatz, Gäule trotteten mit dampfendem Fell vorüber, konsequente Untersicht. Barfuß rannten Kinder über die Felder, Füße von Stoppeln zerstochen, mit Holzschuhen rannten sie, Forken schwenkend. Einmal sonntags die harten Sprünge eines Kindes in Lackschuhen, aus der Kirche ausgerissen, die Schuhe in den Ackerfurchen verdorben. Kartoffeln, Kohl, das Leben der Zivilbevölkerung. Gdansk, sagte der Fernseher, Oliva.

Vor Morgengrauen schritt manchmal ein Erwachsener in hohen Gummistiefeln den Hügel hinab Richtung See. Die Gummistiefel federten, die Schritte schwappten, warfen Wellen vor sich her. Der Verlauf der Flüsse von der Unterseite, durchscheinender Lehm und dann ein riesiges helles Glitzern, an den Rändern trübes Grün.

Ich hätte mit verbundenen Augen einen Weg wiedergehen können, den ich gar nicht kannte. Mit verbundenen Augen Wiesen und Bäume finden. Einen Marktplatz in der Mittagszeit. Essensgerüche, Braunkohle. Totenstille. Kindheitslandschaft eines anderen. Falsch aufgefaßte Größenverhältnisse, falsch erzählte Zeitverhältnisse, kaum Fotos. In allem etwas Unvernünftiges, Unerklärliches, eine Landschaft mit einem stummen, sehnsüchtigen Zug zum Meer. Nicht auf die Vergangenheit, nicht auf die Zukunft, sondern aufs Meer gerichtet: Unruhe, die sich in den Menschen festsetzte, in Emigranten, Spätaussiedlern, Vertriebenen: für ein Kind war die Landschaft innerhalb des Meers. Später außerhalb.

Mein Vater grub als Knabe die Kartoffeln für den Winter ein. Sie mußten so tief in der Erde liegen, daß sie vor Frost geschützt waren. Gegen Ende des Krieges grub er Einmachgläser ein. Gläser mit Wurst und Sülze, mit Birnen, mit Sauerkraut. Wenige Wochen später grub er alles wieder aus. Den Hühnern fackelten bei lebendigem Leibe die Federn ab. Grillhähnchen, gespickt mit Kielen. Rußende Rinder. Katzen in schwarz gespreiztem, verkohltem Fell.

Mein Vater lief als Knabe über die Felder und klaubte von den umliegenden Höfen Lebensmittel zusammen. Er fand einzelne Futterrüben in verlassenen Kellern. Er schleppte einen Sack voll Mehl aus dem Nachbardorf nach Hause und lieferte ihn dem russischen Hausherrn ab. Kartoschki, wußte mein Vater, Kapusta.

Einmal, früher, hatte ich mehrere Wochen nur von Kohl gelebt. Ich hauste in einem Biwak im Wald und stahl Weißkohlköpfe von den Ackerrändern. Ich aß die Blätter roh, ich kochte sie in einem Blechtopf in Salzwasser, ich verbrachte so die ganzen Sommerferien. Meine Eltern glaubten mich mit einer Freundin auf Mallorca. Ich aber schnitt Kohlblätter mit dem Taschenmesser in kleine Streifen und mischte sie mit Sauerampfer. Ich wickelte Kohlblätter um ein Stück altes Brot, das ich mir in einer Bäckerei für meine Kaninchen erbettelt hatte, und grillte mir Kohlrouladen über offener Flamme.

Ich hatte mir verboten, Geld auszugeben. Eine Mischung aus Schatzgräbermentalität, Sparzwang, Depression trieb mich weg von zu Hause, ich nannte es für mich Survivaltraining. Ich besaß ausgediente Bundeswehrklamotten, einen Mumienschlafsack, Blechgeschirr. Ich unternahm lange Wanderungen durch den Wald und sammelte Eicheln, Bucheckern, Pilze, ich buk mir Fladen aus Eichelmehl auf heißen Steinen, es ging leicht. Ich verschlang Sauerklee und Schafgarbe und verfiel in eine bedenkliche Hemmungslosigkeit, es ging so leicht zu überleben, fast störte es mich. Abends legte ich Steine zu einer Feuerstelle zusammen. Mich bedrückte es, wie die Grasnarbe weich nachgab, wie das Gras in der Dämmerung feucht wurde; mein Bezug zur Natur stand unter dem Vorzeichen der Trauer. Normale Vorgänge stimmten mich wehmütig, dabei sehnte ich mich zugleich danach, als seien diese Eindrücke bereits Vergangenheit. Es schien mir leicht, in Deutschland ohne feste Behausung, ohne Geld, ohne Gesellschaft zu existieren. Ich kochte Fichtennadeltee, der nach Badezusatz schmeckte, ich übernachtete in Bunkern und auf Bänken, ich vermißte mein Bett nicht, ich war im Gegenteil überrascht, was jeweils in dieser Welt problemlos als Bett durchging, »Bett« war kein Gegenstand, es war eine Körperhaltung.

Ich mied die dicht besiedelten Gebiete, ich wich Menschen aus. Reihenhäuser mit gepflegten Vorgärten kamen mir verdächtig vor, ich hielt mich im Umland auf, mir fehlte nichts. Ein paarmal ging ich frühmorgens zum Wochenmarkt und ließ mir aus den Abfallkisten angestoßene Äpfel, zerbrochene Mohrrüben, verdorbene Paprikaschoten aushändigen. Für meine Kaninchen, sagte ich. Die braunen Stellen aus den Äpfeln schnitt ich heraus. Die Paprikaschoten mußte ich ausschaben. Innen waren sie von Schimmel überzogen, anmutig, flaumig. Außer mir kamen morgens alte Frauen zum Markt und wühlten in den Gemüseresten. Ich konkurrierte nicht mit den Frauen, es gab für alle genug. Das Gemüse konnte man nicht horten, es mußte noch am selben Tag verbraucht werden. Ich trug eine Holzkiste mit überfälligen Avocados in den Wald. Fressen Kaninchen Avocados, fragte ich mich, fragte mich niemand.

Nach der zweiten Woche wurde mir übel. Ich stand abends im Licht eines Tankstellenschildes und betrachtete einen Werbeprospekt, den ich vom Bürgersteig aufgelesen hatte. Ich las die Namen und die Preise unter den Fertiggerichten und Weinflaschen, ich studierte die Obstkörbe und die Schokoladensorten, ich sah mir auch die anderen, nicht eßbaren Sonderangebote an, insbesondere eine gesteppte Daunenjacke. Ich hatte vor ein paar Tagen zu frieren begonnen, ich fror unablässig, auch wenn tagsüber die Sonne schien. Ich verbrachte meine Zeit im Schlafsack, aber wenn ich unterwegs durch den Vorort war, konnte ich schlecht den Schlafsack anbehalten.

Um mein Biwak herum hob ich eine Rinne aus, in die der Regen ablaufen konnte. Stark qualmende nasse Feuer. Qualm, der mich imprägnierte. Zeltinnenraum.

Ich lag im Mumienschlafsack, meine Körperteile waren falsch angenäht, sie waren an den falschen Stellen zusammengenäht, die Hände am Oberschenkel, das Knie an der Brust. Eine bestimmte Art von Feuchtigkeit durchdrang mich, Tau und Atemdunst, Schweiß und Bewölkung, klammes Gras. Meine zusammengenähten Gliedmaßen hatten auf Fortbewegung ganz verzichtet, sie wurden aufgetrennt, in Einzelstücke zerlegt, erneut verbunden.

Ein düsteres Dach aus ineinandergeflochtenen Zweigen, darüber ein aufgeschnittener Müllsack, und darin am helllichten Tage blinkende Himmelskörper, winzige Löcher in der Plane, Nadelstiche. In den regnerischen Nächten beulten sich schüttere Stellen aus, durch die es hindurchtropfte, durch die sich verdrängte Gefühle einen Weg bahnten. Ich hätte diese Stellen abdichten wollen, ich lag unter ihnen, spürte die Tropfen fallen und rührte mich nicht.

Draußen Laute von Vögeln, drinnen der Geruch von feuchtem Stoff. Die Plane wölbte sich im Wind und knatterte. Aneinanderreibende Zweige. Laute von Vögeln sehr nah, in der eigenen Brust. Laute von Vögeln, der eigenen Kehle entweichend.

Auf meiner Isomatte ließ ich einen Kaffeelöffel kreiseln,

eine große Kompaßnadel, die nach Norden wies, immer nach Norden, ich mußte mich am Pol aufhalten, in einem starken Magnetfeld, das alle Richtungen außer Kraft setzte. Richtungen, in denen die Welt plötzlich verschwand, in die meine Eltern hineinsackten und mich zurückließen, intime Gegenden, in die ich ihnen folgen wollte und nicht konnte. Mein heißer Wunsch, dort zu sein, wo sich das Zentrum befand, der Punkt, um den alles kreiste, auf den alles hinauslief, um den die Angst rotierte.

Morgens wachte ich auf und sah das Feld voller Kohlköpfe stehen. Kahle hellgrüne Häupter, die mich unverdrossen anstarrten. Kohl gab es überall, Kohl war mein Grundnahrungsmittel. Kohl blähte. Er stank.

Die ersten Kartoffelfeuer brannten auf den Feldern. Stroh verbrannte zu Gold. Ganz in der Nähe kokelte rosa Trikot, das weiche Material von Puppenleibern. Der Feldrand verbrannte zu einer schwammigen Gestalt.

Seither haßte ich Kohl. Ich aß widerstandslos die Kohlpiroggen, die Kohlsuppen und Kohlsalate, die man mir in Rußland anbot, aber ich mochte sie nicht.

Mein Vater mochte Grießbrei nicht. Grießbrei, mit Wasser gekocht, erinnerte ihn ans Kinderheim.

Zimmer im Zimmer. Eine Glasvase mit milchigem Moirémuster, das den Faltenwurf einer Gardine kopierte. Ein Gebrauchsgegenstand, der haarfeine Schichten wie Gefühlswerte übereinanderlegte. Fiedrige, federleichte Gefühle paarten sich mit schablonenhafter Ordnungswut. Anmutige Bögen verschmolzen mit der Härte eines Materials. Geschlossene Flächen öffneten sich unversehens und imitierten Räumlichkeit: Das nervöse Fadengespinst im Inneren der Gefäßwandungen drängte nach außen wie ein chaotisch bewegtes Netz, die Gefäßkontur hielt als Rahmenwerk dagegen, bändigte es.

Mein Vater strich die Seiten seines Taschenkalenders glatt. Kotelett mit Zigeunersoße, trug er ein. Geriebene Möhren, Stampfkartoffeln. In Klammern setzte er ein kleines Plus. Mein Vater schrieb mit Druckbleistift. Er verfaßte alle seine Notizen höchst akkurat. Jetzt hielt er nach der Vorhersage in gestochener Schrift schon das Wetter für morgen fest, mit feinen Linien wie ein Dekor aus den 50er Jahren, wie das Muster der Fadenglasvase auf unserem russischen Wohnzimmertisch.

Mein Vater schrieb dynamisch und exakt, er brachte ganze Partien zu Papier, die wie in einem Gerüst standen, die nicht locker waren, obwohl sie Lockerheit vermittelten. Eine aufgefangene Schrift. Kinderauffanglager.

Es gab wäßrigen Grießbrei, es gab angebrannte Buchweizengrütze. Es gab Nachschlag, aber nicht ausreichend. Es gab Strohsäcke, die nachts den Fall aufhielten, einen monatelangen Sturz abfederten, muffige Säcke, plattgelegen, zu großen Strohsternen gepreßt. Nachts rotierte das Stroh vor halbgeschlossenen Lidern, fiebrige Kinderwalzen übten Druck aus, bügelten Stroh zu Gold. Verloschene Sterne, Himmel, ein Stoppelfeld. Graugelbe Gitter fingen Kinderkörper ab, es waren Strohhalme, die abends Halt versprachen, fragile Hängematten zwischen den Tagen. Es regnete wäßrigen Grießbrei, es roch nach verbranntem Buchweizen, sehr dünner Grießbrei floß aus rostigen Armaturen, Kinderwaschanlage.

Graupelschauer, eßbar. Nebel wie Staubzucker. Kinder durchtränkt mit fremden Flüssigkeiten, klamme Kinder, halb aufgelöst, von Strohnetzen allabendlich aus einer Magermilchsuppe herausgefischt.

Konnte es danach wieder reguläre Dinge geben, fragte man sich, Dinge, die sich nicht verflüssigt hatten, nicht zerschellt waren, denen ein Fall aus großer Höhe nichts ausmachte. Ausgeglichene Dinge.

Der Fernseher hielt seinen klobigen Rand fest um die wirre Flut in seinem Innern.

Zierobjekte von betonter Regelmäßigkeit, und zwar einer Regelmäßigkeit, die in eine Schräglage geraten war, beschworen eine ganze Epoche. Derselbe Zeitgeschmack brachte abstrakte Nähgarnbilder hervor, auf schwarz bezogenem Grund spannte man Fäden um Nägel, buntes Garn in bestimmter Abfolge, die dann irisierend wirkte: auch solch ein Bild hatten wir in unserem russischen Wohnzimmer hängen, es zeigte ein stark bewimpertes Auge, ein dreieckiges Sonnenauge. Ich mochte es gern, es paßte zu uns.

20 Eisenerz

Rascheln, Flattern, Flügelschlagen. Mein Vater entfaltete auf dem Sofa mächtige Papierflächen. Er legte verschiedene Landkarten auf dem Couchtisch aus. Die Karten lappten an den Seiten über. Er verglich geologische Pläne, Wanderkarten, Gebietsübersichten mit einer Kopie aus seinem Schulatlas und versuchte, die wichtigsten Orte von der kyrillischen Schrift in lateinische Buchstaben zu transkribieren.

»Tscheljabinsk«, murmelte er vor sich hin, »Orenburg. Perm«, rollte er das R, »Tula«, fand er gut. »Tula!«

Er besaß eine Karte mit angelsächsischer Umschrift, diese Karte knickte und wand sich, er trug sie schließlich wie ein Tablett über den Teppich und legte sie vor dem Fernseher aus. Die anderen Papiere verteilte er an den Außenkanten und kniete sich auf die angelsächsischen Akzente, den Druckbleistift gezückt, einen Radiergummi, ein Lineal. Er stand wieder auf und zog ein flaches Buch aus dem Regal. Schob es unter die Papierdecke und ließ es dorthin wandern, wo er gerade schrieb.

Höhenlinien, Flußläufe, Lagerstätten von Bodenschätzen. Gekreuzte Hämmer auf rosa Grund, Eisenerz in Magnitogorsk. Kohle schaffte man aus Karaganda heran, weit aus dem Osten. Bahnlinien für Rohstofftransporte, Flughäfen, Großstädte, die es noch nicht lange gab. Mein Vater rutschte ab und stanzte ein Löchlein in das T von Troizk. Er drehte sich einen Meter nach rechts und legte den Finger auf ein anderes Blatt. Europakarte Schwerindustrie.

Treidelwege im Ruhrgebiet. Die Kohle hatte man aus dem Ruhrgestein gegraben, das Eisenerz aus dem Siegerland geholt. Später kam das Erz aus Skandinavien, aus Kiruna gewöhnlich, Schweden.

Kiruna, Karaganda, Liberia. Partnerstädte der Stahlerzeugung. Vernetzungen über Ländergrenzen hinweg. Eisenabstich. Kruppstahl fürs Kaiserreich. Kruppstahlexporte fürs Zarenreich. Stetig bewegte Maschinen. Verhüttungstechnik.

Geschichte der Firma Krupp. Friedrich gründete 1811 die Gußstahlfabrik und errang große Erfolge mit einer Besteckwalze. Große Erfolge, gemessen an seiner allgemeinen Erfolglosigkeit. Er produzierte Bestecke, Kochtöpfe, kleines Küchengerät, der Bedarf war gering. Bei seinem Tod gab es sieben Beschäftigte.

Alfred Krupp präsentierte auf der Weltausstellung 1851 eine Kanone aus Gußstahl. Mit dem Krieg gegen Frankreich wurde Alfred zwanzig Jahre später »Kanonenkönig«. Er zeigte Symptome fortschreitender Schizophrenie. Er litt unter Verfolgungswahn und Hypochondrie, er hatte Angst vor Verseuchungen und belüftete sein ansonsten hermetisch abgeriegeltes Arbeitszimmer mit Stallgeruch. Kuh- und Pferdedung empfand er als gesund. Er litt unter Schreibzwang und Gefühlsarmut, er arbeitete beinah ununterbrochen, schlief nie mehr als drei Stunden, ermüdete nicht.

Geschichte der Firma Krupp. Friedrich Alfred war verwegen genug, sich Freizeit zu leisten. Diese verlebte er mit minderjährigen Italienern auf Capri; für seine Ehefrau, die nicht gelernt hatte, dazu zu schweigen, wurde ein Entmündigungsverfahren eingeleitet. Als der Vertuschungsversuch dennoch scheiterte, brachte er sich um. Professor Binswanger persönlich widerlegte mit seiner Unterschrift, daß es sich um Selbstmord gehandelt hatte. Der Kaiser kam zur Beerdigung.

Der angeheiratete Gustav Krupp von Bohlen und Halbach lebte strikt nach einem Sekundenplan. Er besaß Werften, Zechen, Hüttenwerke, er modernisierte seine Kanonen für den Ersten Weltkrieg, er war der größte europäische Rüstungslieferant.

Geschichte der Firma Krupp. Die Hälfte der Krupps war geistesgestört.

Alfried Krupp von Bohlen und Halbach beschäftigte Zwangsarbeiter und KZ-Häftlinge, man warf es ihm später vor. Alfried entwickelte Panzermotoren und Panzerabwehrkanonen, schwere Geschütze und Infanteriegeschütze, Feldkanonen, Haubitzen und Mörser, Flugabwehrwaffen. Er stellte Kräder, Pkws und Lkws her, darunter den Krupp-1,5-Tonner: die »Krupp-Protze«.

Über Rußland flogen Sturzkampfgeschwader. Schlachtgeschwader. Zerstörergeschwader. Nachtschlachtgruppen.

Gewalt. Gemetzel. Einfall von Soldaten. Erschießungen. Vergewaltigungen. Brände. Dörfer, dem Erdboden gleichgemacht.

Im Gegenzug wurden alle noch arbeitsfähigen Personen aus den deutschen Ostgebieten noch weiter nach Osten verschleppt. Der Osten war groß, der Osten schloß alles ein, was fern und kalt war. Im Osten verlor man sich.

Geschichte der Firma Krupp. Jahre später. Im Ruhrgebiet wuchsen Hochhausburgen, im Ural die Werkswohnungen. Die Kinder zeichneten Kreidespiele auf das Straßenpflaster, ein Pflaster, das auf allen Fotos wie naßgeregnet erschien.

Kanaldeckel dünsteten wie immer, in der Sonne glänzte aufgeweichter Teer. Der Geruch des Flusses in schwülen

Sommernächten. Kioske im Ruhrgebiet, Wodkabuden im Ural. Trinkhallen, sagte man. Wasserhäuschen.

Am Wochenende waren wir ins Ruhrlandmuseum gegangen und hatten die spartanischen Möbel, die Blechschüsseln mit ihrem abgesprungenen Emaille, die schmutzigen Werkzeuge der Kumpel betrachtet, als seien das prähistorische Gegenstände. Im Nebenraum befanden sich versteinerte Ammoniten, Bilder von haushohen Schachtelhalmen, die später zu Kohle geworden waren; von den Flözen im Karbon bis zur Bergarbeiterwohnung war es nur ein kleiner Schritt.

Nachkriegszeit, Wiederaufbau, Wirtschaftswunder. Theos Vater hatte Kohle abgebaut, Theo baute Sinteranlagen. Albrecht ging tagsüber arbeiten, abends zur Schule. Wolfgang studierte Maschinenbau. Alle versuchten sich Mühe zu geben, es möglichst gut zu machen. Kriegsgewinner. Kriegsverlierer. Wiedergutmacher.

Geschichte der Firma Krupp. Wenn man niemals ganz hinten gestanden hat und nicht gewußt, was für Dinge vorn eigentlich laufen, kann man das gar nicht beurteilen, sagte mein Vater. Was, fragte ich.

Der Vater meines Vaters arbeitete angeblich in den Nickel- und dann in den Kohlebergwerken zwischen Tscheljabinsk und Swerdlowsk. Er starb angeblich in einem Lager namens Kistin. So hatte es Jahre später ein älterer Herr meinem Vater erzählt. Angeblich erzählt. Ein Gerücht. Einen Ort namens Kistin gab es nicht. Nicht zwischen Tscheljabinsk und Swerdlowsk, jetzt wieder Jekaterinburg. Es gab andere Orte, eine ganze Reihe von ihnen. Kyschtym. Malte mein Vater in Großbuchstaben auf die kyrillische Karte und kreuzte das Wort an, als müsse er es im Gedächtnis behalten. Als hätte er es nicht seit Jahren auf allen Karten dieser Region ins Auge gefaßt.

Er rutschte auf Knien über den Teppich und sammelte die flatterigen Pläne ein. Er breitete ein Badehandtuch auf dem Teppich aus und nahm die Krawatte ab. Mit dem Rücken auf dem Handtuch hob er die Beine an. Winkelte sie. Trat in die Luft. Seine Socken waren an den Fersen schütter geworden. Er zählte leise mit. Bei fünfzig brach er ab, stand noch einmal auf und holte aus seinem Koffer ein breites Gummiband. Wie ein umgekippter Käfer lag er auf dem Rücken, hielt das Gummi wie einen Fahrradlenker vor sich, stemmte die Sohlen in den Ring und versuchte eine Ausdehnung zu erzielen, bei der sich die Beine streckten. Gymnastikübungen mit Expander führte er zu Hause nach Fernsehdiktat aus. Hier verließ ihn schnell die Lust. Er zählte leise, aber ich hörte, wie er nur die Zehner nannte und die Einer übersprang. Mit fünf Streckungen war er bei fünfzig und richtete sich auf.

»Das Gummi ist schon ganz spröde geworden«, erklärte er besorgt. »Das ist das Klima, ein paar Wochen, und alles zerfällt.«

»Nur unser Eierkocher funktioniert, und unser Toaster«, sagte ich böse. Deutsche Haushaltsgeräte, in Containern herangeschafft, Edelstahl.

In der Küche holte ich ein Päckchen Papiertaschentücher aus dem Vorratsschrank und faltete die Exemplare einzeln auseinander. Deutsche Zellstofftücher mit scharfen Knicken, die sich nicht glattstreichen ließen. Ich öffnete eine Schachtel Streichhölzer, ich klebte die rotkopfigen Stäbchen bündelweise auf die Taschentücher. Miniaturlagerfeuer, Flammen zum In-der-Hand-Tragen wie auf alten Heiligenbildern. Bastelarbeiten der Seele.

Mein Vater kam herein und machte ein Kampfkinn. Verschwendung. Die wertvollen Vorräte aus der Bundesrepublik. Papiertaschentücher würde man in Rußland nur schwer auftreiben. Er müßte Wolfgang Grave bitten, sich abhängig machen, auf einen Gefallen warten. Papiertaschentücher, im Koffer über die Grenze gebracht, Papiertaschentücher aus vertrauten Supermärkten, schließlich brauchte man sie in diesem Schnee, eine Erkältung nach der anderen war schon im Anmarsch, er hatte vorgesorgt, hingegen ich –

Er sagte nichts, schweigend schob er sein Kampfkinn zum Küchenschrank, nahm sich ein Glas und schob aus der Küche in den Korridor. Ich knüllte die Taschentücher zusammen, die Streichhölzer knackten. Ich warf ein weißes Bällchen in den Müll.

Geschichte der Firma. Wir saßen am Wohnzimmertisch und spielten Schiffeversenken. Ich hatte Kreise in das Karoraster eingetragen, aneinandergereihte Kreise wie Raupen, die sich auf zwei, drei, vier, fünf Rechenkästchen setzten, nun kamen Kreuze hinzu. Zerstanztes Wasser. Eine Seelandschaft mit dem Locher aufgebohrt, zwei Bohrungen pro Notizblatt, durch die jedes Schiff hindurchfallen würde. Ich hielt meine Flotte davon fern, ich hatte meinen Zerstörer, den Flugzeugträger und vor allem das Panzerschiff auf der anderen Hälfte des Zettels postiert, während das Unterseeboot und das Schnellboot leichte Vorstöße in Richtung des löchrigen Randes unternahmen.

»Treffer«, sagte mein Vater sachlich.

Er zeichnete ein x in seine Karte ein. Dann beschoß er mir das Torpedoboot. Verfehlt.

Mein Vater trank einen Schluck kalten Tee.

An einem Abend kurz vor Kriegsende waren russische

Soldaten in sein Dorf gekommen. Mein Vater hatte schon im Bett gelegen. Unter seinen angewinkelten Knien war eine seiner Schwestern versteckt. Die ältere Schwester fiel den Soldaten in die Hände. Die Mutter, angeschossen, starb noch in derselben Nacht. Der Vater meines Vaters, aus dem Haus gezerrt, erschien nicht wieder. Die Tante hatte sich in den Teich geflüchtet, Stunden zwischen Schilfrohren verbracht, in einem Eisloch, bei Minusgraden. Sie trug nur eine Lungenentzündung davon, sie überlebte.

Mein Vater trank einen Schluck kalten Tee. »Versenkt«, sagte er.

Kriegsschiffe wurden wie Personen behandelt. Sie nahmen an Gefechten teil, sie wurden auf einen Namen getauft, man erinnerte sich anstelle eines Geburtsjahrs an den Zeitpunkt des Stapellaufs, sie besaßen einen Werdegang, ein Schicksal. Meinen schweren Kreuzer hatte ich »Blücher« getauft, ein Schuß meines Vaters schlug neben ihm ins Wasser.

»Wasser«, sagte ich, und nannte ein neues Planquadrat.

Mein Vater war aus Ostpreußen in das Heimatlosenlager Pirna gekommen, ein kleiner Junge, ein Waisenkind. Nach dem Krieg wurde der Kindersuchdienst ins Leben gerufen, Aufnahmen von Kindern schmückten Litfaßsäulen, kurze Filme wurden im Kino gezeigt, Sekundenfilme mit Kindern, die den Mund zeitlupenhaft zu einem Lächeln verzogen, bevor sie, sobald die Kamera einhielt, zu weinen begannen. Nach meinem Vater suchte niemand, der Fall war klar, er selbst hatte die Mutter sterben sehen, sein Vater, mein Großvater, blieb verschwunden. Später war es seine Schwester, die, selbst erwachsen geworden, den Suchdienst des Roten Kreuzes einschaltete, nach einem Mann suchte, der irgendwo in den Weiten der Sozialistischen Sowjetrepublik verschollen war.

Aus dem Lager Pirna reiste mein Vater nach Westen. Er erhielt eine Zuzugsgenehmigung für das zerbombte Ruhrgebiet. Dort gab es eine Tante, die ihn nicht aufnehmen konnte. Es gab ein Kinderheim.

Mein Vater ließ die Mine seines Druckbleistifts ein Stück weiter vorrutschen. Gewandt versah er sein Blatt mit Markierungen, er behandelte seine Schiffe wie Gegenstände, mit Gleichgültigkeit. Er hatte sich keine Taktik zugelegt, er wollte den Abend herumbringen und müde werden. Ob er Schiffeversenken spielte, Skat oder Würfeln war ihm egal. Mir war es auch egal.

Er war Ingenieur geworden. Er ging mit Eisenerz um, mit Erinnerungsbrocken.

Er war sachlich, er tat seine Pflicht, er war Realist. Er tat, was getan werden mußte, es gab Sachzwänge, er richtete sich danach. Als deutscher Ingenieur brachte man Ordnung in die Dinge, man tat etwas und bekam ein Gerät heraus, das funktionierte. An der Funktionalität konnte man die eigene Leistung ablesen, es war völlig unpathetisch, es war schlicht.

In Rußland hatte der Ingenieur über Jahre hin die Stelle Gottes eingenommen. Er hatte Staudämme und Kraftwerke konstruiert, er hatte sie an Orte gebaut, wo Staudämme und Kraftwerke eigentlich nicht möglich waren. Kraft seines Willens war es ihm gelungen, endlose Entfernungen zu überwinden, den Permafrost zu besiegen, alles Alte, Überflüssige in gigantischem Ausmaß zu zerstören und das Land aus dem Nichts heraus neu aufzubauen. Gespeist von schier übermenschlicher Energie hatte er titanische Taten vollbracht, Magistralen und Fabriken angelegt, er mußte an allen Orten des Landes gleichzeitig anwesend sein. Der Ingenieur manipulierte die Massen, er griff in die Basis ein, ins Unterbewußte. Wenn er Stahlkugeln gießen ließ, tat er das als Künstler, der die Welt neu schuf.

Jetzt hatte man deutsche Ingenieure eingeladen, wie man damals, in den Zwanzigern, als Magnitogorsk gebaut wurde, amerikanische Ingenieure eingeladen hatte. Mein Vater war sich seiner Stellung nicht bewußt. Er begriff nicht, warum die deutsche Belegschaft von den Russinnen verherrlicht wurde, warum selbst Theo es geschafft hatte, eine schöne, intelligente und anschmiegsame Dame für sich zu gewinnen, eine zärtliche Dame, die ihn anbetete.

Mein Vater zeichnete seine Schaltpläne mit einer gewissen Unterwürfigkeit. Er hatte in der Schule die Reformschrift gelernt, er hatte mit seiner Schulklasse eine Mineraliensammlung besucht, die als Heimatmuseum angekündigt worden war, er hatte sich umorientieren müssen. Strategien der Weltaneignung hatten in seinem Leben immer nur halb funktioniert. Folglich hatte er sie untauglich gefunden, folglich war er es gewesen, der sich vor der Welt gebeugt hatte, und nicht umgekehrt.

»G4«, sagte er.

Er ließ mich gewinnen, es war mir peinlich, daß ich gewann. Ich war kein kleines Mädchen mehr, das heulte, wenn es ein Spiel verlor. Ich versenkte alle seine Schiffe. Mein Vater nahm das Ergebnis mit stoischer Ruhe hin. Es war logisch. Einer mußte gewinnen. Warum nicht ich.

21 Stummfilm

Wir trafen uns auf dem Korridor des Hotels, als wäre es eine alte Geschichte. Als träfen wir uns zwanzig Jahre nach einer unerfüllten Jugendliebe plötzlich wieder: zwei mechanische Figuren, die die Münder weit aufreißen vor Erstaunen, Freude, Entsetzen. Er zog mich über die Flure in einen Raum, in dem Schrubber und Reinigungsmittel aufbewahrt wurden. Ein Schrank stand darin und ein Bett, als würde gelegentlich eine der Putzfrauen hier übernachten. Wolfgang schloß nicht ab. Er baute sich lässig vor mir auf, er umgab sich mit einer kaltschnäuzigen Souveränität, die die Welt ringsum glatt und geheimnislos hielt. Die Besen und Putzeimer traten albern nach vorn, im Gang hallten Schritte, zählbar und zivilisiert, als könne nichts verlorengehen. Ich hatte den Mund aufgerissen und wieder geschlossen. Wolfgang hielt mich auf Abstand. Metallische Kühle ging von ihm aus, ein schwelendes Begehren wie in einer Klatschgeschichte, die die Bedeutung von Sex völlig überschätzt.

Natürlich hatte ich mich immer nach einem Augenblick gesehnt, in dem es einer anderen Person gelang, mich so sehr aus der Fassung zu bringen, daß sich danach etwas veränderte. Mich wirklich aus der Fassung zu bringen. Wolfgang schien mir dazu imstande, ich hatte Angst vor ihm. Ich hatte meinen Mund erschrocken geöffnet und wieder geschlossen, aber nicht ganz. Als träfen wir uns nach zwanzig ungesunden Jahren plötzlich wieder, setzten alle Körperreaktionen automatisch ein. Das Erröten und Erblassen, der Blutandrang in den Genitalien, Hitze- und Kälteschauer, die Feuchtigkeit unter den Achseln, die Nässe im Mund. Als sei es eine Situation mit schicksalhaftem Aufforderungscharakter, nun endlich nachzuholen, was zwanzig Jahre lang aus Scham, Feigheit und falscher Rücksicht versäumt worden war.

Aber wir kannten uns erst seit kurzem, unterwarfen uns gleichgültig der Macht der Physis, den gewohnt elektrisierenden Gefühlen. Ich führte die üblichen Handlungen aus. Leckte mir über die Lippen. Küßte ihn.

Wolfgang ließ mich los und warf seinen Schlüsselbund auf den Boden. Die Schlüssel fächerten sich auf, am Ring hing auch ein Kunstlederetui, nutzlos für ihn. Er warf ein quadratisch gebügeltes Stofftaschentuch dazu, dann griff er sich in die Jacke. Die Brieftasche klatschte und sprang auf, Fotos rutschten heraus, ein Heft Kondome, Ausweise, Kassenbons. Er hätte gern ein Album von Frauen angefertigt, in dem er sie nach Temperament, Haarfarbe, Gewicht sortierte, nach den banalsten Kriterien, ohne die Anziehungskraft eines Charakters zu berücksichtigen. Es reichte nur zu Fotos der Familie. Er drehte die Hosentaschen auf links und ließ zwei Stahlmuttern durchs Zimmer rollen.

Ich warf mein Portemonnaie wie eine Boulekugel, federnd, berechnend. Ließ einen Tampon auf den Haufen privater Peinlichkeiten fallen. Ein benutztes Taschentuch und ein Hustenbonbon, das ich angelutscht und wieder eingewickelt hatte. Mein Einkaufszettel flatterte zwischen die Schrubber. Wolfgang hob ihn auf und las ihn, bis ich mich nicht mehr schämte.

Er hätte gern die Frauen wie für ein Ballettensemble gesammelt, ein mechanisches Ballett mit elektrisch gesteuerten Figurinen, und vielleicht hätte es mir nichts ausgemacht, in seinen Augen eine dieser Figurinen darzustellen, leicht zu bedienen, knicksend, geölt.

Ich mochte seine herrische Intensität, seinen Blick, der flackerte wie das Wetter, mir gefiel in seinem Mienenspiel, in seinen Gesten die Schönheit des Unpersönlichen. Mir war egal, was er mit Ludmilla tat, was er in Magnitogorsk tat, wenn ich nicht dabei war, mir war egal, womit er die vergangenen zwanzig Jahre seines Lebens verbracht hatte. Ich spreizte ein wenig die Beine und stemmte sie auf. Ich ließ die Arme hängen, meine Uhr schlug gegen den Metallrahmen des Bettes. Der Klang fuhr durch Mark und Bein. Ludmilla hätte es auch so gemacht, sie hätte sich mit derselben Bewegung hingestellt und langsam den Kopf gehoben.

Maschinenmenschen, Metallbäume, Hochspannungsmasten: so majestätisch wie hilflos standen wir voreinander und hielten Distanz. Meine Haut spannte. Die Außenseite der Stahlobjekte mußte in graugrüner Lackfarbe gestrichen sein, an der das Wasser abperlte. Die Enden mußten tief ins Erdreich gerammt und dort verankert sein, in einen Betonsockel gegossen, um mit den ausgebreiteten Traversen in der Luft eine tragische Größe zu erreichen. Stahlseile schwangen sich daran entlang in eine ewige Ferne, bildeten endlose Parabelreihen, an denen die Luft entlangwehte und sie zum Schaukeln brachte.

Wir dehnten uns übermäßig in die Landschaft aus, und die Landschaft kopierte die Kraft und Leichtigkeit, mit denen wir uns in Bögen über Hügel gleiten ließen, Kilometer um Kilometer ehrfürchtig straff, ehrfürchtig durchhängend, und immer warteten in Abständen Gittermasten mit der grotesken Komik der Unbeweglichkeit.

Machtkampf: man bemächtigt sich der Räume und vergleicht das Ergebnis. Man öffnet sich, so weit es geht. Man starrt sich in die Augen und stellt ein Gleichgewicht fest.

Ich biß zu. Er griff nach meinem Handgelenk, es schien mir die angemessene Reaktion. Er riß mir das Handgelenk auf den Rücken, er bog mich nach hinten, ins Hohlkreuz. Wirbel knackten. Er warf mich aufs Bett, die Matratze gab nach, wir sanken tief ein. Ich klammerte mich an ihn, grub mein Gesicht in seine Achselhöhle. Ich roch seinen herben Geruch wie Rauch, der einem noch eine Weile in den Kleidern hängt.

Wir lagen auf einer großgeblümten Tagesdecke, zwischen uns ein kleingeblümter Kittel, der von einem Haken über dem Bett herabgefallen war. Wolfgang schob den Kittel nicht weg. Er wandte systematisch die Aufmerksamkeit davon ab. Es reichte völlig aus, nicht hinzusehen, auf anderes, Naheliegenderes zu sehen, den Ansatz einer Brust im Kleidausschnitt, den Hals unter einer Halskette, die Haut, die auf einmal ihm gehörte.

Die Leuchtröhre lackierte die Dinge mit ihrem nüchternen Glanz. Ich wollte daran kratzen, ich wollte diese blendende, spiegelnde Schicht abkratzen. Ich riß etwas mit den Zähnen auf. Bohrte die Fingernägel in eine weiche Masse. Die Putzmittel fielen in den Hintergrund, sie fielen in sich zusammen und waren fort. Der Raum verdunkelte sich nicht, unersättlich lockte er mit grellen Signalen, stellte Scheinwerfer auf, rauschhafte Scheinwelten, wie ein gieriges Tier glitt ich in diese Lichtfallen und verschwand.

Austauschbare Liebhaberinnen waren wir, Ludmilla und ich, austauschbar gegeneinander oder mit beliebigen anderen Frauen. Ich versenkte mich in diesen Gedanken, er gab mir das Gefühl, etwas Verbotenes zu tun und dadurch dem eigenen Körper eine Art Doppelbödigkeit zu verschaffen, etwas Zweischneidiges, gefährlich Banales.

Ich fühlte etwas Warmes im Mund, etwas Feuchtes. Ein Beutefetzen, ein Stück aus dem zerfleischten Zimmer. Es gab das Geräusch von quietschendem Metall. Es gab eine Tagesdecke aus glattem Synthetikmaterial. Unsere Körper rutschten auf ihr über den Rand. Stürzten zwischen die Reinigungsgerätschaften. Ein Besenstiel kippte über uns und schlug auf meinen Oberarm. Ich schüttelte ihn ab wie ein Insekt. Eine Flasche lief aus und verbreitete einen beißenden, süßlichen Geruch. Terrariumdunst, in dem wir uns wälzten, Reptiliengestank, mit dem sich unsere Kleider vollsogen, bis der Geruch von uns ausging. Seifenblasen platzten.

Der Raum roch nach uns, er drängte sich um uns und trieb Schweiß aus den Poren. Er schob sich erstickend heran, plötzlich haßte ich ihn, es gab kein Entkommen. Ich griff nach einem Putzeimer und stülpte ihn über Wolfgangs Kopf. Ich drückte ihm den Rand auf die Schlüsselbeine, ich preßte das Plastik auf sein Gesicht. Ich hörte sein Stöhnen. Ich spannte die Muskeln an. Ich hatte den Wunsch, jemanden zu töten.

Über uns, an die Wand gelehnt, die Besenschonung. Astlose Stämmchen, die mit ihren kahlen Kuppen lächerlich in die Luft ragten und etwas Unheimliches hatten, als könnten sie eine Krankheit weitertragen, eine surreale Botschaft vermitteln. Schwarze zerzauste Borsten am anderen Ende, abgeschabt, plattgedrückt, offenliegendes Wurzelwerk. Harte Wischlappen hingen irgendwo herab, zu Wellen getrocknet.

Ich schmiegte meine Wange auf den Putzeimer und legte die Fingerspitzen in den gewölbten Rand. Ich küßte vorsichtig das Plastik. Ich fuhr mit der Zunge darüber. Der Eimer stieß gegen meine Zähne, Wolfgang streckte die Arme aus und griff nach meiner Brust. Er faßte durch die Kleidung meinen Büstenhalter, drückte meinen Oberkörper von sich weg. Hebelte damit den Unterleib enger an sich.

Ein Lappen, der über dem Putzeimer gehangen hatte, lag jetzt auf seiner Schulter und wurde an einer Ecke dunkel. Von unten zog klebrige Reinigungsflüssigkeit in die Stoffe. Mein Rücken war naß, es mußte ein großer schäumender Fleck auf dem Kleid zu sehen sein. Ich hatte das Gefühl, daß er sich ausweitete und mich in eine schillernde Blase einschloß. Wie ein Insekt in Harz, wie eine Plastikfigur in einer Schneekugel.

Rund und konvex, in Fischaugenperspektive drehten sich die Wände. Durchtränkte Wände, die die zwanziger und dreißiger Jahre ausdünsteten, Hochhauskomplexe und Lagerhallen, Kommunalwohnungen und öffentliche Gebäude im Stil der Neuen Sachlichkeit, die ganze russische Architektur mit ihrem drückenden Idealismus wölbte sich um uns, und ich schloß die Augen.

Die Dunkelheit strahlte etwas Grundsätzliches aus, sie war abstrakt wie ein vollständig eingedunkeltes Filmbild, ein Bild, das jede beliebige Szene enthalten konnte, alle Stimmungen aufnahm, besitzergreifend, obsessiv. Die Schwärze leuchtete fahl wie trügerische Gesteine, die mehr versprechen, als sie einlösen, Blenden und Glanze, Scheinmetalle, Kohle, Graphit. Ich wußte nicht mehr, ob ich bei Bewußtsein war oder schon nicht mehr. Alles bestand aus derselben bitteren Intimität.

Ich sah Wolfgang unter dem Eimer Spruchbänder ausspeien, ich hörte ihn grunzen wie ein Schwein, vom Eimer verstärkt. Ich sah mich ihn mit dem Inhalt weiterer Flaschen überschütten. Ihn mit Scheuerpulver bestreuen und seine Schulter wienern. Scheuerpulver auf die Synthetikdecke fallen lassen, die Blumenwiese überhäufen, als hätte ich zwanzig Jahre darauf gewartet. Als hätte ich das alles vorhergewußt.

Auch die Geräusche im Korridor überraschten mich nicht. Eine stille Person kam herein und entnahm einen Mop, sie achtete nicht auf uns. Worauf hätte sie achten sollen. Wir waren Maschinen des Unbewußten, die Besessenheit blieb unsichtbar, und was sichtbar wurde: nicht der Rede wert.

Jemand anderes hätte sich ebensogut an meiner Stelle befinden können. Ludmilla hätte sich ganz ähnlich bewegt, wer hätte einen Unterschied erkennen wollen. Ich krümmte die Zehen und spürte den Steg von Ludmillas Chrysanthemenlatschen zwischen ihnen. Ludmillas Nagellack, Ludmillas Art, die Finger steif zu spreizen, konnte ohne weiteres auch von mir verkörpert werden. Mir schien, daß die Summe von Wucht und Schnauben unter dem Eimer, die ich Wolfgang nannte, dergleichen erwartete und demzufolge dergleichen hervorrief. Jemand stieß von draußen den Mop gegen die Tür.

Wolfgang drehte sich unter mir weg und nahm den Eimer ab. Sein Haar stand zerzaust nach allen Seiten, die Gesichtshaut schwitzte. Er strich sich das Haar zurück, schloß die geöffneten Knöpfe, hob die Bügelfalten seiner Hose an, bevor er sich aufs Bett setzte. Spielte eine Liebesgeschichte aus früherer Zeit, da Kleidung und Mode als Ausdruck eines Charakters galten. Gewalt als unfein galt. Ich sah, wie etwas Blut über meinen Handrücken schmierte. Ich konnte keine Wunde feststellen. Vielleicht war es nicht mein eigenes Blut. Eingebildetes Blut. Ich setzte mich neben ihn. Hielt ihm die Hand hin. Er nahm sie in seine und leckte sie ab.

Er blutete am Halsansatz. Der Henkel des Eimers hatte mit scharfen Kanten die Haut geritzt. Ludmilla wäre aufgeregt nach Jod gelaufen, mit heißem Wasser und Taschentüchern gekommen, sie hätte die winzige Wunde verarztet.

Ich zerrte mein Kleid über den Kopf und drapierte es auf zwei Besenstielen dicht an der Heizung. Ich schlüpfte unter die Synthetikdecke und beobachtete die Vogelscheuche, die gerade noch ich gewesen war. Wolfgang betupfte endlich seinen Hals mit dem Finger, mit dem Hemdsärmel. Er zog sich aus, spuckte auf sein Unterhemd und wischte sich damit das Blut ab. Dann legte er sich zu mir unter die Wiese. Blumen wuchsen hügelig über uns, sie zitterten ein wenig von unserem nicht abzustellenden Atem. Eine Person kam herein und brachte den Mop zurück. Sie achtete allenfalls auf die künstlichen Farben der Blüten. Sie achtete nicht auf uns.

22 Schaltpläne

Systematik der Beziehungen. Wenn man einen Plan zeichnen wollte, zog man eine rote Linie von Wolfgang zu mir, von Wolfgang zu Ludmilla, von Ludmilla zu mir. Ein kurzer, dicker, verlorener Strich führte dort weiter zu meinem Vater. Auf einem anderen Blatt stand Theo mit Vera und Erika. Auch Theo mußte in Verbindung zu Wolfgang gesetzt werden, mit Bleistift am besten. Theo bewunderte ihn. Chef ist Chef. Erika hätte nach zwei Wochen wegfallen sollen. Theo hätte sich mit Vera gern in einem ordentlichen Rechteck gesehen, nur sie beide, mit einer kleinen Bleistiftangel im Kontakt zur Außenwelt. Aber Erika fiel nicht weg. Erika kam zurück.

Niemand hatte damit rechnen können. Theo hätte es sich nicht träumen lassen. Dabei war es seine Gattin, man hätte vermuten sollen, daß er sie besser kannte. Sie hatte einen Flug gebucht, sie hatte in Deutschland mit der Firma gesprochen und sich helfen lassen. Die Firma organisierte den Transit, den Inlandflug. Theo wußte von nichts. »Ich will ihn überraschen«, hatte Erika der Firma erklärt. »Er macht sich sonst vorher verrückt, er ist so besorgt. So sensibel. Er glaubt nicht, daß ich den Winter verkrafte, die Temperaturen, das Wetter. Unsinn natürlich, ich bin doch robuster als er.«

Überraschung also. In der Tat war Theo überrascht. Er stieg aus dem Werksbus, hinter ihm Albrecht, er machte zwei Schritte zum Hotel, dann blieb er stehen. Albrecht prallte auf.

»Soll das ein Stau werden oder was?« Albrecht schob die Unterlippe vor und setzte zu einer Meuterei an. Theo beachtete ihn nicht.

Vor dem Hotel stand mit laufendem Motor ein Taxi, der Chauffeur hob Gepäckstücke aus dem Kofferraum und trug sie in die Eingangshalle. Erika beaufsichtigte ihn.

»Nicht in den Schnee«, dirigierte sie, »nicht draußen abstellen, es wird doch alles naß!«

Sie fuchtelte und rührte in der Luft, der Chauffeur begriff, daß der Koffer, den er gerade wuchtete, schwerelos sein mußte, und er manövrierte ihn gehorsam in die Halle wie ein Federgewicht.

Erika schob mit dem einen Arm den Chauffeur voran, in ihrem anderen Arm lag ein Bündel. Das Bündel schrie.

Albrecht faßte sich zuerst.

»Das Enkelkind!« Er stürzte darauf zu, tätschelte das Bündel und gab Erika einen schmatzenden Kuß.

»Das habt ihr prima gemacht!« brüllte er, »Theo, optimal, ich gratuliere.«

Ich war gerade aus der Straßenbahn gekommen. Mein Vater trat zu mir und nahm mir einen Einkaufsbeutel ab. Er schüttelte den Kopf.

Theo blieb, wo er war. Theo in der Brandung. Theo Salzsäule.

»Der russische Winter«, sagte Erika zu Albrecht, »ach was, ich hab das im Griff. Wir sind ja nicht aus Zucker.«

»Und der Kleine?« Albrechts Stimme nahm einen väterlichen Ton an.

»Überhaupt kein Problem, der schläft nur.« Erika ruckelte und schaukelte das schreiende Bündel, Albrecht nickte versonnen.

»In dem Alter schlafen sie nur, genau.«

Erika, mondgesichtig, platzte der Stolz aus allen Nähten.

Mein Vater gab Theo einen Stoß.

»Willst du deine Frau nicht begrüßen?« flüsterte er.

»Ich begrüße sie ja«, murmelte Theo schwach. Er rührte sich nicht vom Fleck. Erika schüttelte Albrecht ab, lief um das Taxi herum zu Theo und drückte ihm das Bündel in den Arm. Das Bündel schrie. Es schrie noch eine Sekunde und verstummte. Theo wurde blaß. Dann wurde er rot. Das Bündel lächelte.

»Na Opa«, rief Albrecht gönnerhaft, »er findet dich gut!«

Er tätschelte Theo den Rücken und guckte ihm über die Schulter.

Theo nickte vorsichtig. Er versuchte zu nicken, ohne sich zu bewegen.

»Er findet mich gut«, hauchte er.

»Geh mit ihm ins Haus«, riet Albrecht, »er muß ja nicht gleich einfrieren, es ist doch sein erster Tag hier.«

»Genau«, sagte Theo. Er begann, ohne die Sohlen vom Boden zu lösen, Dezimeter für Dezimeter auf die Hoteltür zuzurutschen.

Erika wedelte nun beidhändig Luft auf den Chauffeur. Dieser beförderte achtsam einen zusammengeklappten Kinderwagen aus dem Kofferraum.

»Es ist sein erster Enkelsohn«, sagte Erika triumphierend zu mir. »Unsere Tochter muß mit dem Studium weiterkommen, es hilft ja nichts, ihr stehen Prüfungen bevor, deshalb dachte ich, ich kümmere mich um das Kind und nehme es mit, dann hat Theo auch was davon. Wozu soll er hier alleine in der Einöde sitzen, das ist doch auf die Dauer nichts für einen erwachsenen Mann, oder, Theo? Theo kann nicht gut für sich sein, er braucht Unterhaltung, er braucht Leben in der Bude, sonst bekommt er Depressionen. Er war bei meiner Abreise schon so komisch, ich habe mir Sorgen gemacht, ich dachte mir: das kannst du nicht so laufen lassen. Wozu hat man eine Familie, wenn sie nicht zu einem steht.«

»Natürlich«, sagte ich mitfühlend, »Familie ist Familie.«

Der Chauffeur hatte das Gepäck in der Fahrstuhlkabine verstaut. Ein Koffer stand in der Lichtschranke. Die Tür schloß sich halb, stieß gegen den Koffer und schob sich wieder zurück.

Theo postierte sich mit dem Säugling zwischen die Reisetaschen und wartete. Erika bugsierte den überstehenden Koffer in die Kabine und drückte den Etagenknopf.

Wir gingen zu Fuß. Oben nahm Erika den Säugling an sich. Mein Vater half Theo, die Gepäckstücke in die Wohnung zu tragen. Erika setzte sich mit dem Säugling auf die Couch. In der Küche sammelte Theo hektisch ein Paar Damenpantoffeln, eine Schürze, einen kleinen Stapel parfümierter Stofftaschentücher ein und steckte die Sachen in einen Müllsack.

»Im Badezimmer«, flüsterte er mir zu, »das Nachthemd, die Zahnbürste, die Salbendöschen . . .«

»Ich will damit nichts zu tun haben«, zischte ich und stellte den Kinderwagen mitten in den Korridor.

»Die Parfümflakons«, bettelte er, »die selbstgenähten Rosendeckchen!«

»Nein«, sagte ich.

Theo fuhr sich nervös durchs Haar und verschwand mit dem Müllsack im Bad. Erika, im Wohnzimmer, bot meinem Vater einen Kognak an.

Erika begann noch am gleichen Tag, die kahlgewordenen Stellen zu besetzen. Sie verteilte nun ihrerseits Hausschuhe und Häkeldeckchen, sie hatte eine Schürze mitgebracht, Kochbücher, Videokassetten. Sie legte Schonstoffe über die Armlehnen der Sitzgruppe, sie hängte, wenn ihr Haar nicht frisch gewaschen war, ein Frotteehandtuch über das Kopfteil des Fernsehsessels. Im Badezimmer stapelten sich Windelpakete und in der Küche Dosen mit Milchpulver. Der Säugling weinte nachts. Theo schlief im Wohnzimmer.

Die Tage im Büro verbrachte er dösend. Es gab nichts zu tun. Manchmal sackte ihm der Kopf weg.

»Nur etwas gerädert vom Kleinen«, erklärte er meinem Vater, »nachts kann man kein Auge zutun, einmal habe ich, den Kopf auf der Fußmatte, draußen im Hotelkorridor gelegen, gar nicht so schlecht, auf dem Teppich, bloß morgens um vier rücken die Putzfrauen aus, dann ist die Nachtruhe auch vorbei.«

Wie man einen Säugling auf eine Baustelle bringen könne, begreife er nicht, so Wolfgangs Kommentar.

Darauf Theo: Sehr vernünftig von Erika, ihn mitzubringen, wie solle die Tochter, alleinerziehend, sonst die Prüfungen schaffen, sie sei pflichtbewußt, eine gute Mutter, man habe ihr den Enkelsohn praktisch entreißen müssen, um sie dazu zu bringen, sich auf ihr Lernpensum zu konzentrieren, sie wohne ja wieder zu Hause, nicht mehr beim Kerl, dem Kindsvater ...

Theo begann Wolfgang zu widersprechen, er begann Erika zu loben und sie in jeder Hinsicht zu verteidigen.

»Erika hat Familiensinn«, sagte er, »sie bringt Opfer, sie geht für die Familie durch dick und dünn. Die Baustelle macht ihr nichts aus, die Kälte macht ihr noch weniger aus, sie hat ein Händchen dafür, es gemütlich einzurichten, wir gucken abends zusammen Fernsehen, der Kleine noch nicht so, aber Erika und ich.«

Theo befand sich in einem stabilen Familiendreieck. Großmutter, Großvater und der Säugling gleichschenklig zusammengefügt, die Cziczinskis eben. Theos ehrfürchtige Bleistiftverbindung zu Wolfgang verblaßte leicht, aber ohnehin war die Arbeit während der letzten Zeit in den Hintergrund getreten. Nur der rote Strich zu Vera schwoll gefährlich an und entzündete sich.

Albrecht hatte ihr nach drei Tagen, in denen Theo sich im Büro verleugnen ließ, einen schwarzen Plastiksack gebracht. Er bat sie, Theo vorläufig in Ruhe zu lassen. Er verbot ihr, einen mit Großvaterpflichten beschäftigten Theodor abzulenken, zu stören, zu beunruhigen. Vera wollte sich nichts verbieten lassen. Albrecht stellte sich als Ersatzperson für Theo zur Verfügung. Vera giftete ihn an und lehnte ab.

Vera rief in Theos Wohnung an und erkundigte sich bei Erika nach seinem Wohlergehen. Erika gab ausführlich Auskunft.

»Man bekommt zuwenig Schlaf«, sagte sie, »aber das nimmt man gern in Kauf, wenn der Kleine einen anlacht.« Sie berichtete von den Entwicklungsschritten des Kindes, von seiner Ernährung, von ihren eigenen Haushaltstätigkeiten.

»Mit dem Kinderwagen durch den Schnee, das ist natürlich eine Strapaze«, sagte sie. »Aber was hilft es, frische Luft muß auch sein.«

»Wer war diese Dame«, fragte sie abends.

»Sie ist Lehrerin, sie möchte ihr Deutsch verbessern und sucht jede Gelegenheit«, erklärte Theo. »Wenn sie wieder anruft, kannst du dich ruhig ein bißchen mit ihr unterhalten.«

Theo fand diese Lösung bequem.

Aber Vera rief nicht wieder an.

Vera fuhr frühmorgens zum Hotel und lauerte ihm auf. Als Theo aus der Halle kam, trat sie hinter einem Müllcontainer hervor, mit schwarzen Schatten unter den Augen, ganz Racheengel. Theo zog seinen Anorak enger um sich und ging mit ihr zur Seite. Albrecht stapfte stirnrunzelnd an ihnen vorbei zum Bus und drohte Vera wie einem Kleinkind mit dem Finger. Vera beachtete ihn nicht.

Sie machte Theo eine Szene.

Theo fand, sie hatte recht.

Die Ereignisse überrollten ihn.

Er selbst tat eigentlich nichts dazu.

Seines Wissens tat er auch niemandem etwas an.

Er versuchte, Vera auf den Hals zu küssen.

Vera ließ es sich gefallen.

Vera bog sich theatralisch nach hinten und präsentierte ihren Ausschnitt.

Theo schien es, daß eigentlich kein Problem vorlag.

Er bezog sich auf den Menschen, der gerade vor ihm stand, so sollten es die anderen auch halten, seiner Meinung nach. Er mochte es nicht, wenn sich die Beziehungen zu komplizierten Schaltkreisen verwickelten.

»Eine Frage der Zeit«, sagte er freundlich, »ein bißchen Geduld, man muß auch mal warten können.«

Der Bus startete den Motor, die Tür schlug zu. Theo ließ Vera los und rannte zu dem Fahrzeug, das zwei Meter vorwärts rollte und dann bremste. Jemand öffnete die Tür für ihn, er warf Vera eine Kußhand zu.

»Die Arbeit ruft«, schrie er wichtig über den Platz, »deutsche Wertarbeit!«

»Ich bringe ihn um«, sagte Vera gepreßt zu Ludmilla. Vera, schwer atmend, mit offenem Mantel, verschmiertem Lippenstift, wurde von Ludmilla auf einen Stuhl gedrückt.

»Ich bringe ihn um«, sagte sie erstickt.

»Unsinn«, säuselte Ludmilla. »Du trinkst einen Tee mit mir, und dann erledigst du deine eigenen Aufgaben.«

Vera verzog häßlich das Gesicht. Ludmilla feuchtete ein Taschentuch mit Speichel an und wischte ihr um die Lippen. Vera preßte verbissen den Mund zu, etwas flackerte über ihr Gesicht, unentschieden zwischen Ekel und Wut, dann fing sich der Ausdruck zu einer gehässigen Zärtlichkeit, autoritärer Zärtlichkeit, als behandele sie selber eine hilflose Person im Schülerstatus.

»Gut«, sagte sie, »schon gut. Gib mir einen Tee, mit viel Zucker, dann gehe ich.«

Nachmittags wartete Albrecht vor der Schule mit einem Strauß Nelken auf sie.

Das alles erzählte mir mein Vater, der es wiederum von Ludmilla gehört hatte, der von Albrecht eine ruhmreiche Gentlemangeschichte aufgetischt bekommen hatte, deren Ausgang Albrecht diskret verschwieg, und der außerdem eine Version von Theo kannte.

Theo war nicht gut auf Wolfgang zu sprechen. Wolfgang akzeptierte den Säugling nicht, nicht so, wie Theo sich das vorstellte. Wolfgang war nicht etwa mit Wodka und Konfekt vorbeigekommen, er war gekommen und hatte ihm und Erika Vorwürfe gemacht. Wie sie sich das vorstellten, ein Baby unter diesen Verhältnissen, die schlechte Luft, die radioaktive Milch, das übermäßig gechlorte Wasser, man hätte ihn vorher informieren müssen, er hätte die Einreise verhindert, er hätte dies und hätte das. Theo war beleidigt. Der Säugling war ein Prachtkerl, dick und unverwüstlich, der würde mit Rußland schon fertig werden, das hätte Wolfgang erkennen müssen, das hätte er von Wolfgang Grave erwartet, er war enttäuscht.

Erika benahm sich unerwartet selbstsicher. Sie saß auf dem Sofa, eine Flasche Milchbrei in der Hand, und ließ Wolfgang an sich abprallen.

»Es ging nicht anders«, sagte sie schlicht. »Es ging nicht anders.«

Über der Sitzfläche des Sofas hing ein weißes Handtuch, auf das gelbe Enten gedruckt waren. Auf der Rückenlehne hockten bunte Plüschtiere und starrten Wolfgang aus glasigen Augen an.

Erika trug einen weißen Pullover mit goldenen Applikationen. Erika fütterte das Baby, sie ließ dabei den Fernseher laufen, daß alles auf russisch war, störte sie nicht. Sie hatte ihre persönliche Atmosphäre vervollständigt, ein Paar Topflappen in der Küche aufgehängt, zwei Bilderrahmen mit den Fotos der erwachsenen Kinder auf die Kommode gestellt, eine Wachstuchdecke für den Küchentisch mitgebracht. Im übrigen gefiel ihr die Einrichtung, sie war gemütlich, geschmackvoll, ein wenig rustikal.

Wolfgang zuckte die Schultern und machte kehrt.

Theo ging nur noch halbtags ins Büro. Er verbrachte dort die Vormittage, zeichnete Pläne für Holzbagger und Vogelhäuschen, trank zwischendurch etwas Kaffee. Hin und wieder öffnete er seine Schreibtischschublade und betrachtete die von Vera geschenkte Krawatte. Er trug jetzt wieder die Weihnachtsgeschenke von Erika.

Nachmittags hütete er das Kind, wenn Erika einkaufen ging. Manchmal wunderte er sich, vertraute er meinem Vater an, wie das alles gekommen war. Erika so verändert, Erika wie neu. Zupackend, praktisch, ohne Wenn und Aber. Anderseits war das auch immer schon ihre Art gewesen. Es war ihm nur länger nicht aufgefallen. In der fremden Umgebung sah man die eigene Frau auch mit fremden Augen. Manchmal fürchtete er sich, wie das dann weitergehen sollte, zu Hause. Wenn alles wieder normal war. Wen er dann bei sich hatte. Die richtige, die falsche Erika.

»Hör auf zu philosophieren«, hatte mein Vater gesagt. »Es wird genau so sein wie jetzt. Und du wirst dich damit abfinden müssen.«

Theo öffnete seine Schublade.

»Laß die Krawatte drin«, sagte mein Vater. »Ich will sie nicht sehen.«

23 Magnifikat

Ich ging zum Hotel zurück und erwartete nichts. Ich kam am Parkplatz vorbei, dort stand Albrechts Wagen als einziger, vereist. Am Rand brannte ein Feuer in einer alten Blechtonne, die einmal Öl enthalten hatte. Ich umrundete den Platz und stellte mich einen Moment neben der Tonne auf. Etwas Längliches lag neben Albrechts Wagen, eingeschneit. Von der anderen Seite wurde es durch den Wagen verdeckt. Auch von der Tonne aus konnte man es kaum erkennen. Aufgeschütteter Schnee überall, die Wege geräumt und mit Dämmen versehen, eine kleine Welle fiel niemandem auf. Ansonsten war der Parkplatz allerdings flach. Ich ging über diese Fläche, ich tastete mich mißtrauisch näher heran. Ein Gegenstand neben Albrechts Wagen. Ich ging näher heran und versuchte, nicht genau hinzusehen. Seine Schuhspitzen standen seitlich hoch, die Mütze sprühte ihr Türkis rundum. Er lag ganz gerade auf dem Rücken. Vom Steuer direkt ins Bett. Auf seinem Anorak, seinen Hosenbeinen türmte sich das Pulver zu kleinen Pyramiden. An den Rändern war der Schnee abgerutscht. Ideal geschwungene Kanten, lange vom Wind bearbeitet, abfallende Graphen einer Gleichung. Auf seinem Gesicht lag eine dicke weiße Scheibe, unberührt.

Ich traute mich nicht, ihn anzufassen. Ich wollte die Schneeschicht nicht zerstören, sie war auf ihre Art vollkommen, es kam mir taktlos vor.

Hinten rumorten zwei Männer an der Tonne, sie zerbrachen Sperrholz und legten nach. Einer trat mit dem Stiefelabsatz zu, das Holz krachte. Es splitterte in meinem Ohr, bohrte sich in den Gehörgang, steckte dort fest.

Dann hörte ich gar nichts mehr, ich sah die weiße Maske an, die seine Züge mildernd abdeckte, uns von seinem Anblick abschirmte, die Furchen verdeckte, die kleinen unruhigen Augen, den zusammengekniffenen Mund. Mit diesem Gesichtspolster hatte er eine unpersönliche Weichheit aufgelegt, von der ich nicht wußte, ob sie sein wahres Gesicht war, sie erinnerte mich an ein Abschminkpad, zeigte eine schutzlose Klarheit, Berührbarkeit, bei der ich nicht sicher war, ob er uns auch jetzt noch zu täuschen versuchte.

Ich ging um den Wagen herum, schabte über das Beifahrerfenster, ein harscher Streifen riffelte sich auf meinem Daumennagel und fiel ab. Ins Innere drang durch die bereiften Scheiben nur ein dämmriges Licht. Verschlissene Sitze, aus denen sich an einigen Stellen der Schaumstoff herausdrückte. Krümel hatten sich in den tiefer liegenden Nähten angesammelt, eine aufgerissene Bonbontüte verteilte ihren Inhalt quer über die Rückbank. Auf dem Beifahrersitz lagen mehrere Päckchen. Jemand anders, nicht Albrecht, hatte Dinge in Zeitungspapier eingewickelt, die Zeitungen mit routinierter Akkuratesse um- und eingeschlagen. Eines dieser Päckchen war in den Fußraum gerutscht. Das voluminöseste lag dunkel angelaufen, weichte von innen her durch. Fisch oder Fleisch. Vielleicht Innereien. Es mußte nach Zigarettenasche riechen, nach einem jahrelang niemals geleerten Aschenbecher, nach nicht enden wollender Alkoholfahne und einem beißenden Duft von Spearmintkaugummi. Ich erinnerte mich an eine ständige leichte Übelkeit in diesem Auto, an das leichte Unbehagen, mit meinem Mantelstoff die Polster zu berühren, als seien diese mit klebriger Flüssigkeit getränkt. Ich erinnerte mich auch, daß diese Geruchsmischung nach einer Weile etwas wie Geborgenheit erzeugte, sie lullte mich ein wie eine Musik, die man verachtet, während sie läuft, und vermißt, wenn sie aufhört. Ich war aus diesem Auto jedesmal mit Erleichterung und Bedauern ausgestiegen.

Jemand muß die Päckchen aus dem Auto nehmen, sie sind noch gut, dachte ich, und winkte den Männern neben der brennenden Tonne. Sie winkten zurück und rieben sich die Hände dicht an der Flamme. Ich stützte mich auf den Deckel des Kofferraums. Sie unterhielten sich, gestikulierten erregt, zogen speckige Arbeitshandschuhe an und zogen sie wieder aus. Einer von ihnen drehte sich zu mir, schraubte das Handgelenk hin und her. Ich schüttelte den Kopf. Nein, ich hatte keinen Schlüssel verloren. Der andere beugte die Knie, hockte sich auf halber Höhe in die Luft und streckte die Arme vor. Steuerte. Winkte. Ich winkte ab.

Die Schneewelle lag unverändert wie ein stümperhaft, ein nur teilweise vergrabener Schatz. An allen Ecken und Enden schimmerte er hervor, er verriet sich. Wolle, Nylon, Perlon schickten bunte Hinweise in die Welt.

Ich ballte die Faust und schlug auf die Kühlerhaube. Ich hämmerte gegen die Vordertür. Es gelang mir nicht, den vorhandenen Beulen etwas hinzuzufügen. Ich hängte mich an den Griff, warf mich mit ganzem Gewicht vor und zurück. Ich kratzte über den Lack, an einer rostigen Stelle brach mein Fingernagel ab, ich kratzte weiter. Nichts gab nach.

Die Männer tippten mir auf die Schulter. Ich hatte sie nicht kommen hören. Sie realisierten die Lage mit einem Blick, nichts Spektakuläres, sie nickten und gingen auf die Siedlung zu. In der Tonne flackerte es weiter, Energieverschwendung, dachte ich.

Er hatte halb im Auto gewohnt, immer unkonzentriert, immer abgelenkt, schwer zu fassen wie das klein- und hartgewaschene Seifenstück am Spülstein. Worauf hätte er sich konzentrieren sollen, fragte ich mich. Die Schneewelle lag ruhig. Albrecht neben seinem Basislager, Albrecht, jetzt im Raumanzug.

Ich spürte, wie er um die Welt flog, wie er sich ausdehnte und freie Bahn bekam. Ein Salto um die Erdkugel mußte seinem weltumspannenden Bedürfnis nach Ausschweifung, nach Leichtigkeit entgegenkommen. Ein Superheld hatte er sein wollen, der bei Bedarf sein Flügelcape umlegte, seine Kleinmännerexistenz in sein wahres Ich verwandelte, jetzt war es soweit.

In verschiedenen Kostümen konnte er uns narren, Rauchgeister über einer Hausfassade, Atemwölkchen vor dem Mund einer Passantin. Er zog Masken an, einen leisen Ton, das Sirren des Schnees, der Hochspannungskabel, des Hauptverteilers. Er war jetzt das ziellose Wandern entlang einer Schnellstraßentrasse im Bau, war Inhalt eines inhaltslosen Popsongs.

Ich wischte die Schneeschicht nicht weg.

Ich nahm geringfügig Anlauf und trat die Scheibe der Fahrertür ein. Dann ging ich, bevor die anderen kamen.

Die Tage vergingen folgenlos. Jeder Morgen klappte seine Kühlschranktür vor uns auf, hinter uns zu. Rituale von Sein und Erscheinen, wir spielten mit, aus der Not heraus. Drei Tage lang hatten alle Zeitungsmeldungen, alle Fernsehberichte nur von ihm gehandelt. Dann war er etwas abgerückt. Abends betrachteten wir den Fernseher wie einen Terraingewinn.

Eine Rötung am Wolkenrand blieb über mehrere Tage bestehen, wobei die Gestaltung des Himmels selten und altmodisch wirkte.

Albrecht vermischte sich mit dem Wetter und schneite auf uns herab. Er umnebelte uns in winzigen Tröpfchen, er war Bestandteil der Schwefelwolken aus der Kokerei, er zersetzte sich in unsere Atemluft. Man wurde ihn nicht so leicht los. Das Duschwasser begann immer stärker nach Chlor zu riechen. Es war eine schleichende Verseuchung, als steige nach und nach das Unbewußte an die Oberfläche.

Mein Vater ging weiterhin ins Büro. Er korrigierte Albrechts Pläne, er nahm sie abends mit nach Hause, er wollte sich auf nichts verlassen. Einmal wachte ich mitten in der Nacht auf. Ein heller Spalt unter der Tür. In der Küche brannte noch Licht. Ich stand auf, um mir ein Glas kalten Tee zu holen. Mein Vater saß am Küchentisch, über die Schaltpläne gebeugt, es war halb vier.

»Ich glaube, jetzt habe ich den Fehler gefunden«, sagte er schuldbewußt.

»Es ist halb vier«, erwiderte ich streng.

»Ich kann es nicht ändern«, sagte er kleinlaut.

Plötzlich nahm er trotzig den Plan, schob ihn von den Kanten her zusammen, zerknüllte ihn und warf ihn an den Küchenschrank.

»Nicht meine Angelegenheit«, schrie er, »sollen sie doch selber zusehen, ich kann auch nicht alles wieder ausbügeln!«

Er stampfte auf dem Papierball herum, ließ ihn platt liegen und ging in sein Schlafzimmer.

Tagsüber wischte ich draußen über die Mauerkronen, ich

wischte den Schnee von ihnen ab und starrte dann auf die funkelnden Splitter in der Innenfläche des Handschuhs, starrte auf den freigelegten Stein, jahrelang hatte ich auf Steine gestarrt, mich zu dicht an den Hauswänden vorbeigedrückt, ich ging gebeugt, dem Straßenpflaster zugewandt, als sei in diesen Steinen etwas verborgen, was mir entging. Ich sah, wie sich die Zeit langsam in graugrünen Flechten verästelte, wie die großen Zeiträume schrumpften und sich zu einer glänzenden Körnung verdichteten, glänzend und glanzlos zugleich, dröge, geheimnisvoll.

Nachts stand ich in der Küche und schüttete den Zucker aus der Tüte. Ich ließ ihn über die Tischplatte rieseln, eine knirschende Schicht auf der Spüle und auf dem Linoleumboden. Ich lief mit nackten Füßen darauf, klebrige Körner hafteten an meinen Sohlen. Ich schüttete Zucker in den Geschirrschrank, in sämtliche Tassen, auf das Backofenblech. Dann schlurfte ich barfuß über den Teppich im Korridor, um mir die Füße abzuwischen, bevor ich mich hinlegte.

Am nächsten Morgen war mein Vater schon weg, als ich aufstand. Die Küche lag sauber im Vormittagslicht, im Schrank stand eine neue Zuckertüte, gerade erst angebrochen. Ich nahm den Zucker und kippte ihn aus dem Fenster, ich süßte nach, zuckerte die alten Autoreifen, die an der Hauswand gestapelt waren, die kümmerlichen Büsche, die frische Lage Schnee. Ich verstreute alles bis auf einen kleinen Rest. Den stellte ich meinem Vater zurück in den Schrank, für den Nachmittagskaffee.

Abends rollte ich den Wohnzimmerteppich auf und legte mich zum Schlafen darunter. Ich riß mühsam den Teppich an der Korridorseite vom Boden ab, ich mußte an dieser Seite beginnen, am anderen Ende stand die Sitzgruppe, stand der Vitrinenschrank. Der Teppich ließ sich schlecht anheben, er war an einigen Stellen mit Klebstoff befestigt, damit er nicht verrutschte. Ich stellte mich hin und zerrte, wie man einen Mehlsack am Zipfel zu schleifen versucht. Der Teppich löste sich ratschend ab. Über ein paar Quadratmeter klebten jetzt nur noch Schaumstoffreste, ein schmutziges flaches Relief. Ich legte mich darauf und deckte mich mit dem Teppich zu.

Eine Person in rotem Mantel lief über einen Platz. Sie strebte auf den Rand des Platzes zu, aber kurz bevor sie ihn erreichte, machte sie kehrt und steuerte die gegenüberliegende Seite an. Sie zog sternförmige Spuren über die Fläche, die Fläche war riesig, warum hielt sie sich so lange mit ihr auf? Die Person vermaß den Platz, sie schritt über ihn, sie schritt, sie schritt. In Rußland sind die Plätze ungeheuer, sie sind in Länge, Breite, Ausdehnung auf die Weite des Landes zugeschnitten, die Person schritt, schließlich war der Platz zu Ende. Auch der größte Platz ist einmal zu Ende, selbst Rußland macht da keine Ausnahme, die Person stellte es mit Bedauern fest. Rußland legte es darauf an, seine Plätze so endlos wie möglich wirken zu lassen, Rußland zielte auf nichts anderes ab, aber nun stand sie am Ende des Platzes, am ganzen Leib rotgekleidet, und kontrastierte mit der Umgebung aufs Auffälligste. Sie sah aus, als ob sie es mit Absicht machte, fremden Blicken ihr grelles Aussehen vor die Nase setzte, sie irre machte, verhexte. Die Passanten drehten sich nach ihr um. Heimliche Landstreicherin, Kindsmörderin, Kennerin der schwarzen Künste, dieser Person traute man zu, daß sie sich am Rand des Platzes in die Luft erhob.

Ich fand mich auf dem Sofa wieder, ich hing über der Kante, kurz vor dem Absturz. Ich war nicht zugedeckt, vom

Balkon zog es eisig herein. Auf meiner Haut bemerkte ich Abdrücke, Frottagen einer fremden Landschaft. Ein Schaumstoffkrümel klebte an meinem Ellbogen, ich schüttelte nervös den Arm und ließ meinen Blick über den Teppich schweifen.

Abends entdeckte ich Stecknadeln in einer Küchenschublade. Ein ranziges Heftchen aus mürber Pappe, die Nadeln steckten darin, eine einzige fehlte. Ich zog die Nadeln eine nach der anderen heraus, ich spickte damit den Türrahmen. Erstaunlich leicht glitten sie in das Holz, sie ließen sich einstecken, als handele es sich um Butter. Ein blinkender Kranz um die Türöffnung entstand, eine Aureole für jeden, der hindurchwollte, ich schritt über die Schwelle in die Küche und wieder zurück in den Korridor, mußte mich vorsehen, nicht die Nadelköpfe zu berühren.

Ich band eine der Stecknadeln an einen Besenstiel und ging mit dem Gerät auf den Balkon. Ich war nackt, das gehörte zum Ritual, ich stand barfuß neben einem eingeschneiten hölzernen Wäscheständer und stach mit der Nadel die Wolkenmasse an. Ich impfte ausgewählte Ballungen, zwang ihnen einen Niederschlag ab, der an einer bestimmten, von mir bestimmten Stelle herabkommen mußte. Unser Balkon gehörte zu diesem Gebiet, ich wartete splitternackt, die Arme um die Rippen geschlagen, den Besen an die Brüstung gelehnt, bis die ersten Fetzchen herabtaumelten. Dann schneite es heftiger, und ich stellte einen Suppentopf auf, den ich aus der Küche mitgebracht hatte. Ich wartete, bis er halbvoll war, trug ihn dann vorsichtig durch die Aureole.

Etwas später stand mein Vater in der Tür. »Warum hast du nichts an?«

»Nur so.« Ich ging ins Bad und wickelte mich in ein Handtuch. Ich kämmte mich gründlich und steckte die Haare hoch. Ich trug Lippenstift auf.

Mein Vater saß am Tisch und löffelte Suppe.

»Das sollst du nicht«, sagte ich verlegen.

»Wieso nicht? Sie ist lecker geworden.«

»Es ist mitten in der Nacht«, erklärte ich und nahm ihm den Teller weg.

Kurzfilme liefen ab. Liefen auf ein Ende zu.

Ich träufelte Wodka auf Zuckerwürfel und aß sie über den Tag verteilt wie Medizin. Ich desinfizierte mich mit ihnen, ich sah zu, wie der Wodka den Zucker halb auflöste und ließ ihn dann in meinem Magen weiterbrennen.

Abends bereitete ich ein Tellerchen mit ihnen vor und stellte es zwischen uns. Fahndungsplakate zuckten über unsere Gesichter, fremde Physiognomien vermischten sich mit unseren und ließen wieder von uns ab. Eine Baustelle in Sibirien flackerte über uns hinweg, die Kremlmauer. Mein Vater ließ den Zucker zwischen den Zähnen knirschen.

Es klopfte energisch, selbstbewußt, nachbarschaftlich, so klopfte man nur, wenn man seiner Sache völlig sicher war. Wolfgang Grave stand auf der Fußmatte und wedelte mit einem grünlichen Briefumschlag. Er hatte noch die Bewegungen an sich, mit denen er Ämter betrat, die vom ständigen Kommen und Gehen ausgelaugten Gänge betrat, man merkte ihm noch an, wie er halb fordernd, halb mit zäher Höflichkeit seine Arme auf den Schaltertresen zu legen versuchte, feststellen mußte, daß es zwischen der Glasfront, hinter der der diensthabende Angestellte lauerte, und dem hölzernen Unterbau keinen Vorsprung, kein Bord, nicht einmal eine Zierleiste gab, so daß er mit den Unterarmen abrutschte, den Wollstoff seines Mantels über alten vergilbten Lack schleifen hörte, für einen Moment hilflos aussah, dann die Arme einfach hängen ließ, sie locker hängen ließ und noch fordernder wirkte als zuvor.

Ich bot ihm einen Zuckerwürfel an, er winkte ab. Er warf sich neben mich auf das Sofa und ließ den Umschlag über den Couchtisch schlittern. Mein Vater sprang auf, um Gläser zu holen. Ich stellte mit der Fernbedienung den Ton auf Minimum.

Zwei Politiker diskutierten jetzt lautlos, ich hatte das Bedürfnis, den Film schneller laufen zu lassen, ihnen die überstürzten, clownesken Bewegungen zu verleihen, die zu ihrer Stummheit paßten. Statt dessen öffneten sie die Münder wie Fische auf dem Trockenen, sie warfen Luftblasen aus, die eine nach der anderen aus dem Fernsehkasten aufstiegen und unter der Decke verpufften.

Wolfgang zuckte mit den Knien. Zu Hause hätte er jetzt die Füße samt Schuhen auf den Couchtisch gelegt, er zuckte noch einmal, fast hätte er begonnen, sich die Schuhe abzustreifen, dann waren die Reflexe durchgelaufen, und er setzte sich normal hin.

Er roch nach Ämtern, nach dem Schweiß anderer Leute. Oft hatte er den Angstgeruch anderer Leute an sich, seltsamerweise nie den eigenen. Als ginge er selber unberührt aus allen Situationen hervor, als wolle er nie etwas für sich. Er hatte für uns ein Visum besorgt, er hatte einige Tage mit ungewissem Ausgang Dokumente organisiert und Sachverhalte erläutert, er tat es tatsächlich nicht für sich, ihm lag nichts daran, vielleicht konnte er sich deswegen um so besser durchsetzen.

Mein Vater verteilte Untersetzer auf dem Tisch, verteilte Gläser, goß ein. Ich stellte den Teller mit den Zuckerwürfeln in die Mitte. Wolfgang strich unablässig mit Daumen und Mittelfinger über das beschlagene Glas und malte durchsichtige Striemen auf einen durchsichtigen Untergrund.

»Wie geht es deiner Frau?« fragte mein Vater.

Wolfgang leerte sein Glas, beugte sich zu den Zuckerwürfeln vor, nahm sich eine Handvoll und ließ sich wieder nach hinten fallen. Das Polster bockte und katapultierte mich ein Stück in die Höhe. Ich kicherte blöd.

Wolfgang zerbiß den Zucker und hob die Schultern.

»Es geht ihr gut.«

Mein Vater nickte, stützte die Ellenbogen ordentlich auf die Lehne und setzte sich aufrecht hin wie ein aufmerksamer Schüler. Er faltete die Hände vor dem Bauch. Das war seine Art, Abstand zu wahren.

Wolfgangs Frau: hatte er überhaupt eine Frau? Hatte er Lust, eine zu haben? Ich stellte sie mir vor wie einem Werbespot für Filterkaffee entnommen. Ich stellte sie mir vor wie ein lebendes Vorurteil. Kochkünste der Welt. Opernaufführungen. Frühjahrsmode.

Sie hat ein Reklamelächeln.

Sie hat zu lange Schneidezähne.

Sie zieht beim Lächeln die Oberlippe zu hoch.

Sie interessiert sich für Tortengarnituren.

Sie kauft elektrische Saftpressen.

Sie hat Pläne für das Wochenende.

Sie hält Diät.

Sie hält Diät für eine Form von Luxus.

Sie ißt eine Tablette wie eine Praline.

Sie befaßt sich mit Vorgartengestaltung.

Sie hält sich einen Dobermann.

Sie hat einen Steuerberater.

Sie ist nie zufrieden.
Sie verbringt die Nachmittage mit dem Hund im Wald.
Sie verbringt die Wochenenden auf dem Ijsselmeer.
Sie sucht die Gesellschaft blonder Sportsfreunde.
Sie steigt sonntags abends braungebrannt aus ihrem Kleinwagen.
Sie nutzt am Wochenende ihr Reklamelächeln etwas ab.
Sie hat nach unten gezogene Mundwinkel.
Sie verdirbt ihrem Mann mit dem Lächeln die Stimmung.
Sie fühlt sich morgens immer matt und abgespannt.
Sie fühlt sich abends müde und gereizt.
Sie nimmt ihre Tabletten gnädig, leicht pikiert, wie eine Filmdiva.

Wolfgangs Frau: er äußerte sich nicht. Er hatte den Fernseher im Blick und schnellte halb hoch.

»Kannst du mal lauter machen?«

Ich angelte nach der Fernbedienung und hielt sie albern dem Fernseher hin wie ein Lockmittel. Ich wedelte mit ihr.

»Schon vorbei.«

Er zuckte die Achseln, nahm den Umschlag und drückte ihn meinem Vater in die Hand.

»Völlig richtig, daß ihr fahrt, völlig richtig. Ich will auch hier weg.«

Mein Vater legte den Umschlag zur Seite und reichte Wolfgang eine fotokopierte Landkarte. Man konnte darauf wenig erkennen, dieselben Schlängel bezeichneten Höhenlinien, Bahnlinien, Fernstraßen, die kyrillische Beschriftung war schwer zu lesen. Die Angabe des Maßstabes ließ es zu, Entfernungen relativ genau abzuschätzen.

»Normalerweise würde man für diese Strecke mit einem

Schnellzug etwa drei Stunden brauchen«, stellte er fest. »Kann es stimmen, daß unsere Verbindung eine ganze Nacht dauern soll?«

»Damit mußt du dich abfinden«, sagte Wolfgang gönnerhaft und studierte flüchtig die Karte. »Der Güterverkehr hat Vorfahrt, wahrscheinlich stehen die Personenzüge die meiste Zeit auf dem Abstellgleis.«

Mein Vater nahm das Blatt eifersüchtig wieder an sich, balancierte es auf seinen Knien und hob die Bahnlinie mit einem gelben Textmarker hervor.

Wolfgang legte einen Arm großspurig über die Rückenlehne des Sofas, zog das Kinn an die Brust und musterte schweigend die Tischplatte.

Man hängt im Nichts, schien er zu denken, was sind da Nächte. Einzelne Nächte! Die Arbeiten stockten. Wichtige Materiallieferungen trafen nicht ein. Andere Materialien waren bereits vor langer Zeit eingetroffen und unbrauchbar geworden. Manches schien vorhanden, blieb aber unauffindbar. Mein Vater war abkömmlich. Er hatte endlich begriffen, wie abkömmlich er war.

Man hing im Nichts, man merkte deutlich, wie man zappelte, vergeblich, und dann brachte es ein russisches Zimmer doch noch fertig, einen Tisch, einen Stuhl vorzuzeigen, vielleicht nur für einen Moment, es war eine Hinhaltetaktik, man traute der Sache nicht, man ging davon aus, daß der Tisch sofort wieder verschwand und der Stuhl kurz danach – aber vorläufig blieb die Lage stabil, Rußland war dabei, dem Individuum durch das temporäre Vorzeigen von Dingen eine Freude zu bereiten. Dem Individuum mit diesen Gegenständen auch sein eigenes Vorhandensein zu bekräftigen, ja, dieses Dasein geradezu zu rechtfertigen. Ein

Stuhl will benutzt werden, jemand muß sich dazu hergeben. Irgendeiner muß es tun.

Das vorkapitalistische Rußland überforderte seine Leute hierbei nicht. Es schlug den Menschen ihr Existieren nicht permanent um die Ohren. Hier und da spendete es einen kleinen Kronkorken, einen Bierdeckel, ein Taschentuch, und diese Kleinigkeiten reichten ja aus, um den Grund einer Person zu festigen, ihr ein Interesse zu verleihen, eine Ausrichtung.

Wolfgang spielte mit dem Untersetzer, es war das Imitat eines Häkeldeckchens aus Weichplastik, er spießte seinen Kugelschreiber in das Lochmuster, als tippe er komplexe Werte in einen Taschenrechner mit sehr kleiner Tastatur.

»Ich erzähle euch ein Märchen«, sagte er mit verkniffenen Mundwinkeln.

»In einem fernen Land, am äußersten Rand des Kontinents, befand sich unweit der Gebietshauptstadt Tscheljabinsk ein geheimes Gebiet. Dieses Gebiet existierte nicht. Es war auf keiner Landkarte verzeichnet, trug keinen Namen. Die Geschehnisse innerhalb dieses Territoriums wurden in keiner Zeitung je erwähnt, kurz: es war nicht von dieser Welt. Niemand wußte etwas über diese Region, niemand war dort je gewesen, und wer sich in der Nähe der Stadt Tscheljabinsk bewegte, wer grundlos die Stadt verließ und mit einem Pkw in nordwestliche Richtung fuhr, stieß nach einigen Kilometern auf einen Stacheldrahtverhau. Hier endeten die menschlichen Maßstäbe, hier endete das gewöhnliche irdische Leben, hier endete alles. Niemand hatte versucht, den Stacheldraht zu überwinden, niemand hatte riskiert, sich dieser grauen Dornenhecke anzuvertrauen, um dahinter ein Geheimnis zu entdecken. Verheißungen allgemeiner Art spornten niemanden an. Versprechungen eines zivilisierteren Lebens, größerer Glückseligkeit stießen auf Unglauben, wenn nicht auf Mißtrauen. Hinter dem Stacheldraht verschwand das Land, hier begann das Nichts. Wer mit dem Auto per Zufall in diese Gegend geriet, tat gut daran, schleunigst umzukehren. Es gab keine Warnungen, keine Verbote. Niemand, der den Stacheldraht gesehen hatte, erinnerte sich, dahinter etwas wahrgenommen zu haben. Auch über den Drahtverhau gab niemand Auskunft. Er mochte eine Illusion gewesen sein, eine fixe Idee, die man besser rasch vergaß. Im Umkreis des Sperrgebiets herrschte Schweigen, ein überwältigendes, kräftezehrendes Schweigen. Es zeichnete die verirrten Pkw-Fahrer, es verschloß ihnen den Mund, denn die Wahrheit war, daß man über das Niemandsland nichts zu sagen wußte. Dieses Territorium existierte nicht. Aber dennoch oder gerade dadurch verneinte es alles andere, verneinte es das, was hätte existieren können. Wer in seine Nähe geriet, war hinterher nicht mehr derselbe wie zuvor. Er litt an einer unerklärlichen Erschöpfung, die Energie zur Bewältigung des alltäglichen Daseins nahm ab, er verfiel. Nach einer Weile war er verschwunden.«

Ich hob entnervt die Brauen. »Herr Wolfgang, wir kennen diese Geschichte bereits.«

Mein Vater fächelte sich mit der Landkartenkopie Luft zu.

»Was willst du uns mit diesem Märchen sagen?« fragte er Wolfgang müde. Dann stand er auf und holte die Wodkaflasche aus der Küche.

Mein Vater goß uns nach. Er verschloß die Flasche mit äußerster Korrektheit und brachte sie in den Kühlschrank zurück.

Ich riß den Umschlag auf, ich schüttete die Dokumente auf den Tisch.

»Der Unfall ist vierzig Jahre her«, sagte ich. »Wir bleiben drei Tage. Und die Stadt war nicht betroffen, nur das Umland. Schür keine Panik.«

»Glaub mir, ich würde auch gern verreisen. Egal wohin. Ihr macht es völlig richtig. Ich werde hier wahnsinnig.«

Wolfgang stippte in die aufgelösten Zuckerreste und lutschte an seinem Finger. Er zog den Teller näher zu sich heran. Draußen unablässiger Schnee, vom Wind in die Schräge getrieben, lautlos, pausenlos. Kurzfilme liefen ab. Liefen auf ein Ende zu.

»Mach lauter, schnell.«

Ich ging zum Fernsehgerät und veränderte die Lautstärke.

In Deutschland war in einem Kirchenschiff während des Gottesdienstes eine Bombe gezündet worden. Eine nicht mehr identifizierbare Frau hatte sie unter dem Mantel getragen. Eine Frau, vor Wut platzend.

Wolfgang hörte mit halboffenem Mund die Nachricht an, wischte mit dem Handballen über Stirn und Ohren, als schwitze er.

»Sie ist bei ihren Eltern«, murmelte er, »sie ist heute bei ihren Eltern. Sie kann es nicht gewesen sein.«

25 Flugsalbe

Ich ging zu Konstantin, um mich von ihm zu verabschieden. Er saß im Schlafanzug, in eine Wolldecke gewickelt, vor dem Fenster. Er war krank. Er war endgültig krank. Die Ärzte hatten eine Erkältung festgestellt. Eine heftige, aber harmlose Erkältung. Für eine andere Krankheit gab es keine Medikamente. Für eine andere Krankheit gab es keine Erklärung. Für eine andere Krankheit war Konstantin nicht reich und nicht bedeutend genug. Seine Oma glaubte an eine Erkältung. Falls sie nicht reinen Herzens daran glaubte, zwang sie sich dazu. Die Ärzte waren die Autorität. Ihr Wort in Gottes Ohr, das galt auch für Atheisten. Sie verhielt sich entsprechend, kochte Pfefferminztee, gab ihrem Enkel rohen Knoblauch zu kauen und machte ihm Halswickel aus heißem Kartoffelbrei. Abends kalte Wadenwickel. Hausmittel aus Großmutters Epoche ließen der Pflegeperson wenig Zeit zum Nachdenken. Hausmittel erweckten den Eindruck von tätigem Widerstand gegen was auch immer. Ich wußte, daß es keine Erkältung war, vielleicht hatte er zu allem anderen auch noch eine Erkältung, aber sie fiel wahrscheinlich nicht ins Gewicht. Konstantin wußte es auch, er mußte es von uns allen am besten wissen, aber er wollte sich loyal verhalten, loyal zu seiner Oma, deren Bemühungen nicht dadurch zuschanden gemacht werden sollten, daß er durchblicken ließ, sie seien sinnlos, er wollte seine Oma nicht kränken und auch nicht beunruhigen, obwohl sie natürlich, genau wie wir, insgeheim aufs höchste beunruhigt war, er wollte ihre Version der Ereignisse mittragen, eine Version, die auch die Version des medizinischen Personals der ambulanten Krankenstation war. Personal, dazu ausgebildet, die richtige Version herauszufinden. Die richtige Version, das hieß: die genehme Version. Die unproblematischste Version. Die Version, in der keine Schwefeloxyde, keine Schwermetalle, kein Ammoniak vorkamen. Die dem Staat Geld sparte. Manche Eltern hatten den Staat auf Entschädigung verklagt, als die Krankheit ihrer Kinder ans Licht gekommen war. Konstantins Großmutter würde niemanden verklagen. Sie würde vielleicht darauf drängen, daß man ihrem Enkel half, daß man teure Geräte aktivierte, teure Medizin besorgte, teures Personal beschäftigte. Die richtige Version war die, solcherlei Ansinnen gar nicht erst aufkommen zu lassen. Eine normale Erkältung konnte jeder Betroffene selbst kurieren. Die Wahrheit des Faktischen. Zu vielem anderen war man nicht in der Lage. Man konnte keine andere Luft herstellen, jeder mußte die Luft atmen, die es gab. Wer wollte verlangen, die Emissionen einer ganzen Industriestadt zu filtern. Als Wahrheit galt das, wozu man die Mittel besaß. Man besaß keine Mittel für alles und jedes, war man etwa ein Füllhorn? Das verstand sich von selbst, man war es nicht. Man garantierte die Reinheit der Luft, des Wassers, der Lebensmittel, mehr war wohl nicht zu verlangen. Es gab keine kontaminierten Lebensmittel, wozu auch? Man konnte die Lebensmittel nicht alle kontrollieren, und selbst wenn man sie kontrollierte, konnte man sie nicht einfach wegwerfen. Irgend jemand mußte sie essen, dazu waren sie da. Was möglich war, war auch das Wirkliche, einfache Rechnung. Man mußte mit dieser Wirklichkeit zufrieden sein.

Konstantins Großmutter stand im Badezimmer über die Wanne gebeugt und schwenkte in einer Seifenlauge Unterwäsche hin und her. Die ganze Wohnung roch nach Chlor und Waschpulver, nach Pfefferminze und saurer Milch. Das war die Wirklichkeit, neben der nichts anderes Platz hatte. Radioaktive Isotope drangen hier nicht ein, die Kindersommer, in denen Konstantin im dreckigen Uralfluß gebadet hatte, waren vorbei, seine Jugendjahre als Heizer in einem Kellergeschoß gehörten der Vergangenheit an, eisernes Zeitalter, silbernes, seine Zeit als Pianist, zu Ende, silbernes Zeitalter, amen, jetzt war das goldene angebrochen.

Wir hockten auf dem Bettsofa und hörten Schallplatten. Kratzende Aufnahmen von Alla Pugatschowa, von Wysozkij, pubertäre Absichtslosigkeit, ein Lebensgefühl. Ich im Schneidersitz, er den Kartoffelbreiwickel um den Hals und deshalb zwanghaft aufrecht, nebenan die alte Frau fuhrwerkend im Wasserdampf. Immer wieder ein Schwall warmer Feuchtigkeit, der bis zu uns herüberzog. Sie besaß im Bad nur eine Zahnbürste und ein Cremetöpfchen. Ansonsten Handtücher, Waschlappen, Kernseife, keine persönlichen Gegenstände. Nicht einmal Haarnadeln, sie trug das Haar kurz. Eine Frau, die sich nicht durch Dinge verriet.

Sie hatte ein paar kleine Möbel umgestellt. Neben Konstantins Bett jetzt der Teetisch für Tassen mit heißen Getränken, Fieberthermometer, Apfelschnitze. Die Tapete, das sah man jetzt, da irgendwo ein Schränkchen fehlte, war an einigen Stellen mit Seiten der Parteizeitung ausgebessert. Aber sie hatten es nicht schlecht, es gab genug Leute, denen es wesentlich schlechter ging. Rentnerinnen, die auf einer einzigen Matratze ihren Lebensabend verbrachten. Straßenkinder. Obdachlose. Das alles in der Hauptstadt, nicht hier.

Konstantins Großmutter konnte es sich leisten, für den kranken Enkelsohn Lebensmittel guter Qualität zu kaufen. Mehr Obst, mehr Fisch, mehr Milch als sonst, Kräftigungsmittel, Stärkungsmittel.

Sie selbst aß weniger, sie brauchte nichts. Sie verschlang den Enkelsohn mit Haut und Haar, erdrückte ihn mit ihrer Zärtlichkeit. Konstantin wehrte sich nicht. Er wollte keine Konflikte, er hatte eh nicht mehr lange zu leben. Seine Oma warf geschäftig die Badezimmertür hinter sich zu, er zuckte zusammen. Sie raffte die eigenen spärlichen Kräfte zu einer letzten Anstrengung auf, mit der sie wuselndes Leben, Vitalität, Aktivität simulierte. Sie öffnete in der Küche das Fenster und hantierte mit der Plastiktüte, die draußen am Haken hing. Sie schnitt einen gefrorenen Milchschlauch auf, ließ den Eisblock aus der Hülle in einen Topf gleiten, wartete am Herd, bis der Block darin versank. Ich sah sie vom Sofa aus ein Tablett vorbereiten, zwei Tassen, Zuckerschale. Sie goß die heiße Milch in die Tassen, Wysozkij sang vom Haus der Freunde, sie kam mit dem Tablett ins Wohnzimmer getrippelt, ihr weißes Haar stand ab wie das Häubchen einer Kraftwerksangestellten.

Mechanisches Ballett. Die Tassen sprangen vom Tablett aufs Teetischchen, der Zucker in der Schale hinterher. Zwei kleine Löffel drehten Pirouetten.

»Ich möchte nichts trinken«, sagte ich grob.

Konstantins Großmutter hob die Augenbrauen, trug eine der Tassen, wie einen Säugling an die Brust gedrückt, in die Küche zurück. Gieriges Schlürfen, Schlucken von dort. Bei uns Wysozkij, seine rauhe, absichtlich ungehobelte Stimme ging mir auf die Nerven. Konstantin nahm den Halswickel ab.

»Muß man den Kartoffelbrei jetzt noch essen?« fragte ich entsetzt. Ein Frotteehandtuch war damit bestrichen, der Brei auf der Innenseite glattgedrückt.

»Er ist schon kalt«, sagte Konstantin lächelnd. Trug das Handtuch hinaus. Im Bad wusch er sich den breiverklebten Hals, dann kam er zurück und trank die Milch aus. Krankenpflichten. Er schämte sich nicht vor mir und fühlte sich auch nicht gestört. Er schämte sich nicht für Körperlichkeit.

Die Großmutter kam mit einem Tiegel Schmalz. Kräuter waren darin ausgelassen, Fichtennadeln aus den umliegenden Wäldern, Wacholderbeeren. Blätter von Nachtschattengewächsen: Balkontomaten. Sie rieb ihm damit Hände und Füße ein, er spreizte die Finger. Sie hockte sich hin und steckte ihm trockene Erbsen zwischen die Zehen. Sie murmelte etwas Unverständliches, das sich manchmal reimte. Die Haare auf ihrem Kinn zitterten.

Die Sonne lacht
die Sonne kracht
die Sonne scheint
die Sonne weint –

Konstantin stützte die Fersen auf. Er verharrte so, in einen Frosch verwandelt, der an der Scheibe klebt.

»Die Salbe muß Luft haben«, quakte die Oma. »Zwischen den Zehen dringt sie besonders gut ein, die Haut ist dort dünner, Schwimmhäute von früher. Die Luft muß zirkulieren können. Zehen dürfen nicht zusammenkleben.«

Ein Wetterfrosch im Glas, der nach oben zu kommen sucht, wieder abrutscht, der befangen ist in diesem Rutschen. Der Schwimmhäute hat, keine Flughäute. Frosch am Boden des Glases, in einem Glas ohne Schraubdeckel, dem Wetter, das er verkünden soll, ausgesetzt.

Ich wandte den Kopf ab und starrte auf die Vase, die ohne Blumen oben auf dem Schrank stand. Gläser durch Wände hindurchgehen lassen. Auf die Vase sehen, ihr einen Schub versetzen, sie vorangleiten lassen, bis sie jenseits der Wand wieder zum Vorschein kam, unversehrt. Milchflaschen, Wassergläser, Vasen. Der Tod würde alle Beschränkungen auflösen.

Ich starrte auf die Vase. Sie ruckelte leicht und schlitterte auf die Tapete zu. Ich sah das Tapetenmuster durch das leicht getönte Glas, dann sah ich nur noch die Tapete. Mir war unheimlich zumute.

Konstantin streckte und krümmte seine Pianistenfinger, er bewegte die Zehen, die Erbsen rollten unter die Schränke, lagerten sich an der Teppichkante an. Falsche Möbel, falsche Wände, die Scheinhaftigkeit von Räumen; Räume als Vorbereitung auf das Unräumliche, eine notwendige Einrichtung; Durchlässigkeit.

Er legte sich auf das Sofa, deckte sich mit einem Laken zu, begann sich im selben Moment zu wälzen, schüttelte das Laken, die Allheilmittel, die pflegerischen Maßnahmen seiner Großmutter ab, lag in einem Zimmer, das nach oben offen war. Die dem Himmel zu gestapelten Schachteln der oberen Etagen wie weggebrochen, er duckte sich unter Schneeschauern, Regenschauern, Ruß, erwartete die einfallende Welt. Sich öffnende Schachteln, kindliche Raumfähren, Kleister und Pappkartons. Erwachsene Raumfähren. Pappwände, Plattenbau. Konstantin in seiner Bettschachtel wälzte sich, der heimlichen Gewalt eines Fellwechsels ausgesetzt, der leisen Gestalt des Lakens, das sich verwickelte, faltete. Ein Sonnenstrahl fiel schräg durch das elektrische Licht ins Wohnzimmer, wirbelte Staub auf. Erlosch. Das Laken ballte sich zusammen. Wolke über einer Landschaft, in der ein paar Erbsen lagen.

Ich stand auf von der Sofakante, die jetzt wieder Bettkante war. Nahm den Tonarm von der Schallplatte, legte Schostakowitsch auf. Die Oma streunte herum, klapperte mit Tiegeln und Medizinfläschchen, sammelte benutztes Geschirr ein, stellte Tellerchen mit Gebäck auf wie Mausefallen. Sie schlappte mit ihren Pantoffeln über die Teppichkanten, Erbsen zertretend, sie nahm es nicht wahr. Sie war von ihren kleinen Tätigkeiten absorbiert, blind und taub für alles andere, sie arbeitete stur auf den Abend zu, eine in ihre Fürsorge verbissene Maschine. Es war der Starrsinn alter Leute, die von ihrer Planerfüllung nicht mehr absehen können, es war aber auch der Wunsch, etwas zu leugnen, was sich nicht mehr leugnen ließ.

Ich setzte mich auf einen Stuhl. Ich hätte auch den Sessel wählen können, aber ich wollte lieber auf dem Stuhl sitzen, es schien mir passender. Ich saß wie in einer Puppenstube oder einer Weihnachtskrippe. Es fühlte sich so an, als fehle eine Wand, als läge irgend etwas nach außen völlig offen da, von dem die Bewohner, die kleinen anwesenden Leute glaubten, es handele sich um ihr Privatleben. Ich hatte Puppenstuben nie leiden können, die gespielte Gemütlichkeit, das Winzigkleine, das nicht niedlich war, sondern lächerlich. Mich hatte die fehlende Wand empört, sie hatte mich an Trümmergrundstücke erinnert, an kriegsversehrte Gebäude, denen einfach etwas weggebrochen war. Drinnen puppenartige Personen, draußen Wilderer und abgenagte Knochen.

Ich saß auf dem Stuhl und fand es unbequem.

Konstantin, auf dem Bettsofa, begann mit Schostakowitsch mitzusingen. Er sang mit dünner, wimmernder Stimme, als ob er Schostakowitsch veralberte. Er äffte einen jaulenden Hund nach, er kläffte ein bißchen, hustete.

Ich kippelte mit dem Stuhl ein wenig nach hinten, ich wußte nicht, was ich tun sollte, ich langweilte mich. Konstantin war wieder still. Ich stand aus Langeweile auf und drehte der Schallplatte den Ton ab. Jetzt hörte man nur noch das regelmäßige Eiern des Plattentellers und den knisternden Staub, über den der Tonarm fuhr.

Konstantin schwebte in der Lakenwolke, die Augen geschlossen. Eine Hand hing an der Seite herab, ich ergriff sie nicht, ich sah zu, wie sie schaukelte. Alle Gegenstände im Zimmer schienen im trüben Lampenlicht zu vergilben, nur das Laken war als einziges ganz weiß.

Projektionsfläche für eine Diaschau, Sehnsuchtsfläche für alle Gegenden, wo man noch nicht gewesen war, wo man niemals sein würde. Konstantin hatte mir Postkarten gezeigt, die Freunde ihm aus dem Ausland schickten. Tokyo, Athen, Djakarta. Er hatte manchmal davon geträumt, fremde Städte zu sehen, obwohl es dafür schon zu spät war. Er hatte Bilder aus Zeitschriften ausgeschnitten und heimlich in einer Mappe gesammelt, als wären es Fahrscheine, die er irgendwann zu benutzen gedachte. Dabei war ihm eine Aufnahme aus Sibirien am liebsten gewesen. Wildhüter in der verschneiten Ebene. Tierspuren. Inneres Wild. Innere Dörfer.

Er wanderte in Lederstiefeln durch die verwehte Landschaft. Er trug eine Filzjacke und eine Lammfellkappe, über der Schulter der Riemen einer Umhängetasche. Die Tasche voller Wolle. An der Hand ein Eimerchen mit Fett gefüllt, im Rucksack nur Wachskerzen. Geheime Utensilien aus Eisen ins Jackenfutter eingenäht, sie mochten den bösen Blick abwehren, die Erdwärme anziehen, als Kompaß dienen. Die Lichter der Dörfer wie Glühwürmchen in der Ferne, sie bewegten sich, tanzten umeinander. Er rasselte mit seinen Eisenstücken, es gelang ihm nicht, sie zu verscheuchen. Es gelang ihm doch. Potemkinsche Dörfer, Kulissen vor einem Windlicht, das verlöschte? Er zog auf einem kleinen Schlitten seine Ausrüstung hinter sich her, Gegenstände, die eine Atmosphäre schufen, seinen Künstlermantel, seine Noten, eine Blockflöte, zwingend und rätselhaft. Zuviel und zuwenig von einem Menschen.

Bestimmte Teile der Persönlichkeit waren ausgeruht, andere übermäßig belastet. In unterschiedlichen Situationen wechselte auch die Art der Beanspruchung. Oberflächliche Schritte, absichtslose Schritte, Schritte über bestimmte Grenzen hinweg, die den Menschen veränderten. Jetzt aber blieb alles gleich, er wanderte mit seinem Schlitten durch die Einöde, das eine unheimliche Ritual vollziehend, mit dem die Wirklichkeit perforiert werden sollte.

Ich saß auf einem Stuhl vor seinem Bett. In der Küche wurde Geschirr gespült. Konstantin legte mir die Hand aufs Knie.

»Laß uns reden.«

Ich hatte keine Lust zu reden, schon gar nicht über das Sterben. Mir schien, das sollte er lieber mit seiner Großmutter besprechen, die ging es in mehrerer Hinsicht an. Oder seine Mutter. Seine Mutter war in Wladiwostok geblieben. Sie hatte angerufen und gesagt, daß der Flug, den sie gebucht hatte, abgesagt worden war. Das kam vor. Man konnte ihr keinen Vorwurf machen. Man tat es auch nicht. Was nützten Vorwürfe.

»Worüber willst du reden?« Ich legte meine Hand auf

seine Hand auf meinem Knie und fand, daß ich alles tat, was man von mir erwarten konnte.

»Über den Himmel«, sagte Konstantin fest. »Über die Wolken, über das Wetter, über Meteorologie.«

»Klar«, sagte ich. »Fang an.«

Konstantin nickte und versuchte, aus dem Fenster zu sehen. Er legte sich anders hin, aber das Licht im Wohnzimmer war schon etwas heller als das Tageslicht. Ich schaltete die Lampe aus, und wir sahen auf die treibenden Schneewolken, stellten uns vor, wie sie bald an seiner Stelle sein, den ganzen Raum ausfüllen würden.

26 Desinfektionsmittel

Alle öffentlichen Räumlichkeiten Rußlands teilten einen spezifischen Geruch. An diesem Geruch erkannte man auch bei geschlossenen Augen, daß man sich in einem Land des Ostblocks befand. Es handelte sich um ein Reinigungsmittel mit süßlichen und chlorartigen Ingredienzen, das das Territorium markierte. Man roch es an allen Orten, wo regelmäßige Desinfektion erwartet wurde, in Flughafenhallen, auf Bahnhöfen, in Museumsfoyers und Hotelzimmern, an Orten, wo regelmäßige Reinigung zumindest durch entsprechende Duftstoffe vorgetäuscht werden mußte. Orte des Übergangs, Orte der allgegenwärtigen Kontrolle, mit dem sachlichen Hauch des Verfalls.

Flocken prallten gegen die Scheiben und lösten sich auf. Tropfen rannen in langen Schnüren, sie wurden vom Fahrtwind abgedrängt. Wir entfernten uns von Magnitogorsk, aber mit uns fuhr, steril und vertraulich, jener Geruch. Er versicherte uns, daß sich nichts veränderte.

Wir saßen uns gegenüber und tranken Tee. Gläser in ziseliertem Blech, heißer Henkel. Kochendes Wasser aus dem Samowar im Gang. Vorsichtiges Nippen, Zurückzucken. So ging der Abend rasch seinem Ende zu, rasch und unbemerkt, und unendlich langsam zugleich. Mein Vater studierte Stadtpläne, ich vertiefte mich in den Anblick der verschneiten Steppe. Es gab nichts zu sehen.

Beleuchtete Straßen wanden sich in der Ferne durch die Dunkelheit. Manchmal der helle Dunstkreis einer Ansiedlung, futuristische Lichtnebel über der toten Landschaft, runder Strahlenkranz eines Ufos, das gerade aufsetzt, kaum glaubhaft, vorbei. Der Geruch war überall und nirgends. Ich stellte das Teeglas ab und roch an meinen Händen. Ich ballte die Fäuste, ich hielt diesen Geruch fest.

Man bettete sich auf eine schmale Pritsche und ließ sich vergehen. Der Geruch in dem Abteil vermischte sich mit den Ausdünstungen der Körper, mit der Luft aus den Lungen, aus den Gedärmen. Haare und Fingernägel wuchsen weiter. Man verließ morgens den Schlafwagen wie einen ausgelaugten Leib, schüttelte ihn ab.

Draußen war es noch dunkel. Wir kauften uns am Bahnhofsbuffet Weißbrotscheiben mit rotem Kaviar und süßes Schmalzgebäck und setzten uns damit in die Wartehalle. Moderne Schalensitze sollten verhindern, daß man sich quer über die Bänke legte und schlief. Ein Milizionär drehte Runde um Runde und rüttelte verdächtig wirkende Personen, denen der Kopf nach vorne sackte. Der Staat sorgte väterlich dafür, daß kein Alkoholiker durch Unachtsamkeit seinen Zug versäumte. Große Gepäckstücke stapelten sich auf Handkarren. Sperrige Transportgüter waren in Sackleinen gewickelt und festgezurrt. Hinter einem solchen Haufen bildeten Köpfe ein Dreieck: Vater und Sohn lehnten ihre Häupter an die Schultern einer jungen Frau.

Ein Mann holte für seine Mutter Wasser in einer alten Kaffeedose. Die Mutter schüttete ein weißes Pulver hinein und braute sich eine Suppe. Oder ein Getränk, eine Nährlösung, vielleicht ein Kopfschmerzmittel. Andere packten ihre Thermoskannen und Würste aus, Zeitungen wurden hin- und hergewendet, zusammengerollt, in Taschen geschoben. Bierflaschen klirrten in Plastiktüten, Bierflaschen gingen reihum. In großen Kübeln wuchsen staubige Fächerpalmen. Gesichter unter Kapuzen und Pelzmützen. Aufgezurrte Reißverschlüsse an Jacken und Stiefeln. Ein Kind warf einen Luftballon so hoch es konnte. Um die Füße der Wartenden strich ein dünnes Kätzchen, floh vor dem breiten Gleichschritt einer Gruppe Halbwüchsiger. Hände in Hosentaschen. Wodka. Kalkuliertes Trinken. Zwei Studentinnen schritten Arm in Arm die Reihen ab, hohe spitze Brüste unter engen Perlonpullovern wie kleine Hörner, das gesamte Bewußtsein darin konzentriert. Mit einem hellen Knall platzte dem Kind der Luftballon. Niemand erschrak. Niemand fühlte sich gestört. Durch den Saal ging ein allgemeines Raunen, ein bedauerndes »Oooo«. Durch die großen Glaswände sah man draußen in den Häusern Lichter entflammen und verlöschen. Eine Straßenbahn spiegelte sich mehrfach in den Scheiben und glitt geheimnisvoll an uns entlang. Das Kind rannte dem Kätzchen nach, packte es und trug es ernsthaft durch den Raum. Kleine Türen öffneten sich, dahinter klapperten Putzfrauen mit Besen und Schrubber, strichen mit Lappen über die Wände, wrangen Tücher aus. Draußen wurde es allmählich hell.

Sieht man es, fühlt man es, schmeckt man es? Wir traten mit unseren Gepäckstücken auf den Bahnhofsvorplatz und bemerkten nichts Besonderes. Tscheljabinsk war eine normale Stadt, eine relativ reiche Stadt für hiesige Verhältnisse. Hier kreuzten sich die Hauptverkehrswege zwischen Nord- und Südural, dem europäischen Rußland und Mittelasien. Hüttenindustrie, Chemiewerke, Maschinenbau.

Das Bahnhofsgebäude schimmerte bläulichschwarz. Ich

trug meinen Koffer an einer Wand aus geschliffenem Granit vorbei, aber ich achtete kaum darauf. Samt und Seide, eine fürstliche Ausstattung der allgemeinen Verkehrsknotenpunkte, wie die Moskauer U-Bahn-Stationen mit ihren Lüstern, Stuckdecken und Wandmosaiken: ernst feierte man die arbeitenden Massen auf ihren Alltagswegen durch die Stadt. Die übrigen Häuser Päckchen in fadem Grau, von den Rückständen der Heizperioden, den Abgasen, vom Wetter zerfressen.

Sah man es? Spürte man es?

Ich folgte meinem Vater schwerfällig durch die Straßen, durch eine körnige Grundmasse, die hier und da glänzte. Die Steine in der Stadt drängten sich an mich heran, drängten sich auf. Blutwurstflächen, ausgestellte Flächen einer enormen öffentlichen Metzgerei, rosa und rötlich, der Schnee hob sie hervor, Gebäudesockel und Vortreppen, Mauern, Brunnenanlagen in der Maserung von grober Leberwurst, von Knoblauch-Salami, Mortadella. Das verwendete Gestein stammte aus den Tiefenschichten der Erdrinde: harte, dauerhafte Plutonite, benannt nach Pluto, dem Herrscher der Unterwelt.

Ich schleppte mich an polierten Platten vorüber. Die Außenwände des Postamts zierte ein rötlichgrauer Granit. Aus der Nähe bemerkte man hier und da ein Aufblitzen winziger Glimmerplättchen. Feinverteilter Eisenglanz verursachte die rostiggraue Verfärbung. Der Berg lag bloß, er zeigte sein rohes Fleisch wie Wundmale. Flächen der Erwartung. Flächen, die uns mit tausend Augen beobachteten.

Ich bewegte mich in einem eigentümlichen Dunkel, im Schatten der Hauswände, immer im Schatten, obgleich keine Sonne schien, während mein Vater energisch und selbstverständlich im Licht ging. Bei ihm untergehakt, ließ ich mich ziehen, ich tat, als wäre alles wie immer.

Das Hotel URAL war mit dunkelgrauem Lamprophyr verblendet. Der Lamprophyr wird auch als Grabstein geschätzt. Mein Vater stand auf geschliffenem Tiefengestein und füllte die Anmeldekarte aus. Zwischen den Kunstblumen im Wasserglas eine einzelne echte, halb entblätterte Rose. Der Portier schnippte ein trockenes Blütenblatt zu Boden und schob uns die Schlüssel hin.

Mein Vater reichte mir ein Stück Konfekt weiter. Ich aß es im Gehen auf der Treppe. Es war erst in eine Lage festes weißes, dann in durchscheinendes Papier gewickelt und trug den Namen »Orchidee«. Ich strich das äußere Blättchen glatt. Hinter einer rosa Blüte und einem eleganten grauen Schriftzug beulten sich drei Fingerkuppen, blaß und unpassend, ungehörig.

Im Zimmer hing ein Poster. Junge Frau auf Pfennigabsätzen, in knapper Hose, dünner Bluse beim Autostopp. Jemand brachte heißen Tee. Wir nahmen die Wertsachen an uns, legten unsere Schlafanzüge unters Kopfkissen, verschlossen die Koffer.

Die Pelze hingen dicht an dicht und sprühten Funken. Eine Wellblechbaracke leitete die Spannung weiter, leitete sie auf die Straße, verführte die Passanten, einzutreten. Ein unrasierter Mann lehnte rauchend an der Tür. Ein rostiges Vorhängeschloß, ein alter Autoreifen. Eine Kleiderstange, eine Kassenschatulle. Rotfuchs und Silberfuchs, Luchs und Iltis. Damen in hochhackigen Stiefeln betasteten das Grannenhaar der Zobelmäntel. Mein Vater prüfte die Preisschilder und probierte eine Fellmütze auf.

»Das ist Kaninchen«, bemerkte ein schnauzbärtiger Mann in Jeansjacke, der unbemerkt herangetreten war. »Kaninchenkappen führen wir in Schwarz und Weiß, das Fell ist sehr fein, aber es verliert leicht Haar.«

Mein Vater blickte verunsichert hoch. Man sah ihm an, daß ihm das Kaninchenfell gefiel, aber nun überlegte er, ob es nicht eher zu kleinen Kindern oder alten Männern paßte. Der Verkäufer ließ ihm keine Zeit zum Nachdenken. Er setzte ihm eine Mütze nach der anderen auf und hielt ihm einen Handspiegel vor.

»Hier, sehen Sie ... Biber ... Waschbär ... Bisam ... davon haben Sie länger etwas, das Material ist strapazierfähig.«

»Bisam«, warf mein Vater skeptisch ein, »Bisam ist doch Rattenfell, oder?«

»Bisamratte, hält sehr gut warm, sehr kleidsam«, bemerkte der Verkäufer launig. »Steht es ihm nicht gut?« wandte er sich an mich.

»Ratte kommt nicht in Frage«, sagte mein Vater knapp und legte die Mütze angewidert zur Seite.

»Macht vielleicht etwas blaß«, räumte der Schnauzbärtige ein. »Aber hier habe ich noch etwas Hübsches, Wolfspelz, sehr stabiles Haar, gut zu reinigen, trägt man ein ganzes Leben.«

Mein Vater musterte sich im Spiegel, das Fell stachelte grob und lang um sein Gesicht.

»Kann ich diese eine noch mal probieren«, murmelte er zu sich selbst, zog eine Fellmütze unter den anderen hervor, schielte verstohlen auf das angehängte Pappkärtchen und drückte sie sich auf den Schädel. Der Verkäufer demonstrierte ihm, wie man die Ohrenklappen entweder unter dem Kinn verschnüren oder aber hochbinden konnte. Mein

Vater war zufrieden. Er klemmte sich die Mütze unter den Arm, suchte passendes Geld zusammen und streichelte versonnen über den Pelz.

»Waschbär«, sagte er auf der Straße zu mir, »ich habe Waschbär ausgesucht. Ein sympathisches Tier, nicht zu groß, solide.«

»Du hast es gut gemacht«, pflichtete ich bei. »Diese Mütze sitzt auch richtig, die anderen waren zu weit oder zu klein.«

»Warum nimmst du keine Pelzkappe?« fiel ihm plötzlich ein. »Du brauchst auch etwas Warmes aufs Haupt, nicht dieses schäbige Kopftuch. Ich schlage das weiße Kaninchen vor, kuschelig, hochmodern.«

Ich seufzte. »Wenn überhaupt, dann allenfalls Fuchs. Aber ich möchte keine. Es ist nicht mein Stil.«

Das Kaufhaus räkelte sich, schüttete gelbes elektrisches Licht aus den Fenstern, ließ die glänzende Verkleidung wie Wasser von sich abrinnen. Im Quergang zur Kasse liefen wir über Bodenplatten, die eine angenehme Wärme abstrahlten, als hätte sich die Temperatur tieferer Lagen darin gehalten.

Ich versuchte, uns ein paar praktische Gegenstände zu beschaffen, die es in Magnitogorsk nicht gegeben hatte. Ich kaufte einen Kompaß, einen kleinen Rucksack und eine Packung Wattebäusche. Ich kaufte eine Thermoskanne, ein Taschenmesser und ein Fläschchen Jod.

Mein Vater war in der Parfümerie verschwunden. Ich folgte ihm, teilnahmslos und vorsichtig, um nicht mit meiner dicken Kleidung etwas zu Boden zu werfen. Ich sah ihn an schmalen Fläschchen riechen, er rümpfte die Nase.

»Was hältst du hiervon?« Er reichte mir ein Flakon, ich

hielt es mit beiden Händen fest und fuhr mit dem Daumen über die Facetten. »Kristallwasser.« Das Parfüm roch nach Blechbüchsen und feuchtem Moos, nach Steinen an einer Quelle und der faden Flüssigkeit, die sich sammelt, wenn man einen Kühlschrank abtaut. Dann sah ich auf dem Glasboden eine Frau mit genießerisch gesenkten Lidern eingraviert. Sie lag eingeschlossen in die erstarrten Wasserfälle, die von den Felshängen über sie hinwegströmten, sie lag in einem leichten Schlaf tief unten im gläsernen Palast, die Bergkönigin in ihrem Sarg, unberührbar, träumend. Ich wagte nicht, das Fläschchen zu drehen, ich wollte es nicht fallen lassen, statt dessen schnupperte ich noch einmal daran. Ich roch jetzt Berggeister mit Zipfelmützen, Rauhreif im Bart, die Brautschau hielten, und ich spürte in mir etwas Gewaltiges, Klares, reines Wasser oder Luft in großen Höhen, die nach nichts roch, die geruchlos war.

»Gehört das zu unserer Ausrüstung?« fragte ich.

»Gefällt es dir?«

»Mir gefällt es«, sagte ich, »es ist raffiniert.« Ich gab meinem Vater das wertvolle Wässerchen schnell zurück. Meine Finger zitterten.

»Dann nehmen wir es«, beschloß mein Vater und machte sich auf, um die Kasse zu suchen.

In einem Restaurant aßen wir Rote-Beete-Suppe, Kohlpiroggen und Hackbraten. Eine Frau in geschupptem Schlangenanzug sang in ein Mikrofon. Über ihr kreiste eine Diskokugel. Dichter Zigarettenrauch. Niemand sprach.

Mein Vater stürzte in einem Zug sein Getränk hinunter, ein dünnes Kompott, auf dem Boden des Glases lag eine aufgeweichte Pflaumenhälfte mit Kern. Ich stocherte im

Hackbraten, in den Kohlstreifen. Mein Vater aß mit Appetit.

»In der Werkskantine ist es billiger«, sagte er, »wesentlich billiger, aber ich habe es dort nur eine Woche ausgehalten. Graupen, Grütze, Brotsuppe, für mich war das nichts. Hier in diesem Lokal haben sie eine weiße Tischdecke, es gibt eine schmackhafte Vorsuppe, sauberes Besteck – fast wie zu Hause. Wir sind verwöhnt.«

Ich riß mich zusammen, ich aß die Suppe auf und angelte die Pflaume aus meinem Glas.

Mein Vater zog eine Serviette aus dem Ständer und wischte sich den Mund ab. Ich griff ebenfalls zu den Servietten, sie waren nach einem unverständlichen System aufgefächert, ich zog, sämtliche Servietten kamen mir entgegen, es war immer dasselbe. Unauffällig versuchte ich, zwei zu entnehmen und den Rest wieder in den Ständer zurückzuschieben, sie knüllten sich etwas, ich stopfte nach, die Eleganz war hin. Hastig legte ich das Fleisch von meinem Teller zwischen zwei Brotscheiben und wickelte das Ganze ein. Die Servietten waren sehr klein, von Wickeln konnte kaum die Rede sein, ein Papierchen oben, eins unten, mein Vater trank mein Kompott, ich steckte das Päckchen in meine Handtasche.

Auf der Toilette empfing mich der übliche Desinfektionsgeruch. Ein Mann und eine Frau verließen die Damenkabine und zupften vor dem Spiegel ihre Kleider zurecht. Ich betrat die Kammer, aus der sie gerade gekommen waren, ich sog die Luft ein, der süßliche Geruch überdeckte alles.

Mein Vater setzte sich im Schlafanzug auf sein Bett und sank tief ein. Er wippte prüfend, die Hände auf der Bettkante, er legte sich lang auf den Rücken, stieß sich mit den

Fersen ab und federte. Das Oberbett verrutschte zur Mitte hin, die Matratze nahm Trichterform an.

»Bist du noch da?« fragte mein Vater, als sei er im Begriff, ganz aus der Welt des Sichtbaren zu verschwinden. Um mir die Tragik der Situation zu verdeutlichen, wälzte er sich der Länge nach zum Rand und ließ sich behutsam auf den Vorleger fallen. Er kniete sich hin, schob die Decken zur Seite und zog das Laken von einer Ecke ab.

»Siehst du, völlig durchgelegen.«

Er preßte mit der flachen Hand von oben, er tastete nach dem Federkern, seine Untersuchung blieb ergebnislos. Er hob die Matratze an und besah den Bettkasten. Eine Batterie quietschender Metallspiralen nahm nächtlichen Staub entgegen, altersschwach, ausgeleiert. Mein Vater drückte seinen Pantoffel darauf, die Spiralen wichen dem Druck aus.

»Hat gar keinen Zweck«, sagte er. »Wie sieht es bei dir aus?«

Er testete mein Bett, es bestand aus ähnlichen Komponenten, nur die Federn knarrten in einem anderen Ton.

»Mir macht es nichts aus«, sagte ich, »ich bin müde, laß uns schlafen.«

Mein Vater öffnete den Kleiderschrank, wischte mit einem Taschentuch die einzelnen Fächer aus und hob vorsichtig eines der lose eingelegten Bretter heraus. »Das müßte eigentlich hinkommen«, murmelte er und schleppte das Brett zu seinem Bettgestell. Ich beobachtete von meinem Kopfkissen aus, wie er das Brett unter seine Matratze schob. Voll Elan entwendete er dem Kleiderschrank das Innenleben und lagerte die Teile paßgenau auf den Sprungfedern. Dann löschte er das Licht und schlief sofort ein. Mir schien, er schlief mit Begeisterung.

Ich selbst war so erschöpft, daß ich noch lange wachlag. Ich lag hart und angestrengt in der Bettkuhle, ich fror zum Verzweifeln, ich war hart wie ein Stein.

Ein Grollen schwoll an und donnerte über uns hinweg. Ich duckte mich im Bett, ich preßte das Kinn an die Brust, suchte unter der Decke Schutz. Das Grollen entfernte sich, dann kam es erneut. Das Hotel lag in der Einflugschneise zum Flughafen. Ich hatte einen metallischen Geschmack im Mund. Erst als es hell wurde, fiel ich in einen leichten Schlaf.

27 Asbest

Ich hatte etwas auf der Zunge, den ganzen Mund pelzig wie bei einer Obstallergie. Wir standen vor einem Telefonapparat an einer vielbefahrenen Straße. Das Telefon im Hotelfoyer war lange besetzt gewesen, und wir waren schließlich nach draußen gegangen. Mein Vater telefonierte mit Magnitogorsk.

»Er ist nicht da?« rief er in den Hörer. »Wie, er ist nicht da? Gar nicht da? Was soll das heißen, weg? Wie lange schon? Er kann doch nicht einfach weg sein, er ist der Chef! Wenn er wiederkommt, wir bleiben noch zwei Tage länger. Ich melde mich morgen noch mal. Spurlos verschwunden? Unsinn. Bis später.«

Er drückte die Gabel und sah befremdet auf den Hörer in seiner Hand. Er schüttelte den Hörer, als müßten dabei kleine Kugeln herausfallen, aber es fiel nichts. Dann hängte er ein.

»Verschwunden«, sagte er trocken zu mir. »Grave ist verschwunden.«

Ich hatte Haare im Mund, Haare überall, Haar des Fuchskragens, Haupthaar, rötliches Achselhaar unter den Mantelärmeln, nach außen gekehrt. Ich fühlte mich hilflos, auf links gestülpt.

Ich stellte mir vor, wie Wolfgang Grave eine schnurgerade verschneite Straße entlangfuhr, auf das streikende Autoradio einschlug, seine innere Anspannung in Tätigkeit umsetzte. Wie er sich seinen eigenen Leerlauf schuf, weil er den allgemeinen Leerlauf nicht mehr ertrug. Er konnte nicht warten. Er mußte sich abreagieren, egal womit. Er hatte sich nicht abgemeldet. Sich nicht verabschiedet.

Ich wählte die Nummer von Ludmilla. Ihre Stimme klang kühl und beherrscht, als wäre sie bereit, jedes Ereignis hinzunehmen wie das Wetter.

»Ich habe es mir gleich gedacht«, sagte sie nur. »Ich dachte mir, daß er es nicht lange durchhält.«

Ich hörte ihre Absätze auf den Boden klacken, sie ging hin und her, und ich sah vor mir, wie sie die Telefonschnur in die Länge zog.

»Ich weiß nicht, wo er ist«, sagte sie. »Niemand weiß es. Die Firma tobt. Ich selbst bin ganz ruhig. Ich warte nicht darauf, daß er zurückkommt. Man weiß gar nichts. Es ist sinnlos.«

Ich versuchte zu schlucken, etwas kitzelte mich im Rachen, Haare wie kleine Splitter, die sich in den Atemwegen festsetzten, der Lunge schadeten. Haare, die auf der Haut juckten, feinste Haare, kaum sichtbar und harmlos-gefährlich wie Asbest. Ich wischte mir mit dem Wollhandschuh übers Gesicht. Mein Mantel war an mir festgeklebt. Ich steckte die Hand in die Tasche. Haare umgaben mich, als wäre mir ein Fell gewachsen über Nacht. Als wäre ich ein Tier, das nicht aus sich herauskam.

Die Metallurgie hatte immer schon Menschenopfer gefordert. Die Metallurgie griff in den Lauf der Natur ein, die Metallurgie war für die Götter eine Beleidigung. Damit das Schmelzen des Metalls gelang, mußte sich jemand in den Ofen stürzen und bei lebendigem Leibe verbrennen, um die Götter zu beschwichtigen. Eisernes Zeitalter. Die Eisenschmelze bedurfte fester Rituale, die nach und nach aufgeweicht wurden. Um den Göttern ihren Teil zu lassen, fütterte man die Öfen mit Haaren und Fingernägeln, auch mit Ersatzopfern, Hühnern und Kleingetier. Der Gewinn war gering, Menschen starben an anderer Stelle. Starben in Kriegen und Massakern: Folgen der Schmiedekunst. Waffen aus Eisen forderten grundsätzlich ihren Tribut.

Auch bei der Errichtung des Magnitogorsker Metallurgischen Kombinats hatte man Opfer gebracht. Bauarbeiter waren zu Tode gekommen, auch später hatte es Unfälle gegeben, unvermeidlich bei Arbeiten mit Weißglut, flüssigem Eisen, der Handhabung hoher Temperaturen. War es also überraschend, wenn auch aus den Reihen deutscher Ingenieure der eine oder andere nicht wieder nach Hause kam? Direkt oder indirekt zur Fütterung der Öfen diente? Ludmilla jedenfalls wunderte sich nicht.

Sie hatte sich auch vorher nicht gewundert, als Wolfgang Grave Bemühungen angestellt hatte, ihr näherzukommen. Er in seinem teuren Markenanorak, der den Eindruck erweckte, daß er auch seine Freizeit nur pro forma verlebte, immer mit jenem ironischen Abstand zur Welt, der der Demonstration seiner Überlegenheit diente. Wolfgang schaffte sich gezielt Freizeitkleidung an, weil er der Meinung war, daß dies zu seinem Arbeitsleben dazugehörte. Seine Untergebenen trugen ebenfalls Anoraks, Allzeit-bereit-Anoraks, die bewiesen, daß sie zupacken konnten, wenn es sein mußte. Sie trugen die Anoraks im Büro, auf der Baustelle, in der Stadt. Wenn Wolfgang seinen Anorak trug, wirkte er wie auf dem Sprung zum Angeln. Man nahm ihm die Arbeitskleidung nicht ab. Man erwartete nicht, daß er den ganzen Tag durchhielt in dieser Montur, man rechnete damit, daß er Besseres vorhatte, daß er in der nächsten Minute verschwand.

Jetzt war er wirklich verschwunden. Jetzt würde er seinen grauen Wollmantel tragen, als wäre dieser ein Garant dafür, daß sein Verhalten unausweichlich war.

Er konnte sich nicht mit Alkohol ablenken. Abende an der Bar, gemeinsam mit den russischen und polnischen Facharbeitern, Abende mit Ludmilla im Restaurant, mit den Kollegen im Hotel machten ihm vielmehr deutlich, daß nichts voranging, daß man nicht arbeitete, daß die Langeweile alles durchdrang. Er hatte kein Hobby. Er konnte sich über die Nutzlosigkeit einer Beschäftigung nicht hinwegtäuschen. Rußland war für ihn nicht eine emotionale, sondern eine metaphysische Herausforderung.

Leerer Raum. Die Zeit rollt vorüber wie ein Sattelschlepper, träge und unverbunden. Adjektive, mit denen man sie charakterisiert, festzuhalten sucht. Groß und schön und schnell. Das Größte, das Schönste, gemessen woran? Tätigkeiten, Tisch decken, Pläne zeichnen. Ein Rechteck mit etwas anfüllen, vorübergehend. Einen Kubus mit dem eigenen Körper anfüllen, ebenfalls vorübergehend. Von einem Zimmer ins andere wandeln, vorübergehen, das Leben im Kleinformat. Wolfgang Grave fuhr Auto, sammelte Kilometer. Staffierte sich in Deutschland damit aus. Ziellosigkeit verdrängen. Groß und schön und schnell. In Rußland nützte ihm das nichts. Hier sammelten die Kilometer ihn. Die Zeit träge, aufgebläht, nicht zur Verfügung. Ab und zu stieg er aus und trank in einer Bar Kaffee. Ab und zu benutzte er die Toilette der Bar. Nicht mit Albrechts Verwegenheit, nicht provokativ, sondern unauffällig. Als Gentleman. Abends, im Hotel, führte man ihm hübsche Mädchen zu. Er war müde, er tat, was er als seine Pflicht interpretierte. Zeitlosigkeit der Fortpflanzungsakte. Verbundenheitsgefühle mit der Gattung. Wärme eines zweiten Körpers. Wärme des eigenen Körpers, erst jetzt spürbar. Immer gleich.

Wenig hatte sich durch seine Fahrt geändert. Nur bewegte er sich jetzt voran. Die Versäumnisse, die Arbeit immer im Nacken. Wir alle fortwährend in seinem Kopf.

Weit würde er nicht kommen. Man konnte nicht einfach durchs Land fahren, irgendwo absteigen. Rußland erforderte Einladungen, Erlaubnisschreiben, Visadokumente für jeden Aufenthalt in einer anderen Stadt. Man verschwand hier nicht.

In unserem Zimmer holte mein Vater einen Stapel Zeitungen aus seiner Aktentasche. Ich warf zwei Teebeutel in Gläser und goß aus dem Wasserkocher heißes Wasser auf. Ich löffelte Zucker aus einem Paket. Mit solchen Dingen war man beschäftigt. Mit solchen Dingen verging der Tag. Ich nahm mir ein Zeitungsblatt, aber ich wollte nicht lesen. Ich überflog die Überschriften und versteckte mich hinter der aufgeschlagenen Seite. Ich sah die Teegläser an und wußte, wenn ich mich wirklich konzentrierte, könnte ich sie über die Tischkante fallen und zerspringen lassen. Übersinnliche Fähigkeiten waren in Rußland eine Frage der Willenskraft. Ich sah auf das Glas meines Vaters, es verschob sich leicht. Mein Vater merkte nichts.

Hatte ich etwas getan, hatte ich nichts getan? Handlungsfähigkeit spielte keine große Rolle. Die Ereignisse geschahen oder sie geschahen nicht. Das Ungenaue dieser Art zu leben hätte uns mit Leichtigkeit erfüllen können. Aber es erfüllte uns mit Angst. Ich ließ das Glas meines Vaters noch ein Stück wandern. Mein Vater nahm es, ohne aufzublicken, in die Hand, hielt es einen Moment, ohne zu trinken, stellte es exakt an seinen alten Platz.

Dann bereitete mein Vater ein kaltes Abendbrot. Er steckte sich ein Handtuch als Schürze in den Gürtel und pellte die Eier, die er im Wasserkocher hartgekocht hatte. Er schnitt sie auf einer Zeitung in Hälften und öffnete ein Glas Mayonnaise. Ein Glas saure Gurken. Dazu gab es helles Brot. Kein Fisch. Keine Milch. Keine Pilze. Wir wollten kein Risiko eingehen. Wir gingen kein Risiko ein. Es hatte etwas von Aberglauben. Von Fastenspeise. Schuldkomplexen.

Mein Vater verteilte Mayonnaiseklackse und steckte Zahnstocher in die Eierhälften.

Etwas Haariges zwischen mir und meinem Vater. Leiser Vorwurf meiner Untätigkeit. Natürlich waren im Moment alle untätig, die ganze Belegschaft war zu Untätigkeit verdammt, aber ich gehörte nicht zur Belegschaft. Ich saß in einem Biographieloch, auf besondere Weise arbeitslos. Die ungeklärten Verhältnisse einer ungeschriebenen Dissertation machten ihn nervös, das Niemandsland zwischen Studium und Beruf löste Reizbarkeit aus, weil er argwöhnte, daß ich mich vor etwas drückte. Er betrachtete mein Freizeitverhalten, meine vage Berufssituation als Flucht vor dem Entscheidenden. Ich dagegen brauchte meine ganze Kraft, um mich mit etwas Entscheidendem zu konfrontieren. Rußland hatte bei mir Angst ausgelöst und mich gleichzeitig magisch angezogen. Es war keine Reiselust, die mich hierhergetrieben hatte, sondern, seltsam, das Gefühl einer Verpflichtung. Als müßte ich meinem Vater helfen, es durchzustehen. Als müßte ich mir selber beweisen, daß ich es durchzustehen vermochte. Es? Das Haarige des hiesigen Lebens?

Zu Hause hatte ich mein Konto überzogen. Ich hatte keine Einkünfte zu erwarten, ich befand mich am Nullpunkt sozialer Existenz. Das Beunruhigende war, daß ich keine Aufgabe hatte, aber auch keinen Urlaub. Ich mußte mir eine Intellektuellenbiographie besorgen. Auslandsaufenthalte. Studienjahre. Sprachen. Ich scheute mich schon vor dem ersten Schritt. Ich war mir unheimlich geworden, ich wurde mir von Tag zu Tag unheimlicher, weil ich merkte, wie ich diesen Schritt unterließ, wie ich ihn immer weiter hinauszögerte und er mehr und mehr unwirklich wurde. Meine Biographie interessierte mich nicht mehr. Ich hatte Sehnsucht nach Kometen.

»Dem war alles zuzutrauen«, sagte mein Vater und legte einen Zahnstocher an seinen Tellerrand. »Er hat sich nichts zuschulden kommen lassen, er war immer korrekt, aber man hatte stets das Gefühl, ihm lästig zu sein. Man spürte, daß er seine Arbeit nicht gern tat. Er war sich eine Spur zu fein dafür, aber er wollte es nicht wissen. Deshalb gab er sich mit uns besondere Mühe, er strengte sich an, mit uns auf eine Wellenlänge zu kommen, aber wenn man sich anstrengen muß, schafft man es natürlich nicht. Unsereins war ihm zu popelig. Er hat nie über sich gesprochen. So habe ich es dann auch gehalten. Nichts Privates erzählt, nie etwas von der Familie. Er hat das gar nicht gemerkt, es hätte ihn nicht interessiert. Für dich hat er sich ja auch nicht interessiert. Oder hat er sich mit dir jemals unterhalten?«

»Nicht wirklich«, sagte ich sanft. Ich biß in ein Weißbrot und hielt es im Mund, ohne zu kauen. Ich wandte mein

Gesicht ab und stützte den Kopf in die Hände. Die Haarigkeit, die sich an mir ausgebreitet hatte, nahm an Stärke und Dichte zu. Ich legte die Handflächen auf die Wangen. Falls mir ein Bart wuchs, würde mein Vater es nicht sofort erkennen.

»Es ist ihm zu blöd mit uns geworden«, stellte er abschließend fest. Metaphysische Unruhe kam für ihn nicht in Betracht.

Unter der Dusche versuchte ich, die Haare abzuwaschen. Man sah noch nichts, aber ein wattiges Kribbeln umgab mich wie einen Hirtenhund.

Der Duschkopf mit seinem Heiligenschein im Sprühnebel, der Chlorgeruch des Wassers, der pistaziengrüne Plastikschlauch. Am Rand der Duschwanne war eine runzelige Seife liegengeblieben, ich ließ sie von einer Hand in die andere flitschen, sie schäumte kaum.

Sehnsucht nach Kometen: Es sollte etwas passieren, mit dem sich etwas Neues ankündigte, etwas grundlegend Neues. Aber wir waren noch damit beschäftigt, mit dem Bisherigen fertig zu werden.

Ich hätte gern die alten Formen wieder angeschafft. Meinen Vater zu siezen begonnen. Ihn mit dem Pluralis majestatis angesprochen, als hätte ihm so die Ehre zuteil werden können, die die anderen ihm absprachen. Als hätte ich so den Abstand zu ihm vergrößern können. Wolfgang Grave ließ alle ihre Defizite spüren. Als läge gerade in den Defiziten eine Möglichkeit.

Die Haare ließen sich nicht abwaschen, sie quollen auf und begannen, nicht nur zu jucken, sondern auch zu schmerzen.

Im Korridor ging das Licht an, das kleine Fenster in der

Tür zur Dusche wurde gelb. Schattenhaft sah ich den Kopf meines Vaters vorbeiziehen. Ich schrie.

»Beobachte mich nicht«, schrie ich.

»Ich gucke doch gar nicht«, rief er erstaunt.

Ich setzte mich auf den Boden der Duschwanne, ich sah zu, wie mein Bauch in kleine Rollen fiel, dann sah ich endlich nichts mehr, weinte.

28 Nullpunkte

Du hättest dir niemals zugetraut
es länger hier auszuhalten,
länger als vielleicht eine Nacht
einen Tag, noch eine Nacht,
und so weiter.
Du hattest gehofft, ruhig zu sein.
Hattest es gefürchtet.
Jetzt versteckst du dich
unter dem Kreisen der Flugzeuge,
den ausgeleierten Geräuschen: wie ein Weckerklingeln
das zum Schlafen dient, zum Starten und Stürzen.
Du drückst einen Lichtschalter,
preßt dich gegen eine Klinke,
klammerst dich an deinen Handschuh,
an die Luft in deiner Faust.
Die Angst kommt im Nachhinein,
sie beginnt in den Fingern,
eine Gardine weht manchmal im Luftzug der Tür,
als sei sie beteiligt am Aufbau und Abbau eines Tages,
als sei sie der Schatten einer schnellebigen Wolke,
der über das Fensterglas huscht,
die unscheinbare Last der Leere.
Manchmal fällt dir etwas ein
wie ein Lächeln von weither,
genau erinnerst du dich nicht,
überhaupt erinnerst du dich kaum,

du hast den Eindruck etwas fortzusetzen,
einen einfachen bekannten Ablauf,
dessen Anfang dir bereits entfällt.

Wir saßen zusammen am Tisch und studierten Kataloge. »Für die atomare Sicherheit.« Ein unscharfes Foto zeigte eine winzige Betonkuppel neben einem Schornstein. Die Wölbung strahlte eine quasi sakrale Ruhe aus, man konnte sie auf dem Foto von einem Krematorium nicht unterscheiden.

»Ich möchte es sehen«, sagte ich.

Im Intourist-Büro gab es nur ein Achselzucken. Im Prinzip bestand das Angebot, jenen Ausflug zu machen, aber im Winter galten besondere Bedingungen, die Straßenverhältnisse waren schlecht und veränderlich, sie ließen nur kurzfristige Planungen zu. Zudem benötigten wir Bescheinigungen der Firma, die uns als Spezialisten auswiesen.

»Spezialist wofür?« fragte ich.

»Das müssen Sie doch wissen, was Ihr Spezialgebiet ist«, gab die Büroangestellte zurück. »Natürlich sollte ein Zusammenhang zu den Inhalten der Fahrt bestehen, es ist eine Bildungsreise, üblicherweise wird sie direkt von der Firma gebucht.«

»Und was raten Sie uns?« murmelte ich bescheiden.

»Sie können sich höchstens einer bestehenden Gruppe anschließen. Fragen Sie morgen wieder nach.«

Am nächsten Morgen betraten wir höflich das Intourist-Büro. Die Angestellte hob die Brauen.

»Wie stellen Sie sich das vor«, klagte sie, »wie soll sich in so kurzer Zeit eine ganze Gruppe bilden!«

Am folgenden Tag suchte mein Vater das Büro davon zu überzeugen, daß es sich bei uns beiden um eine Kleingruppe handelte. Die zuständige Angestellte wollte unsere Papiere sehen. Mein Vater reichte ihr zwei dünne Blättchen über den Tisch. Schreibmaschinenschrift, Stempel der Firma, Daten, Unterschriften. Sie studierte die Zettel sehr genau.

»Spezialisten für Elektrotechnik. – Welches Interesse haben Sie als Elektriker an der atomaren Sicherheit?« hakte sie nach.

Mein Vater richtete sich auf und wölbte die Brust. »In jedem Atomkraftwerk operiert man mit elektrischem Strom«, sagte er siegesgewiß. »Rußland wird doch darin keine Ausnahme machen?«

»Natürlich nicht«, versicherte das Büro rasch.

Grundsätzlich war gegen eine Kleingruppe nichts zu sagen. Man mußte nur ein entsprechendes Fahrzeug beschaffen.

»Sie werden verstehen, daß es sich nicht lohnt, den Reisebus einzusetzen. 40 Plätze für zwei Personen, das ist unmöglich.«

»Kein Problem«, betonte mein Vater gutgelaunt, »wir nehmen ein Taxi.«

»Sie stellen sich das zu einfach vor«, bemerkte das Büro in vertraulichem Ton und beugte sich über den Schreibtisch zu uns vor.

»Dieser Ausflug führt ins Sperrgebiet. Taxifahrer haben dafür keine Lizenz. Nur mit Intourist-Fahrzeugen kann man in diese Bereiche gelangen.«

Mein Vater schluckte. Er biß die Backenzähne aufeinander und schluckte erneut.

»In diesem Fall wäre es sehr nett, wenn Sie versuchten, uns einen passenden Wagen zu besorgen«, erklärte ich abschließend und zog meinen Vater auf die Straße.

Die folgenden Tage verbrachten wir damit, Nachrichten über verschiedene Komplikationen entgegenzunehmen. Die Angestellte des Büros hatte sich um einen Wagen bemüht und ihn auch erhalten, aber der Reiseleiter war erkrankt. Dem Reiseleiter ging es besser, aber der Wagen war überprüft worden und befand sich in der Werkstatt. Der Wagen stand startklar bereit, jedoch hatte es in der Nacht sehr gestürmt, ein bestimmtes Straßenstück war zugeschneit und nicht befahrbar. Die Straßenverhältnisse hatten sich wieder normalisiert. Das Museum für Reaktorsicherheit unternahm einen Betriebsausflug.

Mein Vater schob grimmig das Kinn vor. »Wir werden hinfahren, auf alle Fälle. Wir bleiben so lange hier, bis es klappt.«

Er hatte mit Magnitogorsk telefoniert. Wir wurden nicht gebraucht.

Wir saßen im Hotel und warteten, wir saßen fest. Es ging weder vor noch zurück. Wir saßen da und warteten, ich erinnerte mich schon nicht mehr genau, worauf. Irgendwo war etwas eingeschneit; irgendwo funktionierte etwas nicht nach Plan; vielleicht funktionierte auch alles, nur hatte man keine Lust, es uns mitzuteilen.

Mein Vater reparierte die Steckdosen. Ich wunderte mich nicht, daß er Werkzeuge dabei hatte. Schraubenzieher, Zange, Hämmerchen. Für alle Fälle. Ich wunderte mich längst nicht mehr. Mein Vater reparierte die Deckenlampe. Sie war aus milchigen Glasplatten zusammengesetzt, und eine der Platten hatte sich gelöst. Als wir die Tür aufschlossen, war sie vom Luftzug erfaßt worden und heruntergefallen. Die Glasscheibe zerbrach in zwei Stücke. Wir meldeten den Vorfall an der Rezeption. Achselzucken. Mein Vater klebte die Teile mit Tesafilm notdürftig zusammen und montierte die Scheibe wieder ein.

Wir saßen zusammen am Tisch, auf Holzstühlen mit Synthetikpolstern, wir warteten, wir übernahmen lange Zahlenreihen, Sekunden, Minuten, Stunden bis zum nächsten Augenblick. Ich züchtete Kristalle aus den Fenstergläsern. Fahles Licht lagerte sich an, die Wände verflossen, schraubten sich durch den Raum und verfestigten sich an anderer Stelle in tafeligem Habitus. Die Deckenlampe drehte sich und warf feine Gitter durchs Zimmer. Spiegelungen liefen über die Tischplatte und verliehen ihr eine unerwartete Beweglichkeit.

Mein Vater räusperte sich und ging ins Bad. Ich beobachtete das Licht durch die geriffelte Scheibe in der Badezimmertür. Altmodische Rauten brachen es in verschiedene Richtungen, der dunkle Kopf meines Vaters fächerte sich scharfkantig auf.

Das Zimmer kristallisierte aus. Ich sah, wie der lackierte Türrahmen immer heller zu brillieren begann, ich sah den Rand einer Plastiktasse schimmern, ich sah, wie der verschlissene Bezug des Sessels glitzerte.

Draußen schneite es heftig, mein Vater wollte nochmals in die Stadt. Ich nahm es ihm übel. Mein Vater stülpte seine Fellmütze auf.

Man sitzt in einem Zimmer, sitzt es aus. Man konzentriert sich auf die Politur der Möbel und bringt sie zum Funkeln, man lädt sich mit Glimmer auf, fängt Lichtstrahlen in der Faust.

Gipfelketten, uneinsehbare Schluchten, überhängende Felsen. Mächtige Gebirge lasteten auf mir, sie drückten mich mit ihrer abweisenden Pracht. Ich beugte mich vor und ließ die Schultern hängen. Die Gesteinsformationen hielten mich fest. Es gelang mir noch, die Ellbogen auf die Knie zu stützen, dann blieb ich unverrückbar so hocken.

Dunkler Innenraum.

Ich schürfte ein wenig, eher unwillkürlich. Ich schmückte mich mit harten kleinen Gefühlen. Sie fanden sich nach und nach ein, ich schliff sie säuberlich ab und stellte sie in einer Reihe auf. Heimweh, blanke Quarzlinsen. Stiller Kummer, von feinen schwarzen Flittern überkrustet. Wunsch, sich auszudehnen, wie die terrassenförmigen Platten des Pyrit. Eingebildete Gefühle, unwahre Gefühle, nicht die richtigen Empfindungen für diesen Moment.

Mein Vater stürmte geräuschvoll herein.

»Wir fahren!« verkündete er.

Aus billigen Glaspasten fälschte ich gerade Aquamarine, Zirkone, Saphire, ich täuschte Opale vor, Achat.

»Aha?« Ich konnte gerade nicht sprechen. Eine Mineraliensammlung vor mir und in mir eine ausgeschlachtete Grube, Horror vacui.

29 Himmlische Heerscharen

Wir stiegen aus dem Bus. Eine Abgaswolke hüllte uns ein, Schnee spritzte unter den Rädern. Wir warteten, wie wir die ganzen Tage gewartet hatten, geduldig, ungeduldig, duldsam, warteten, bis die Rücklichter hinter der nächsten Kehre verschwunden waren. Dann liefen wir hintereinander den Straßenrand entlang. An der nächsten Gabelung nahmen wir die Nebenstraße, die nach Norden führte. Zwei kleine Holzhäuser, dann wurde die Straße noch schmaler und lief in einen Feldweg aus. Mein Vater zog die Landkarte aus der Tasche und hielt sie in den Wind.

»Man kann auf dieser Karte nichts erkennen«, brummte er, reichte sie mir und ging schon wieder weiter. Wir hatten dem Busfahrer mit dem Finger auf dem Plan gezeigt, wo wir aussteigen wollten. Er hatte uns irgendwo hinausgelassen, vielleicht war es die angegebene Stelle, vielleicht auch nicht. Unbebautes Gelände, hier und da Häusergruppen, von einem schütteren Verkehrsnetz zusammengehalten, dazwischen Sümpfe und Wiesen, Seen und Teiche, jetzt alles ununterscheidbar verschneit. Reifenspuren in einer weitgeschwungenen Kurve, Schnee zu beiden Seiten, aus dem ein paar trockene Halme ragten, sanft hügelan. Hinter der Biegung Holzlatten, senkrecht angenagelt zu Zäunen, blau und weiß gestrichene Balken, Hütten mit geschnitztem Dachfries, sauber und unangetastet unter der Schneelast, wie unbenutzt.

Der Feldweg eine leichte Senke, wir folgten ihr. Ein Schuppen aus Wellblech, daneben ein Betonzylinder wie eine Brunnenattrappe. Grau, mit weißer Haube, unklar, wozu. Der Schnee vor dem Schuppen festgebacken, gepreßt, ein Parkplatz in der Einöde, jemand kam manchmal hierher, »sind wir hier richtig?« fragte ich meinen Vater, er schwieg.

In einem Vorgarten stand ein Kind auf einem umgedrehten, angerosteten Emailletopf und stocherte mit einem Stock im Schnee. Ein zweites Kind auf einer Planke hockend, im gleichen Takt stochernd, rudernd, eisige Meere befahrend, unermüdlich, eifrig, stundenlang in Richtung Horizont, dorthin, wo, weit hinten, ein weißer Himmel an den weißen Schnee andockte und mit ihm verschmolz.

Nach dem Schuppen endete alles. Wir marschierten über ein weißes Feld. Den Schuppen hatten wir hinter uns gelassen, er zerfiel in der Vergangenheit in tausend Stücke, verpulverte, verschwand. Vor uns Gleichmaß, Blässe. Ein leichter Wind stäubte Schnee auf, verschleierte uns. *Hinter mir und vorder mir, da gilt es nicht: eins, zwei, drei, jetzt komme ich.* Das Feld breitete sein bleiches Tuch vor uns aus, es knotete seine Zipfel zusammen und schloß uns ein. Wir gingen hastig, stemmten uns gegen den Stoff, er gab nach, wir sanken ein bis zum Knie.

Mein Vater klopfte sich das Hosenbein ab. »Als Fußgänger ist man in diesem Land verraten und verkauft.« Er rückte sich den Schal zurecht, schob das Kinn vor.

Mein Vater schob das Kinn in die Richtung der Gruppe, er schien mir mit dem Kinn darauf hinzuweisen. Eine Gruppe dunkler Gestalten auf dem Schnee, menschengroß, aber unnatürlich gebeugt wie Krüppelkiefern. Sie standen beisammen, mit etwas Wichtigem beschäftigt. Aus der Entfernung war nicht zu erkennen, ob sie sich bewegten, ob sie gemeinsam weiterzogen oder ob es sich eher um eine Besprechung handelte, ein Ritual, einen Mummenschanz.

Leute überwinterten in Hütten aus Tannenzweigen. Sie wohnten wochenlang darin, in einer der härtesten Frostperioden des Jahrhunderts, aber das Rekordverdächtige daran war ihnen nicht bewußt. Sie fingen entlaufene Hühner und brieten sie, entdeckten zugeschneite Mieten mit Feldfrüchten, schlachteten verirrte Schweine, einmal eine Kuh. Sie spürten keine physische Angst. Es gab einen Instinkt, Überlebenschancen zu suchen, und dieser Instinkt hatte ungefragt die Führung übernommen, man konnte aufhören zu denken, sich zu sorgen, sich zu quälen, und in ihn zurücksinken wie in eine Hängematte. Nachts allerdings wurde gebetet. Man rieb einander erfrorene Gliedmaßen. Man hatte ein Auge auf die anderen. Niemand konnte sicher sein.

Zu Hause hatte es Rehtapete gegeben, ein ganzes Zimmer mit Rehtapete ausgekleidet, und darin Holzstühle, in deren Lehne ein Herz geschnitten war, ein Herz wie in einer Plumpsklotür. Dieses Zuhause war unangenehm und unwiederbringlich verlorengegangen. Draußen fand man statt dessen zusammengeschnurrte Menschen, die Haut straff und braun, über einen Körper in Kindergröße gespannt. Erwachsene, eilig zusammengeschrumpft, die Strümpfe noch an. Man dachte nicht darüber nach, ob man sie essen konnte. Sie waren gar. Aber man konnte es nicht, selbstverständlich nicht. Das Fressen von Artgenossen war nur im Tierreich üblich. Das Töten von Artgenossen, das Grillen, Zerstückeln, Ausweiden hatten die Menschen durchaus perfektioniert. Aber dann blieb alles liegen. Davon essen konnte man nicht. Es war eine Spende an die Götter. Verschwendung.

Die Gruppe blieb in ihrer Position, sie genügte sich selbst.

Achtete nicht auf uns, die wir mühsam näher kamen. Mein Vater hatte die Gruppe angepeilt und stiefelte direkt darauf zu. Als plane er, diese Leute nach dem Weg zu fragen.

In den deutschen Medien hatte er Informationen über diese Gegend bezogen, und jetzt wollte er diese Informationen verifizieren. In Rußland erfuhr man nichts darüber, nichts Offizielles jedenfalls, aber in den deutschen Medien hatte mein Vater etwas gelesen und gehört und war wütend geworden. Hätte dieses Gelände in Deutschland gelegen, wären die deutschen Medien eventuell weniger auskunftsfreudig gewesen. In Fällen atomarer Problematik des eigenen Landes neigten auch in Deutschland die Medien dazu, sich zurückzuhalten. Leukämie am Elbufer, Krebserkrankungen im Umkreis bedeutender Meiler, merkwürdige Schwankungen im ökologischen Gleichgewicht fanden für gewöhnlich keine Erklärung, weil sie keiner Erklärung bedurften. Jetzt schritt mein Vater auf die Gruppe zu, als solle sie ihm Rechenschaft ablegen.

Ich hielt ihn nicht zurück. Ich war daran gewöhnt, daß er sich aus purem Aktionismus zufällige Ziele setzte, Ziele, die er keineswegs erreichen mußte, die ihm aber ein Gefühl von Beschäftigung gaben. Er ging nicht einfach durch den Schnee. Er steuerte immer etwas an, selbst im Leerlauf wandte er Kraft auf, um sich zu beweisen, daß es weiterging, daß es in Kürze weitergehen würde. Er räumte maschinenhaft Widerstände aus, er hatte Angst, daß die Bewegung zu Ende ging, daß er zum Stillstand kam. Auch ich hatte davor Angst. Angst, daß der Mechanismus der Verdrängung dann aussetzen könnte. Angst, mit ihm sprechen zu müssen. Über Gefühle, über das Unheimliche, das er in sich trug und von dem ich mir einbildete, daß ich es kannte.

Er trug einen Brustbeutel, heute früh hatte ich gesehen, wie er sein Hemd darüber zuknöpfte, einen Brustbeutel, in dem er alles Wichtige bei sich trug. Tagsüber bemerkte man den Beutel nicht, aber jetzt, im Schnee, konnte man ihn ahnen, ihn aus seiner leicht vorgebeugten Haltung erschließen, als laste ein Gewicht am Hals, eine zu große Verantwortung.

Er ging kein Risiko ein. Er ließ es nicht darauf ankommen. Er hatte nicht vor, sich mit einem fragwürdigen Innenleben wieder und wieder auseinanderzusetzen, und ich sprach ihn nicht darauf an. Er konnte mit Psychologie nichts anfangen. Er bevorzugte Korrektheit, Moral, einen Bausparvertrag. Er hatte sich in einer Welt, in der man Leute verschleppte wie im Dezember gefällte Tannenbäume, in der man diese Leute auf einen Karren lud und zuschneien ließ, für ein Leben am Sicherheitsgurt entschieden.

Die Gruppe dunkelgrün gekleideter Gestalten bewegte sich jetzt im Kreis. Einige verschwanden hinter den anderen, sie gerieten hinter sie und verschmolzen mit ihnen, als hätten die Vorderen sie aufgesaugt. Womöglich lag es auch nur an unserer Perspektive. Sie sahen alle ähnlich aus, es gab kein Kriterium dafür, wer ins Hintertreffen geriet. Es war ein sonderbares Karussell, das sich in unserem Rhythmus weiterdrehte, im Rhythmus unserer Schritte, die knirschten. Dunkelgrüne Gestalten wie Nadelbäume, von denen der Schnee stob. Einzelne von ihnen wurden plötzlich weggerissen, etwas zog sie in den Hintergrund, bis man sie nicht mehr sah. Andere durften einander an die Hand nehmen, einen Reigen schließen. Tarnfarben, Camouflageanzüge, Monokulturen. Wir kreuzten eine Reihe Tannen, die sich vor uns aufbauten wie ein Totentanz.

Mein Vater beachtete die Tannen nicht. Ich wäre gern dort stehengeblieben, hätte mich gern eine Weile in ihrer Mitte aufgehalten. Aber mein Vater konnte sich nicht aufhalten. Eine seltsame Unruhe schwelte in ihm, drängte ihn weiter.

Weit entfernt sah man Pulverschnee ein Dreieck formen. Das Dreieck schob sich wie auf einer Bahn voran. Als lande etwas Großes, Unsichtbares, das bremste, sich gegen den Grund stemmte, noch ein Stück weiterrutschte. Weiß getarnte Flugzeuge mochten hier landen, starten, man bemerkte sie nicht. Man bemerkte nur den Schnee, der aufgewirbelt wurde, der Bewegung folgte, wieder zur Ruhe kam.

Im Zweiten Weltkrieg hatte es Scheinflughäfen gegeben. Vorgetäuschte Landebahnen, mit Grubenlampen ausstaffiert, Landebahnen, über die man eine beleuchtete Lore zog. Provisorische Baracken imitierten Flugzeughallen. In der Nähe der Startbahn wurden Flugzeugattrappen aus Holz aufgestellt. Diese Scheinanlagen funktionierten nur nachts, wenn die feindlichen Piloten den Luftraum überflogen und in der Dunkelheit unter sich eine Startbahnbeleuchtung ausmachten. Die Schneeanlagen für die unsichtbaren Flugzeuge funktionierten nur tagsüber. Ein gewisses Flimmern in der Luft, die plötzliche Trübung einer Stelle, sofort wieder vorbei, konnte der Widerschein von Metall sein, eine Reflexion im Fensterglas. Wer wollte es wissen. Das Dreieck sank zu Boden und erhob sich erneut, ein stiebendes Schneesegel, das hart am Wind in eine unbestimmte Richtung fuhr, schwankte, sich wieder fing, eine Kurve beschrieb, dann kippte. Von der anderen Seite kam ein zweites, größeres, manövrierte stockend voran, brach zusammen. Begleiterscheinung wovon. Ich machte meinen Vater nicht darauf aufmerksam. Er sah es selbst.

»Unsichtbare Flugzeuge«, sagte er ungerührt und wies auf ein Dreieck, das sich mit erstaunlicher Geschwindigkeit voranbewegte.

Ich nickte bedächtig. Dann warf ich ihm einen auffordernden, zu Erklärungen herausfordernden Blick zu, aber er war schon weitergegangen.

Ich stieß mit dem Stiefel ein wenig tiefer in den Schnee und blickte mir gleichzeitig über die Schulter. Ich furchte mit Schwung vorwärts, um zu überprüfen, ob auch ich in meinem Windschatten ein kleines Schneedreieck zustande brächte. Wie Stockenten, wenn sie im Wasser landen. Wie Comicfiguren, die helle Geschwindigkeitslinien hinter sich herziehen, sobald sie auf Tempo kommen. Die Stiefelspitze warf in der Tat etwas Schnee auf, er legte sich über den Schuh, und wenn ich so weitermachte, würde ich bald nasse Füße haben. Unsichtbar war ich nicht, soviel stand fest.

Mein Vater war schon ein Stück voraus, ich mußte rennen, um ihn einzuholen.

»Warum wartest du nicht«, sagte ich.

»Wo warst du denn«, sagte er zerstreut.

»Ein Test, ob du es bemerken würdest.«

»Ich muß mich auf die Richtung konzentrieren, du solltest in meiner Nähe bleiben, ich kann nicht auf alles achten.«

Mein Vater schritt abgelenkt voran. Er näherte sich der Gruppe in Tarnfarben, die jetzt langgezogener wirkte, die einzelnen Figuren in größerem Abstand voneinander, in zu großem Abstand, als daß man es wirklich Gruppe nennen konnte. Leute mit demselben Weg, die sich zu unterschiedlichen Zeiten aufgemacht hatten, die dieselbe Strecke gingen, aber jeder für sich.

Damals waren viele auf der Strecke geblieben. Viele waren geflohen, hatten alles hinter sich gelassen, Trecks auf dem brüchigen Eis, fahrendes Volk mit Bettbezügen auf wackligen Pferdekarren, monatelang. Nachbarn, die fortzogen, starben, starben. Mein Vater hatte keinen Versuch gemacht, anderswo anzukommen. Die Russen hielten sein Dorf besetzt, er leistete Feldarbeit für sie, er blieb, wo er war. Erst 1947, mit der letzten Ausreisewelle, brachte man auch ihn in ein Kinderauffanglager nach Westen. Dort erkrankte er schwer. Beinah wäre er auch von dort nicht wieder weggekommen.

Jetzt aber wollte er die Gruppe einholen, das hatte er sich in den Kopf gesetzt, es war albern, wir hätten auch ganz anders gehen können, aber er strebte, so schnell er konnte, auf diese Gruppe in grünlichen Kostümen zu. Je rascher er ging, desto rascher löste die Gruppe sich auf. Zerfiel in gebeugte Geschöpfe, die miteinander keine Verbindung hatten. Krüppelkiefern.

Mein Vater durchquerte die Ansammlung von Bäumchen ohne Kommentar. Er würdigte sie keines Blickes, wie er auch die Tannen, die weißen Dreiecke, wie er auch mich während der gesamten Wanderung keines Blickes gewürdigt hatte. Tannen und Kiefern waren ihm unwichtig. Auf Tannen und Kiefern kam es ihm nicht an. Er stemmte den Fuß auf einen Baumstumpf und breitete die Landkarte über sein Knie.

»Man kann auf dieser Karte nichts erkennen«, brummte er gereizt, aber dann erkannte er doch etwas, zog die Handschuhe aus, kramte eine Streichholzschachtel hervor und legte ein Streichholz akribisch auf die Maßstabsskala. Er markierte das Holz mit winzigen Bleistiftstrichen, dann schob er es weiter über das Papier und maß damit etwas in Millimeterlänge ab.

»Es kann nicht mehr weit sein«, sagte er.

»Wohin wollen wir eigentlich genau«, fragte ich.

»Wir wollen alle, alle, alle in den Himmel«, sagte er.

Faltete die Karte zusammen.

»In den Himmel«, sagte er in einem merkwürdigen Singsang.

Und dann stellte er sich auf den Baumstumpf und schmetterte. Ein Karnevalslied.

30 Terra incognita

Von weitem sah ich das Schild. Es stand schief, es war verbogen und halb umgekippt, es rostete.

Warnung vor Radioaktivität.

Mein Vater umrundete das Schild und fotografierte es von allen Seiten. Es wirkte bemitleidenswert, nicht ernst zu nehmen. Es zeigte nichts an. Die Gefahr begann rechts oder links, oben oder unten. Das Schild blickte gen Himmel, es verrottete, und die Angelegenheit, auf die es hinwies, verrottete folglich auch.

Ich rieb mir die kalten Hände mit Schnee ab. Ich schob die Ärmel hoch und rieb die Haut bis zu den Ellenbogen rot, ich wusch mir das Gesicht mit knirschenden Eiskörnern. Ein lautloses Flugzeug zog im matten Grau seine Bahn.

Ich lief an dem Schild vorbei, ich lief ein paar Meter weiter. Ich kehrte zurück und stieg über den krummen Eisenpfahl, an dem es hing. Man wollte das Gefühl haben, eine Schwelle zu überschreiten, sich einer Übertretung schuldig zu machen, etwas dergleichen. Aus überschüssiger Kraft, reiner Langeweile, touristischer Idiotie. Das Schild nahm eine verquere Position ein, die nicht mehr anzeigte, wo ein Gebiet begann. Eventuell bezeichnete dieses Schild auch keine Gebietsgrenze, sondern es markierte eine Stelle mittendrin, ein beliebiges Schild, als kleine Erinnerung irgendwo in die belastete Zone gepflanzt. Radioaktivität war etwas Graduelles. Die Belastung hing nicht nur vom Ort ab, an dem man sich aufhielt, sondern auch davon, wieviel Zeit man an diesem

Ort verbrachte. Vielleicht hätte man ein Jahr hier zelten müssen. Vielleicht reichte eine Woche, und man merkte es erst Jahre später. Das Schild machte mich nervös. Waren wir schon da, oder befanden wir uns erst am Anfang? Konnten wir umkehren, oder begann der eigentliche Weg erst hier?

Mir war das ganze Unternehmen plötzlich nicht mehr geheuer. Wir hatten uns verkalkuliert. Die Entfernungen wie immer unterschätzt. Wer war überhaupt auf den Gedanken verfallen, dieses gottverlassene Gebiet aufzusuchen? Konnte ich es gewesen sein? Mein Vater pflegte keine irrationalen Unternehmungen vorzuschlagen, aber ich erinnerte mich nicht. Es mochte eine Idee von Albrecht gewesen sein. Wolfgang hatte immer von allem abgeraten. Vielleicht hatte sich gerade deshalb der Wunsch in uns festgesetzt, seiner herrischen Vernunft ein wenig zu trotzen und etwas auszuprobieren, was er noch nicht getan hatte. Ich kratzte mit der Stiefelspitze über das Schild und schabte einen Placken Rost ab.

Mein Vater hatte sich eine kleine Bank aus Schnee gebaut und die Sitzfläche mit einem Zeitungsblatt bedeckt. Er aß eine zerdrückte Pirogge, er trank Tee aus unserer Thermoskanne. Ich setzte mich neben ihn und ließ mir einen Becher füllen.

Meine Erwartung steigerte sich. Wir harrten auf der Bank aus. Man merkte nichts. Mein Vater suchte aus dem Wanderrucksack eine Broschüre. Trostbüchlein Intourist, lückenhafte Informationsstruktur, Wachen und Beten. Mein Vater versenkte sich in die Lektüre. Nichts geschah.

Du verweilst in diesem Nachmittag
wie in einem Quadrat mit stabilen
Begrenzungen. Es dauert an,
daß du dich hier aufhältst,
es ist angenehm, es schneit nicht mehr.
Außerhalb hast du eine Frage gestellt,
es ist zwecklos gewesen.
Was hast du gefragt,
mit welcher Absicht,
welchen Hintergedanken.
Du setzt dich in Freiluftzimmer,
die sich je nach Wetter verändern,
du kannst tagelang träge dahocken,
auf alten Sesseln, Brettern und Plastikkisten,
ein scharfer Wind räumt die Gemächer frei.
Im Schnee liegt eine zerbrochene Tür,
eine Zaunlatte, ein Pfosten.
Du hast dir angewöhnt, allen Fragen auszuweichen.

Die Bank war ein wenig abschüssig geraten, und wir rutschten auf ihr nach vorn. Man mußte sich mit den Füßen abstemmen, und ich drückte die Sohlen gegen den Boden, so fest ich konnte. Die Schneedecke wölbte sich leicht zu uns hin, sie wölbte sich bis zum Horizont. Es schien, daß wir auf dem höchsten Punkt saßen und auch deshalb ins Rutschen kamen, wie Schiffe aus der Ferne, der Erdkrümmung nach. Ich bohrte die Absätze in den Untergrund. Ich hielt mich noch. Dann wurde es mir zu anstrengend, ich ließ los. Mein Hinterteil glitt von der Schneebank ab und riß ein Stück der Zeitung mit. Mein Vater las in der Intouristbroschüre, es störte ihn nicht. Ich kniete im Schnee, ich hockte auf den Fersen, mir schien, ich befand mich in einer einzigen großen Schräglage und rutschte immer weiter, immer schneller auf etwas zu.

In der Luft hing ein rosa Geruch, es war ein typischer Geruch von Putzmittel oder Speiseeis, ich kannte ihn. Ich suchte die Schneefläche ab, nur an einer Stelle ragte der Pfahl des Schildes schief aus ihr heraus. Landschaft aus weichem Speiseeis. Landschaft am Stiel.

Ich kratzte eine Handvoll Schnee vom Boden und biß davon ab.

»Nicht doch«, sagte mein Vater.

Er hielt mir ein kleines Bonbon hin, in ein zweiflügliges Papierchen verpackt. Er wickelte es für mich aus, es roch süßlich. Ich erkannte den Geruch wieder, der aus seinem Mund strömte.

»Nun ist auch noch der Grave weg«, sagte mein Vater. »Wie er das machen kann, die anderen allein hier sitzenzulassen.«

Ich nickte.

»Wenn das so weitergeht, fahre ich nach Hause«, sagte er.

»Mach das«, sagte ich.

Er schüttelte den Kopf.

»Man hat nur Angst, daß man als letzter übrigbleibt«, sagte er.

Mein Vater wirkte nicht unzufrieden. Er holte ein Fernglas hervor und suchte den Horizont ab. Es begann leicht zu schneien. Mein Vater lutschte sein Bonbon und gab schnalzende Laute von sich. Dann bekam ich das Glas.

Ich sah ein Schneefeld, das man mit einem Schneebesen schaumig schlug. Sah einige sperrige Geräte im Ausschnitt, Hochspannungsmasten, die in der bleichen Masse steckten wie Quirle. Ein Stück weiter schien es, daß man andere Küchengeräte hinzuzog, einfache Holzlöffel, elektrische Rührstäbe, eine ganze Reihe gabelartiger Gegenstände, unklar, wozu.

Am Rand ein Quader, in sich ruhend, unangreifbar, grau. Ein verschneiter Kasten, der ein Depot sein mochte, eine Flugzeughalle. Ein Klotz, der irgend etwas sein mochte, vielleicht auch nichts. Ich erkannte ihn nur schemenhaft, Schneegardinen zogen sich zu, dahinter eine etwas dunklere Färbung, aber auch diese merkwürdig vage, wie ein dünner Schatten, der sich immer wieder veränderte, an Sattheit zunahm und dann wieder ununterscheidbar wurde vom Hintergrund.

Ich gab meinem Vater das Fernglas zurück, er riß es an sich, plötzlich nervös, verstellte die Brennweite, suchte sie wieder zurückzustellen, stieg auf sein Bänkchen, das eigentlich eher eine Schneewehe war, drehte sich mit dem Fernglas im Kreis, blind und tapsig, wie ein Bär.

»Ich sehe es nicht mehr«, sagte er. »Guck du noch mal.«

Ich nahm wieder das Fernglas an mich, aber nun schneite es stärker, ich sah die Flocken groß und wattig auf mich zukommen, sie legten sich auf die Linse, schluckten das Licht.

»Weiterzugehen hat keinen Zweck«, sagte mein Vater. »Es wird zu früh dunkel.«

Er packte das Fernglas ein, öffnete noch einmal die Thermoskanne, rückte die Zeitungsunterlage auf unserer Schneewehe zurecht.

Wir duckten uns auf dem Bänkchen, schlugen die Kragen hoch, warteten den Schauer ab. Wir saßen mit unseren Bonbons im Mund wie Kinozuschauer, ließen uns etwas vorführen, waren bereit, alles hinzunehmen.

Eine Art Bildstörung umgab uns, in die wir uns einblendeten, ausblendeten. Eine Kindheitslandschaft, in die man alles projizieren konnte. Festdekorationen, die sich in großen Linien herabschwangen, Räume mit Kunstrasen füllten, mit Plastikblumen. Picknickdecken wurden ausgebreitet, Pappteller verteilt, dann alles wieder eingesammelt, neu verpackt.

Es wurde düster um uns, der Schnee kam in dicken Flocken, und ich versuchte Verbindungen zwischen ihnen zu ziehen, Gestalten zu entdecken wie bei den Bilderrätseln in den Zeitungen, wo es darauf ankommt, eine Menge wirrer Punkte mit einem Strich zu verbinden, so daß eine Figur entsteht, die man aus den Punkten nicht erkannt hatte. Das Prinzip von Sternbildern, wenn man ehrlich war, nur waren die Punkte in den Zeitungsrätseln, um jede Willkür auszuschließen, von vornherein numeriert. Während die Sterne ihre Numerierung nachträglich erhielten. Die Flocken bildeten Genossenschaften und Kommunen, sie flogen zu schnell, um zwischen ihnen Linien zu ziehen, auch wenn es nur Linien im Geiste waren.

Mein Vater löste an seiner Mütze das Band, mit dem die Ohrenschützer hochgebunden waren, er klappte sie herunter und schnürte sie fest. Er entfaltete ein Zeitungsblatt und hielt es zeltartig über unsere Köpfe. Der Wind zerrte daran. Der Wind machte die Sache, die lustig und gemütlich hätte sein können, zu einer albernen, vergeblichen Angelegenheit.

»Es ist nur ein Schauer«, sagte ich.

»Hoffen wir das«, sagte mein Vater.

»Es ist nur ein kleiner Schauer«, wiederholte ich.

Und der Schauer begann auch bereits nachzulassen.

Auf dem Schneefeld jetzt grabende Gnome. Mit kleinen Schaufeln wimmelten sie umeinander, sie gruben etwas ein oder aus. Der Schnee schien alles, was sie aushoben, wieder zuzuschütten, man wußte nicht, fachte das ihren Eifer an oder entmutigte es sie. Sie gruben planlos, mal hier, mal da, dann wechselten sie die Plätze und schaufelten dort weiter, wo vor ihnen ein anderer angefangen hatte. Die Gnome hatten Filzhüte tief in die Gesichter gezogen, sie trugen hellgraue Mäntelchen, man konnte sie dort, wo der Schnee Senken bildete, nur schwer erkennen.

»Grubenarbeiter«, sagte mein Vater fachmännisch.

»Grubenarbeiter, natürlich«, sagte ich, »Bergbau.«

»Man wundert sich trotzdem«, sagte mein Vater.

»Ich wundere mich nicht«, sagte ich, »wozu auch.«

»Hier gibt es keine Metalle«, sagte mein Vater, »ich frage mich, was sie hier schürfen wollen.«

»Kohle?« schlug ich vor.

»Braunkohle vielleicht«, gab er zu. »Hier ist doch alles flach. Aber wahrscheinlich gibt es auch keine Braunkohle, hier gibt es gar nichts.«

»Es sind eben russische Gnome«, sagte ich. »Unsystematisch.«

»Oder eine deutsche Spezialeinheit«, sagte mein Vater. »Von allem überfordert.«

Die Gnome waren jetzt dazu übergegangen, kleine Löcher auszuheben, dann nervös umherzulaufen, vor einem anderen Loch stehenzubleiben und dieses wieder zuzuschaufeln. Sie hantierten sehr rasch, sie gingen immer wieder hektisch in Deckung, wichen den Schneeflocken aus.

»Das kann ja so nichts werden«, sagte mein Vater und wandte sich seufzend ab. Er stützte den Kopf in die Hände, studierte die Wolkenformationen.

Prächtige, dunkle, blaugraue Wolken lockerten sich und

rissen auf. Hinter ihnen brach das Licht durch. Ein tiefer Sonnenstrahl fuhr über den Boden, die Gnome purzelten übereinander und flüchteten. Sie verschwanden spurlos in ihren Löchern. Es schneite nicht mehr. Ich nahm die Landkarte an mich und faltete sie auf.

»Graphit«, sagte ich. »Es gibt hier Graphit.«

»Dann ist ja alles klar«, sagte mein Vater.

Für einen Moment kam die Sonne durch, und in der Ferne sah ich, wie eine Kante des Quaders blinkte. Dann war alles weg.

»Wir müssen gehen«, sagte mein Vater.

»Es wird bald dunkel«, sagte ich.

»Wir gehen zurück zur Straße«, sagte mein Vater.

»Dort nehmen wir wieder den Bus«, sagte ich.

»Er fährt zweimal täglich«, sagte mein Vater.

»Hoffentlich«, sagte ich.

»Ich habe mir den Fahrplan geben lassen«, sagte er.

»Das heißt, er fährt«, sagte ich.

»Er fährt zweimal täglich«, sagte mein Vater.

»Wie geplant«, sagte ich.

»Alles klar«, sagte er.

Ich legte die Thermoskanne in den Rucksack und schnürte ihn zu. Mein Vater sammelte die Zeitungsblätter ein, faltete sie zu einem dicken Päckchen und schnallte sie mit einem Seitenriemen fest. Ich schulterte den Rucksack, mein Vater versuchte seine Bank zu glätten, sie ordentlich an den übrigen Schnee anzugleichen.

Wir gingen noch einmal an dem Schild vorbei. Es hätte das Schild einer Bushaltestelle sein können, an der lange kein Bus mehr gefahren war. Es war keine Bushaltestelle. Hier war nie eine Haltestelle gewesen. Auch sonst nichts. Es gab ein

Schild, das längst außer Betrieb schien. Es war nicht außer Betrieb. Aber man bemerkte den Unterschied nicht. Man bemerkte ihn nur in sich selbst, an der leisen Spannung, mit der man sich entschloß, es ernst zu nehmen. Mit der man sich vornahm, es zu überprüfen. Dabei gab es nichts zu prüfen. Die Dinge waren, wie sie waren. Sie ließen sich leugnen. Das fiel leicht. Eine verschneite Gegend, ohne Besonderheiten. Niemand kam hierher. Niemand hielt sich hier auf. Nur wir.

Unberührter Boden mit pudrigen gestockten Wellen, gleichmäßig, für einen Augenblick nur in der Bewegung angehalten. Zwei Birken stachen daraus hervor. Mit dem nächsten Windstoß trieben sie weiter, schräg gegen ein unfaßbares Weiß, ein Weiß, aus dem sie selber bestanden.

Ich konnte immergrüne Wälder sehen, dichte Tannenwälder, Wälder, taghell, übernächtigt, sie entstanden aus meiner Zuneigung zu ihnen, als würde erst das, was ich mit voller Kraft, mit Leidenschaft berührte, in der Gegenwart wirklich.

Das Licht nahm langsam ab. Das platte Feld speicherte die Helligkeit, es schien die Welt wattig anzusaugen und aufzunehmen wie ein Schwamm. Es hatte die vergangenen Stunden, die Wachheit, das Gleichmaß des Tages geschluckt und zu strahlenden feinen Partikeln zerrieben. Ich trat vorsichtig auf. Es knirschte. Ein bläulicher Schimmer stieg aus dem Schnee und begann immer stärker zu leuchten. Auf der harschen Schicht brannte eine eisige heiße Gasflamme, meine Fußspuren schwankten hinter mir, dünne blaue Schatten schwammen darin und brachen zitternd aus, dann blieb ich stehen, genau an dem Punkt, bevor alles durchsichtig wird.

Inhalt